Starks-Sture VERLAG

Mit zerbrochenen Flügeln ...
Kinder in Borderline-Beziehungen
Manuela Rösel

ISBN 978-3-939586-09-8

1. Auflage

© 2008 Starks-Sture Verlag
Anna Starks-Sture
Elsässer Straße 24, D-81667 München
www.starks-sture-verlag.de

Druck: Advantage Printpool, Gilching

Das Werk einschließlich aller Abbildungen ist urheberrechtlich geschützt. Jede Verwertung außerhalb der Grenzen des Urheberrechtsgesetzes ist ohne Zustimmung des Verlages unzulässig und strafbar. Das gilt besonders für Vervielfältigungen, Übersetzungen, Mikroverfilmungen und die Einspeicherung und Bearbeitung in elektronischen Systemen.

Mit zerbrochenen Flügeln...

Kinder in Borderline-Beziehungen

Manuela Rösel

In liebevoller Erinnerung an meine Freundin

Sigrid Obert

(1960 – 1979)

Kinder

Sind so kleine Hände, winz'ge Finger dran.
Darf man nie drauf schlagen, die zerbrechen dann.

Sind so kleine Füße mit so kleinen Zeh'n.
Darf man nie drauf treten, könn' sie sonst nicht geh'n.

Sind so kleine Ohren, scharf-und ihr erlaubt:
darf man nie zerbrüllen, werden davon taub.

Sind so schöne Münder, sprechen alles aus.
Darf man nie verbieten, kommt sonst nichts mehr raus.

Sind so klare Augen, die noch alles seh'n.
Darf man nie verbinden, kön'n sie nichts versteh'n.

Sind so kleine Seelen, offen und ganz frei.
Darf man niemals quälen, geh'n kaputt dabei.

Ist so'n kleines Rückgrat, sieht man fast noch nicht.
Darf man niemals beugen, weil es sonst zerbricht.

Grade, klare Menschen wär'n ein schönes Ziel.
Leute ohne Rückgrat hab'n wir schon zuviel.

Bettina Wegner

Inhalt

Vorwort   9

1. Kinder in Borderline-Beziehungen

Das Kind und seine Bedürfnisse	11
Was macht emotionale Misshandlung aus?	13
Wo beginnt emotionale Misshandlung?	16
Die Borderline-Persönlichkeitsstörung – Klassifizierung nach dem DSM-IV	19
Warum misshandeln Borderline-Eltern ihre Kinder?	20
Typische Borderline-Verhaltensweisen und ihre Auswirkungen auf ein Kind	24
Funktionelle Gegenüberstellung typischer Verhaltensweisen von gesunden und Borderline-Eltern	43
Der Ablösungsprozess	45
Wenn Eigenständigkeit zur Bedrohung wird	46
Die Gefahr der emotionalen Verschmelzung von Eltern für das Kind	49
Familiäre Geheimnisse	51
Familiäre Regeln	54
Passive Kindesmisshandlung durch den co-abhängigen Partner	56
Misshandlungsmuster co-abhängiger Partner und deren Konsequenzen	58
Partnerkonstellationen	63
Das Kind und seine „Schuldigkeit"	70
Die Rolle des Kindes in der Borderline-Beziehung	71
Rollentausch	77
Konkurrenten	78
Faszinierende Mütter oder Väter	79
Unsichtbare Kinder	80
Typische Verhaltensweisen emotional misshandelter Kinder in Borderline-Familien	82

2. Reale Geschichten unsichtbarer Kinder ...

Christina, 45 Jahre; Vater, Borderline-Syndrom;
Mutter, histrionisch-dependente Borderline-Struktur 86
Karina, 44 Jahre, Mutter mit Borderline-Syndrom, Vater co-abhängig 98
Judith, 33 Jahre, Vaters Borderline-Syndrom, Mutter co-abhängig 107

3. Konsequenzen

Die Konsequenzen emotionaler Misshandlung 118
Resilienz – Überlebensstrategien betroffener Kinder 124
Erwachsen – mit den Konsequenzen leben 127

4. Das Borderline-Syndrom in der Öffentlichkeit

Erschütternde Pressemitteilungen 132
Verhaltensempfehlungen für Partner 143
Wer ist verantwortlich? 148

5. Zahlen, Fakten und gesetzliche Regelungen

Zahlen und Fakten 150
Gesetzliche Regelungen 153
Schluss ... 159
Bedürfnisse 161
Hier wird geholfen ... 162
Quellenverzeichnis 163
Literaturempfehlungen 163

Vorwort

Ein sehr zutreffendes Sprichwort besagt, dass kleine Kinder Wurzeln und große Kinder Flügel brauchen. Wurzeln symbolisieren den stabilen, beständigen und nährenden Ursprung und Flügel, die Freiheit die daraus erwächst, die es erst ermöglicht, loszulassen und aus eigener Kraft die Welt zu erobern.

Borderline betroffene Eltern sind auf Grund ihrer Problematik nicht in der Lage, ihren Kindern Stabilität und Beständigkeit zu vermitteln oder sie im Prozess des Loslassens in ihrer Autonomie zu stärken. Sie sind selbst auf der Suche nach Halt und dem ICH, das sie in sich nicht finden können. Sie erleben sich abhängig, unwert, abgespalten, chaotisch und verlassen, ohne Wurzeln und ohne Flügel und können nur aus der Welt ihres Erlebens heraus agierend das weitergeben, was sie in sich tragen.

Kinder von Borderline-Persönlichkeiten oder auch von Menschen, die Borderline-Strukturen in sich tragen, erleben die symptomatischen Verhaltensweisen ihres Elternteils als richtungsweisend und wahr. Sie wachsen in einer chaotischen Welt auf, die sie immer wieder in unlösbare Konflikte drängt, denen sie nicht gewachsen sein können. Sie erfahren sich so permanent als mangelhaft und entwickeln in der Konsequenz Schuld- und Schamgefühle, sowie die beständige Angst, auf Grund ihrer Unzulänglichkeit, verlassen zu werden. Ihr Drang, die Welt zu erobern, zu wachsen und sich zu lösen, wird im Keim erstickt, denn dieser Prozess ist ein Spiegel dessen, was der Borderline-Persönlichkeit nicht möglich ist. Die zerbrochenen Flügel ihres Kindes bewahren das Borderline-Elternteil vor dem Schmerz, selbst nicht „fliegen" zu können.

In meiner Arbeit als psychologische Beraterin, konzentriere ich mich darauf, Partner von Borderline-Persönlichkeiten in und nach Beziehungen zu Betroffenen zu begleiten und versuche dabei, ihnen und letztendlich so auch ihren Kindern, zu helfen. Kindern, die gesehen werden müssen und doch oft übersehen werden, weil sie auf dem Schlachtfeld zwischen Hass und „Liebe" untergehen. Weil sie nicht die geringste Chance haben, den symptomatischen Verhaltensweisen der Betroffenen zu entgehen und oft auch nur wenig oder keinen Schutz von deren Partnern erhalten. Oft können diese sich ja selbst nicht ausreichend schützen und verleugnen das eigene Leid und auch das des Kindes.

Noch immer wird die körperliche Misshandlung von Kindern, wohl auch weil sie sichtbar ist, als massiver und grausamer wahrgenommen. Die oftmals leise und für Außenstehende kaum wahrnehmbare emotionale Misshandlung, wird dagegen kaum gesehen und in ihrer unglaublich tiefgehenden Zerstörungskraft erkannt.

In diesem Buch möchte ich vor allem auf die zerstörerische, giftige, leise emotionale Misshandlung eingehen, denen Kinder in Borderline-Beziehungen ausgesetzt sind. Die zwar Seelen zerbricht, aber dabei keine sichtbaren Brüche und blaue Flecken hinterlässt. Wie erfolgt sie und welche Spuren hinterlässt sie dabei? Was genau macht die emotionale Misshandlung von Kindern in Borderline-Familien aus und warum wird ihnen das, was sie ertragen müssen, angetan?

Noch etwas. Nicht jede Borderline-Persönlichkeit misshandelt ihre Kinder in dem massiven Ausmaß, wie ich es im Folgenden beschreibe. Nicht jeder Partner in einer derartigen Beziehung involviert die Kinder oder gewährt ihnen keinen Schutz. Dieses Buch möchte NICHT verallgemeinern. Es gibt immer wieder Betroffene und Partner, die an und mit ihren Kindern wachsen und sich ihrer Verantwortung stellen. Diesen Paaren gebührt meine Hochachtung. Mit diesem Buch möchte ich in erster Linie auf die Missstände in ignorierenden und ausagierenden Beziehungen hinweisen, die nicht wahrgenommen werden, aus Unwissenheit oder drohender Unbequemlichkeit. Die Konsequenzen für die betroffenen Kinder sind die gleichen.

Manuela Rösel im Juli 2008

1. Kinder in Borderline-Beziehungen

Das Kind und seine Bedürfnisse

Das erste und wichtigste Bedürfnis eines Kindes nach seiner Geburt, ist die Sicherstellung einer kontinuierlichen, zuverlässigen, fürsorgenden und liebevollen Zuwendung der Eltern bzw. Bezugspersonen. Diese Zuwendung sichert zunächst einmal das Überleben des Kindes, welches sich ja in einem Abhängigkeitsverhältnis zu seinen Bezugspersonen befindet. Um diese zu motivieren, dem Kind die erforderliche Zuwendung zu gewähren, unterstützt die Natur das Kind durch die Fähigkeit, sich vom ersten Moment seines Lebens an in seinen Bedürfnissen mitzuteilen.

Zwischen einer aufmerksamen Mutter und ihrem Kind entsteht schnell ein Verstehen darüber, wann das Kind Nahrung, Nähe oder Sauberkeit braucht. Die Art und Weise der kindlichen Intonation (Schreie, weinen, quengeln, brabbeln, glucksen ...), geben der Bezugsperson klare Signale über das dahinterstehende Bedürfnis. Neben dieser lautbezogenen Signalgebung, verfügt das Kind auch über das sogenannte Kindchenschema. Große Kulleraugen, typische körperliche Proportionen, kleine, stupsförmige Nasen, einen herzförmigen Mund und eine weiche, zarte Haut motivieren geradezu, sich dem Kind fürsorglich und zärtlich zuzuwenden.

Parallel dazu entsteht auch eine Art Belohnungsmotivation für die Eltern. Stillende Mütter wissen um das innige und zutiefst verbindende Empfinden, das sich nach der Versorgung eines hungrigen oder verschmutzten Säuglings einstellt. Wenn das Schreien des Kindes in ein wohliges Glucksen übergeht, der Duft eines sauberen Babys geradezu wonnige Befriedigung auslöst und den unbezähmbaren Wunsch, die rosige, pralle, zarte Haut zu streicheln. Das Kind einfach nur zu genießen. Auch dies sind von der Natur bewährte lebenserhaltende Impulse. Ein zärtliches Berühren und ein warmer Körperkontakt, sind für das Kind genauso lebensnotwendig wie Nahrung und Sauberkeit. Es sind instinktive Handlungen der Eltern, welche die Existenz des Kindes und somit auch die Erhaltung der Art sichern.

Wenn dieser Komplex aus Bedürfnis, Vermittlung und Befriedigung sich beständig und verlässlich zeigt, wird dem Kind ein Urvertrauen vermittelt, welches sich auf drei wesentliche Ebenen bezieht.

1. Das Selbstvertrauen:
Ich bin es wert, geliebt zu werden
Ich habe ein Recht auf meine Gefühle und Bedürfnisse
Ich bin in Sicherheit ...

2. Das Vertrauen in andere:
Ich werde angenommen, mit dem was mich ausmacht
Ich kann anderen vertrauen
Ich werde verstanden und akzeptiert

3. Das Vertrauen in das Ganze und die Welt
Mein Leben ist sinnvoll und lebenswert
Die Welt ist ein guter, sicherer Ort.

Jede vermittelte und erfahrene Erkenntnis, die sich aus diesen Bereichen ergibt, wird das Kind und den späteren Erwachsenen durch sein gesamtes Leben begleiten und einen großen Einfluss auf seine Lebensqualität nehmen. Die Art und Weise, wie Eltern und Bezugspersonen mit den Gefühlen und Bedürfnissen eines Kindes umgehen, vermittelt diesem zahlreiche Informationen darüber, ob es sich oder anderen vertrauen kann. Im Anhang finden Sie zu diesem Komplex eine kleine Sammlung von Bedürfnisbegriffen, die auf keinen Fall Anspruch auf Vollständigkeit hat, aber einen Überblick über die Vielfalt menschlicher Bedürfnisse gewährt. Jedes einzelne dieser Bedürfnisse sichert dabei das existentielle (Nahrung, Schlaf, Schutz ...), soziale (Nähe, Zärtlichkeit, Zugehörigkeit) oder arterhaltende (Sexualität) Überleben.

Eine hilfreiche Begleitung des Kindes, auf dem Weg ins Erwachsenendasein, erkennt und akzeptiert diese Bedürfnisse. Da sich diese Bedürfnisse über die Gefühle des Kindes zeigen und ausdrücken, ist eben das empathische Verstehen und Anerkennen des Kindes, mit all seinen emotionalen Facetten, die Basis für sein gesundes Wachstum. Aus diesem Konzept heraus lässt sich auch leichter nachvollziehen, was emotionale Misshandlung ausmacht.

Was macht emotionale Misshandlung aus?

Um sich dieser Frage anzunähern, sollten wir uns zunächst einmal mit dem Begriff der Emotion auseinandersetzen. Eine Emotion (abgeleitet vom lat. movere = Bewegung), beinhaltet eine direkte körperliche, gedankliche und verhaltensorientierte Reaktion auf ein äußeres Ereignis. Dabei kennzeichnet sie sich durch eine plötzliche Veränderung dieser Merkmale, d. h. es ergibt sich eine Reaktion, die sich von einem vorherigen Zustand deutlich unterscheidet. Ein Beispiel:

Marion ist ganz vertieft damit beschäftigt, ein Bild zu malen. Sie arbeitet ruhig und konzentriert. Plötzlich hört sie vor der Tür ihre Mutter ganz fürchterlich schimpfen. Augenblicklich schlägt ihr Herz viel schneller (körperliche Reaktion), ihre Gedanken sind völlig von der Malarbeit abgelenkt, sie denkt darüber nach, ob sie etwas falsch gemacht hat (gedankliche Reaktion) und springt auf, um sich auf die Konfrontation mit der Mutter vorzubereiten (verhaltensorientierte Reaktion).

Emotionen helfen uns also, uns in der Summe unserer Möglichkeiten (körperlich, gedanklich und verhaltensorientiert), auf ein äußeres Ereignis so einzustellen, dass wir in der Lage sind uns zu schützen, bzw. unser Leben zu bereichern.

Emotionale Misshandlung gilt, in der bisherigen, für mich unzureichenden Definition, als ein Bestandteil der psychischen Misshandlung, welche ein beständiges Muster an „erzieherischen" Verhaltensweisen der Bezugspersonen beinhaltet, die ein Kind ängstigen, einschüchtern, bedrohen und demütigen. Hauptmerkmal dieser destruktiven Interaktionen zwischen dem Kind und seiner Bezugsperson, ist eine negative Grundeinstellung dem Kind gegenüber, welche bei diesem den Eindruck hinterlässt, wertlos, fehlerhaft, lästig, schuldig, ungeliebt oder ungewollt zu sein. Sobald sich derartige Verhaltensweisen im ständigen Umgang mit dem Kind etabliert haben, gilt der Tatbestand der emotionalen Misshandlung als erfüllt.

Meines Erachtens, beginnt emotionale Misshandlung bereits da, wo ein Kind in seinen Gefühlen ignoriert oder abgewertet wird. Es ist darauf angewiesen, durch seine Bezugspersonen zu lernen, wie es sich in seinem Leben erhalten kann. Es braucht hilfreiche Reaktionen auf sein emotionales Erleben, um sich in seinem eigenen Sein orientieren zu können. Als hilfreiche Reaktion bezeichne ich dabei nicht das bedingungslose Anerkennen des kindlichen Verhaltens (schreien, brüllen, toben ...), aber das Erkennen der zugrundeliegenden Emotion (Angst, Wut, Trauer ...) und der Vermittlung eines adäquaten Verhaltens (emotionales Coaching).

Ein Kind wird auch dann emotional misshandelt, wenn seinen Grundbedürfnissen (Zuwendung, Nähe, Fürsorge ...) nur unzureichend oder gar nicht entsprochen wird und man ihm vermittelt, dass es kein Recht auf deren Erfüllung hat, bzw. in seinen Ansprüchen fehlerhaft ist. Dabei werden die natürlichen emotionalen Reaktionen des Kindes ignoriert, abgewertet oder bestraft, so dass das Kind in seiner Orientierung auf seinen Selbsthilfemechanismus gestört und andauernd eingeschränkt wird. In der Konsequenz, wird das Kind aus einem natürlichen Selbsterhalt heraus bemüht sein, seine Reaktionen die zur Bestrafung führen, zu unterdrücken (Selbstverleugnung), bzw. diese aus unerträglichem Schmerz heraus auszuschalten (Dissoziation). Es kann ebenso, wenn es eine sofortige Druckabgabe nach außen als hilfreich erlebt hat, aggressiv und ausagierend reagieren. Zwischen diesen Möglichkeiten liegen viele Facetten an selbstschützenden Verhaltensweisen, die oft aus tief erlebter, verinnerlichter Hilflosigkeit resultieren. Den späteren Erwachsenen aber erschweren jene erlernten Mechanismen, die ihm als Kind geholfen haben zu überleben, den Umgang mit sich selbst und anderen. Wenn es gezwungen war, sich in einer „schwarzen" Welt zu orientieren, wird es sich in einer „weißen" Welt nur schwer zurechtfinden. Es wird bemüht sein, die Welt seiner vertrauten dunklen Orientierung anzupassen (Inszenierungen), sich aus den als verunsichernd wahrgenommenen positiven Erfahrungen zurückzuziehen oder diese gar nicht erst zuzulassen. Es kann durch seine spezifischen Verhaltensweisen abgelehnt oder zurückgewiesen werden und erfährt so, durch die Reaktion anderer, eine Bestätigung seiner Sichtweise von einer bedrohlichen Welt und der eigenen Unfähigkeit, in dieser zu überleben. Ein Kreislauf an selbsterfüllenden Prophezeiungen, der zur zerstörerischen Spirale werden kann.

Kennzeichnend für eine langanhaltende emotionale Misshandlung sind dann auch beständige emotionale Reaktionen, die das Kind in sein Erwachsenendasein begleiten. Hier trägt die emotionale Misshandlung bereits traumatische Komponenten in sich, die durch assoziative Auslöser (Trigger) die gleichen emotionalen Reaktionen (Panik, Starre ...) erzeugen, wie in dem als Kind erlebten Misshandlungsmoment.

Emotionale Misshandlung erfolgt lautlos oder ganz leise. Sie hinterlässt keine offensichtlichen Spuren und ermöglicht ein ungehemmtes Ausagieren der misshandelnden Person, die kaum befürchten muss, dass sie sich der Verantwortung für ihr Handeln stellen muss. Verängstigte Kinder mit fehlendem Vertrauen in die Umwelt, öffnen sich äußerst selten und eventuell, auffällige Verhaltensweisen des Kindes, können bequem dem „schlechten" Kind zugeschoben werden.

Emotionale Misshandlung wird vorwiegend nur dem Bereich der Vernachlässigung zugeordnet, wobei die weitreichenden und persönlichkeitsschädigenden Konsequenzen kaum Berücksichtigung finden. Als psychische Gewalt umfasst sie eine inadäquate oder fehlende emotionale Fürsorge und Zuwendung sowie ein instabiles emotionales Beziehungsangebot.

Typische Merkmale instabil-emotionaler Beziehungsangebote:
- Fehlende oder mangelnde Zuwendung, Liebe, Respekt, Geborgenheit
- Mangelnde Anregung und Förderung („stimulative Vernachlässigung")
- Mangelndes Wahrnehmen und Unterstützung des Schulunterrichtes
- Permissives Verhalten der Eltern bei Schulschwänzern (gleichgültige Einstellung zum Schulbesuch des Kindes)
- Keine Förderung der Ausbildung und Erwerb sozialer Kompetenz
- Keine Hilfe zur „Lebenstüchtigkeit", Selbstständigkeit und zur Bewältigung von Alltagsanforderungen
- Kein angemessenes Grenzen setzen, keine Belehrung über Gefahren
- Zeuge chronischer Partnergewalt der Eltern
- Permissive Eltern bei Substanzabusus des Kindes (Nachgiebigkeit bei Substanzmissbrauch wie Drogen, Alkohol ...)
- Permissives Verhalten der Eltern bei Delinquenz (Nachgiebigkeit bei Straffälligkeiten)
- Verweigerung oder Verzögerung psychologischer oder psychiatrischer Hilfe.

Emotionale Gewalt oder auch psychische Misshandlung drückt sich u. a. durch Nichtbeachtung, Ignorieren, Demütigung und Verspottung, Überforderung, Bestrafung durch Liebesentzug, Einschüchterung, bewusstes Ängstigen, Alleinlassen, Drohungen, Beschimpfungen, Emotionale Erpressung und Nötigung aus. Da sich Emotionen auch dadurch kennzeichnen, dass sie „anstecken", also anderen Menschen ein Mitfühlen ermöglichen, kann auch eine ausbleibende Reflektion mit der Botschaft „du fühlst, denkst und verhältst dich falsch", misshandelnde Tendenzen in sich tragen.

Wo beginnt emotionale Misshandlung?

Tatsächlich geht emotionale Misshandlung weit über das bloße Vernachlässigen hinaus, verbindet sich direkt mit der psychischen Gewalt und hat einen weitreichenden, destruktiven Einfluss auf die persönliche Entwicklung des Kindes.

Nach meiner Wahrnehmung sollte sich die emotionale Misshandlung an der Basis einer gesunden Existenzfähigkeit – einem stabilen Urvertrauen – orientieren. Selbstvertrauen, Vertrauen in andere und die Welt, dies sind die Maßstäbe, die unser Leben entscheidend beeinflussen. Es gibt keine wahre Realität, sie entsteht einzig und allein durch unsere Wahrnehmung und unser Empfinden. Ein kleines Beispiel:

In der Bahn sitzen sich ein Mann und eine Frau gegenüber. Der Mann sieht die Frau an und diese hat die Möglichkeit, sich für eine entsprechende Bewertung der Situation zu entscheiden. Abhängig von den Aspekten ihres Urvertrauens, wird sie ihre Realität prägen. Mit Vertrauen in sich selbst, in andere und die Welt, wird sie den Blick wahrscheinlich als freundlich und interessiert wahrnehmen, ihn nicht als bedrohlich erleben und eventuell erwidern. In der Konsequenz kann sie so auch soziale, lebendige Kontakte zulassen. Ganz anders erlebt sie diesen Moment, wenn sie sich selbst und anderen kein Vertrauen entgegenbringt. Ihr Denken passt sich ihrer Grundeinstellung über das Leben an, „der findet mich bestimmt hässlich" (fehlendes Selbstvertrauen), „er will mich belästigen" (fehlendes Vertrauen in andere). In der Konsequenz wird sie, um sich vor den aufkommenden unangenehmen Gefühlen zu schützen (Angst, Scham ..), dem Kontakt ausweichen. In der Potenz solcher Sicht- und Verhaltensweisen können dann soziale Phobien, Isolation und Depressionen entstehen.

Emotionale Misshandlung beginnt demzufolge für mich da, wo ein Kind, mit all seinen Gefühlen darauf orientiert wird, sich von diesen und damit von sich selbst zu distanzieren. Wo es lernt, dass es in seinem Empfinden falsch ist und sogar ängstigende oder schmerzhafte Konsequenzen befürchten muss, wenn es sich in seinen natürlichen Reaktionen nicht verleugnet.

Vor einiger Zeit ging eine Diskussion zur Thematik körperliche Misshandlung durch ganz Deutschland. Wo beginnt sie? Ist ein Klaps oder eine Ohrfeige bereits körperliche Misshandlung? Laut Wikipedia ist eine Miss-Handlung eine üble und unangemessene Behandlung eines anderen Menschen, die dessen körperliche Unversehrtheit oder das körperliche Wohlbefinden beeinträchtigt. Insofern sind ganz klar JEDER körperliche Übergriff, auch der Klaps (nicht der freundschaftliche, liebevolle) oder die Ohrfeige hier einzuordnen.

Ähnlich klar lässt sich auch die emotionale Misshandlung identifizieren. JEDES Leugnen der emotionalen Realität eines Kindes, das heißt jeder Zwang, jede Nötigung, Druck oder Motivation der Distanzierung vom eigenen Gefühl, ist emotionale Misshandlung. Dazu zählt jede Äußerung von Bezugspersonen, die das Kind dahin nötigen, eigene Empfindungen in Frage zu stellen, sich von ihnen zu distanzieren oder sie sogar als Belastung für andere wahrzunehmen. In diesem Zusammenhang müssen auch einige typische emotional misshandelnde Äußerungen, die sich ähnlich wie der Klaps oder die Ohrfeige, als „normal" und sogar „hilfreich" in der Erziehung etabliert haben, kritisch hinterfragt werden.

Aussage	Botschaft an das Kind
Du brauchst doch keine Angst zu haben.	Du fühlst falsch, deinem Gefühl kannst du nicht trauen, du brauchst andere, die dir sagen, was du fühlen sollst.
Ein richtiger Junge weint nicht.	Trauer zu zeigen ist falsch, du bist dann „nicht richtig" und wirst von anderen zurückgewiesen. Es ist besser, dieses Gefühl zu verleugnen. Trauer ist ein Gefühl für das „Mann" sich schämen muss.
Mami hat dich wieder lieb, wenn du auch wieder lieb bist	Dein Gefühl (Wut) ist schlecht, andere ziehen sich dann von dir zurück. Du wirst nur geliebt, wenn du dich ignorierst und im Sinne anderer richtig funktionierst.

Wenn wir uns diese umgangsüblichen Formulierungen genau betrachten, wird uns auch bewusst, dass eine ungewöhnlich hohe Präsenz bei den Eltern selbst und den Belangen des Kindes sein sollte. Um Aussagen, die dem Kind emotional schaden zu vermeiden, sollten Bezugspersonen idealerweise folgende Kriterien erfüllen.

Hilfreiche Persönlichkeitsmerkmale der Bezugspersonen:
- Sie verfügen über eine stabile Identität (Selbst-Bewusst-Sein) und benötigen keine autoritären Hierarchiestrukturen, um sich mittels Machtanmaßungen durchzusetzen.
- Sie sind auf Grund eines eigenen gesunden Urvertrauens in der Lage, das Verhalten ihres Kindes interpretations- und wertungsfrei wahrzunehmen. (Das Kind fühlt, denkt und handelt nicht, um mir damit zu schaden.)
- Sie haben Zugang zur eigenen Emotionalität, spalten sich nicht von ihr ab und können die Verantwortung dafür übernehmen. (ICH bin jetzt abgespannt und müde, deshalb fällt es mir schwer, das laute Spiel der Kinder zu tolerieren.)
- Sie sind in der Lage, Gefühlen nicht mit Wertungen, sondern mit Empathie zu begegnen. (Nicht: „der ist aber ungezogen und egoistisch ...", sondern: „da bist du jetzt bestimmt enttäuscht und traurig ...".)
- Sie verfügen über emotionale Intelligenz, also der Fähigkeit des Selbstmanagements (kontrollierter Umgang mit dem eigenen Empfinden) und der Fähigkeit, sozialkompetent mit anderen Menschen umzugehen.

Hilfreiche Bezugspersonen unterstützen ihr Kind dabei, ein stabiles Urvertrauen zu entwickeln. Die Annahme, dass sie selbst, andere und die Welt gut sind, ermöglicht ihnen ein positives Grundkonzept, an dem sie sich in all ihren Handlungen und ihrem Erleben orientieren und dies auch vermitteln können. Dabei geht es nicht darum, jedem Bedürfnis eines Kindes zu entsprechen. Auch der hilfreiche Umgang mit Frustrationen muss einem Kind vermittelt werden. Aber es geht darum, das Bedürfnis des Kindes zu sehen und sein dazugehöriges Gefühl anzuerkennen.

Ein Mensch, der ein negatives Selbstbild verinnerlicht hat, der seine Mitmenschen und seine Umwelt als bedrohlich wahrnimmt, wird sich auch dementsprechend in dieser Welt bewegen und nach Bestätigungen seines Grundkonzeptes suchen. Selbsterfüllende Prophezeiungen bestätigen ihm dann genauso sein negatives Welt- und Lebensbild wie es im positivem Sinn bei den Menschen geschieht, die ein stabiles Urvertrauen entwickeln konnten.

Borderline-Persönlichkeiten gehören zu den Menschen, denen es u. a. nicht möglich war, ein gesundes Urvertrauen zu entwickeln. Ihr Vertrauen in sich und andere, ihr Erleben der Welt, ist für sie und in den Konsequenzen auch für andere, demoralisierend. Die Ursachen der Borderline-Störung sind nur wenig erforscht. Früher ging man allein von Misshandlungen in der Kindheit aus, heute rückt auch immer mehr die Vererbung in den Mittelpunkt der Forschung. Sicher scheint nur, dass allein ein Faktor nicht ausschlaggebend ist, sondern mehrere, destruktive Einflüsse ineinander greifen.

Die Borderline-Persönlichkeitsstörung – Klassifizierung nach dem DSM-IV

Im DSM-IV, dem Klassifikationssystem der American Psychiatric Association, wird die Borderline-Persönlichkeitsstörung laut Wikipedia wie folgt definiert:

Ein tiefgreifendes Muster von Instabilität in den zwischenmenschlichen Beziehungen, im Selbstbild und in den Affekten sowie deutliche Impulsivität. Der Beginn liegt im frühen Erwachsenenalter bzw. in der Pubertät und manifestiert sich in verschiedenen Lebensbereichen. Dabei müssen mindestens fünf der folgenden Kriterien erfüllt sein:

1. Verzweifeltes Bemühen, tatsächliches oder vermutetes Verlassenwerden zu vermeiden. Beachte: Hier werden keine suizidalen oder selbstverletzenden Handlungen berücksichtigt, die in Kriterium 5 enthalten sind.
2. Ein Muster instabiler, aber intensiver zwischenmenschlicher Beziehungen, das durch einen Wechsel zwischen den Extremen der Idealisierung und Entwertung gekennzeichnet ist.
3. Identitätsstörung: ausgeprägte und andauernde Instabilität des Selbstbildes oder der Selbstwahrnehmung.

4. Impulsivität in mindestens zwei potentiell selbstschädigenden Bereichen (Geldausgaben, Sexualität, Substanzmissbrauch, rücksichtsloses Fahren, „Essstörungen"). Beachte: Hier werden keine suizidalen oder selbstverletzenden Handlungen berücksichtigt, die in Kriterium 5 enthalten sind.
5. Wiederholte suizidale Handlungen, Selbstmordandeutungen oder –drohungen, selbstverletzendes Verhalten.
6. Affektive Instabilität infolge einer ausgeprägten Reaktivität der Stimmung (z. B. hochgradige episodische Dysphorie ((banale Alltagsverstimmung)), Reizbarkeit oder Angst, wobei diese Verstimmungen gewöhnlich einige Stunden und nur selten mehr als einige Tage andauern).
7. Chronische Gefühle von Leere.
8. Unangemessene, heftige Wut oder Schwierigkeiten, die Wut zu kontrollieren (z. B. häufige Wutausbrüche, andauernde Wut, wiederholte körperliche Auseinandersetzungen).
9. Vorübergehende, durch Belastungen ausgelöste paranoide Vorstellungen oder schwere dissoziative Symptome.

Diese Symptome bedingen typische Denk- und Verhaltensweisen, die sich in ihrer Konsequenz auf die sozialen Beziehungen der Betroffenen massiv auswirken. Erwachsene Bezugspersonen (Partner, Eltern, Freunde ...) sind dabei noch in der Lage, sich aus einer eigenen Identität heraus hilfreich zu distanzieren. Kinder, die in der Entwicklung eines Selbst- und Weltbildes (Identität) jedoch auf ihre Bezugspersonen angewiesen sind, können in der Konfrontation, mit den für sie völlig unverständlichen symptomatischen Verhaltensweisen, selbst schwerwiegende Störungen und Belastungen erfahren.

Warum misshandeln Borderline-Eltern ihre Kinder?

Menschen, die von der Borderline-Störung betroffen sind, leiden. Sie leiden daran, zuviel oder zuwenig zu fühlen, ihrer Leere ausgeliefert zu sein, unter ihrer ständigen Angst etwas falsch oder nicht gut genug zu machen, oder in ihrer von ihnen angenommenen Erbärmlichkeit entdeckt zu werden. Sie glauben nur in dem Augenblick daran, dass sie etwas gut gemacht haben, in dem sie Bestätigung erfahren, ohne diese Augenblicke mit den dazugehörigen, wohltuenden Gefühlen festhalten zu können und daraus lebensbereichernde Ressourcen zu bilden. Sie sehen sich selbst so verzerrt, wie andere sich in einem der Zerrbildspiegel auf Jahrmärkten. Das was sie glauben, in sich zu sehen, lässt sie verzweifeln. Sie sind von sich angeekelt und abgestoßen, ohne Hoffnung darauf, dass jemand sie wirklich lieben könnte. Sie hassen und verachten sich und versuchen auf ihre Art, mit ihrer Abneigung gegen sich selbst fertig zu werden und ihre innere Leere zu füllen, indem sie verzweifelt jemanden suchen, der sie liebt und nie verlässt. In ihrem Bemühen, ihr „Zerrbild" nach außen hin zu kaschieren, entwickeln sie Kreativität, Charme und Empathie, um andere dazu zu bewegen, sie nicht fortzustoßen. Sie entwickeln ein seelisches Kindchenschema, mit dem sie gleichermaßen faszinieren und betören aber auch manipulieren und abstoßen.

Borderline-Betroffene sind in ihrem tiefsten Sein wie hilflose Kleinstkinder. Der Spaltungsmechanismus (Schwarz-Weiß-Denken) entstammt jener frühkindlichen Phase, in der ein Kind die Mutter in ihrer Zuwendung als nur gut (sie ist da und versorgt) oder als nur schlecht (sie ist nicht da und versorgt nicht) wahrnimmt. Im gleichen Zeitraum ist das Kind von seiner Mutter zutiefst abhängig und symbiotisch mit ihr verschmolzen. Es hat ein existentielles RECHT, ihre bedingungslose Zuwendung einzufordern. Kein Mensch würde das Verhalten eines 10 Monate alten Kindes in Frage stellen, welches durch schreien darauf aufmerksam macht, dass es versorgt werden will. Das hemmungslos weint, wenn die Mutter das Zimmer verlässt, aus der Angst heraus, dass sie nicht wieder kommt (fehlende Objektkonstanz).

Kleinstkinder können nicht anerkennen, dass ihre Mütter oder Bezugspersonen Bedürfnisse haben, sie sind in ihrem Sein darauf zentriert, einzufordern. Sie sind Egozentriker, die zu Recht beständig Aufmerksamkeit und vor allem Bedingungslosigkeit verlangen. Das Leben erlaubt es ihnen, sie dürfen fordern. Dabei erfahren sie sich aber als abhängig, ohne ihre Mutter sind sie nicht lebensfähig. Ihren Wert erfahren sie in dem Maße, in dem diese sich ihnen zuwendet. Sie selbst sind, genau wie die Mutter, dann gut, wenn sie sich zuwendet und sie sind dann schlecht, wenn sie sich abwendet. Sie definieren sich in ihrem Sein über die Resonanz ihrer Bezugsperson. Erst im Prozess der Ablösung von der Mutter, dem Herantasten an das Leben in kleinen Schritten, um immer wieder zur sicheren Geborgenheit der Mutter zurückzukehren und wieder einen neuen Anlauf zu wagen, in der Welt zu bestehen, erfahren sie Selbst-Bewusst-Sein. Sie entdecken dabei, dass sie allein überleben können und unabhängig sind. Mit der Chance einer erfüllten Kindheit, machen sie mit der Zeit die Erfahrung, dass sie in ihrer Existenz nicht von ihrer Mutter abhängig sind. Sie lösen sich von ihr und aus der bedingungslosen Verschmelzung. Sie werden erwachsen.

Borderline-Persönlichkeiten sind nie erwachsen geworden. Ihren Symptomen nach verharren sie genau an jenem Punkt, an dem sie mit der Mutter noch bedingungslos verschmolzen sind. Und so verhalten sie sich auch.

Wenn Borderline-Eltern ihre Kinder systematisch vernachlässigen, misshandeln oder sogar missbrauchen, steht dahinter genau die zutiefst infantile Persönlichkeitsstruktur, des noch verschmolzenen, abhängigen und einfordernden Kleinstkindes. Die egozentrische, bedingungslose Befriedigung der eigenen Bedürfnisse zählt mehr als die Versorgung des Kindes. Dabei stehen sie in Konkurrenz zu ihrem Kind nach dem Motto „ich oder du".

Stress, Druck und die Ansprüche, die Kinder naturgemäß stellen, überfordern sie oft maßlos. In ihrer eigenen, grenzenlosen Bedürftigkeit, sehen sie sich von den Ansprüchen ihres Kindes überrollt. Sie geraten ständig in Konflikte mit dem Wunsch gut zu funktionieren und dem realen Erleben, den entsprechenden Anforderungen aber nicht gewachsen zu sein. Sie fühlen sich überfordert, unter maßlosem Druck und sind von sich und dem Kind enttäuscht. Borderline-Eltern erhoffen sich, aus ihrer Infantilität heraus, von der Geburt eines Kindes oft positive Veränderungen in ihrem Leben. Die Rolle eines Vaters oder einer Mutter ist mit Respekt verbunden. Sie werden gebraucht und geachtet, erfahren Aufmerksamkeit und bedingungslose Einheit mit ihrem Kind, das ganz ihnen gehört und sich nicht entziehen kann. (Siehe „Das Kind und seine Schuldigkeit", S. 38.) Und so schaffen sie sich vor der Geburt ihres Kindes eine trügerische Struktur, einen illusorischen Halt, der ihnen die Sicherheit und Geborgenheit in der Welt geben soll, die sie so schmerzlich vermissen. Um dann zu erfahren, dass die Realität mit ihren Erwartungen nicht übereinstimmt. In ihrer Unfähigkeit, Verantwortung zu tragen, wird das Kind verantwortlich gemacht. Wut, Enttäuschung, Angst, Druck und Verzweiflung, werden an den vermeintlich „Schuldigen" delegiert. „Weil du da bist, geht es mir jetzt schlecht, du bist schuld, an dem was ich fühle." Nicht nur in der Partnerkonstellation wird Verantwortung an die Bezugsperson abgegeben, ein Kind ist ebenso betroffen. Darüber sollten sich auch jene Partner klar sein, die annehmen, dass ihr Kind nicht von den Symptomen der Borderline-Störung des betroffenen Partners berührt wird. Ein betroffener Vater oder eine betroffene Mutter, sind nicht abhängig von ihren Kontakten geheilt, sie passen sich diesen nur an.

Oft entsteht ein dramatisches Wechselspiel. Das fehlende kontinuierliche Zuwenden des Borderline-Elternteils und dessen wechselnde, instabile Stimmungen, verunsichern das Kind, was es mit seinen Kommunikationsmöglichkeiten auch reflektiert. Gesunde Eltern erkennen die Verunsicherung des Kindes und gehen darauf ein. Borderline-Eltern, die ja die eigene Verunsicherung auf ihr Kind projiziert haben, da sie selbst mit ihr nicht umgehen können, bekämpfen sie im Kind und so wird das Kind oft zum Opfer des typischen, ausagierenden Verhaltens des betroffenen Elternteils. Das Kind reagiert naturgemäß verängstigt und fordert beständige Zuwendung, um der übertragenen Verunsicherung und Irritation nicht ausgeliefert zu sein. Die daraus resultierenden Anforderungen und die mangelnde Frustrationstoleranz des betroffenen Elternteils, forcieren einen misshandelnden Kreislauf, dem das Kind völlig hilflos ausgeliefert ist.

Dabei geht es dem Borderline-Elternteil NICHT darum, seinem Kind zu schaden. Aus der oben beschriebenen kindlichen Persönlichkeitsstruktur heraus, versucht der betroffene Vater oder die Mutter, die Gefahr, die sie im Verhalten des Kindes für sich spüren, zu kontrollieren. Körperliche und auch emotionale Gewalt, sind hier ein hilfloser, verzweifelter Versuch, diese Gefahr für sich selbst abzuwenden. Wenn es zur Befriedigung der eigenen Bedürfnisse bzw. der Abwehr bedrohlich erlebter Situationen keine Alternative gibt, werden die Möglichkeiten genutzt, die bedingungslosen Erfolg versprechen. Hier erscheint Gewalt in jeder Form oft als einziges Mittel, um den bedrohlichen Feind, den das Kind in diesen Momenten verkörpert (schwarz und schlecht), abzuwehren.

An dieser Stelle möchte ich ganz besonders betonen, dass Borderline-Persönlichkeiten auf Grund ihrer Problematik nicht automatisch zu kindesmisshandelnden, Familientragödien auslösenden Übeltätern werden. Sie versuchen, sich in einer Welt zu orientieren, die sie aus dem Erleben und Weltbild eines Kleinstkindes wahrnehmen. Ihre Welt IST bedrohlich, ihr Leben IST ein andauernder Überlebenskampf, der sie in ständig neue Kriege zwingt. Sie verhalten sich nicht zerstörerisch, weil sie anderen schaden wollen, sondern weil ihnen keine anderen Möglichkeiten aus der Welt des eigenen, kleinkindlichen und bedrohlichen Erlebens zur Verfügung stehen.

Unabhängig davon haben sie das Erscheinungsbild erwachsener und durchaus souverän wirkender Persönlichkeiten. Da sie ausagierende und unkontrollierte Verhaltensmuster nur engen Bezugspersonen gegenüber zeigen, ist es für Außenstehende fast unmöglich, das wahre Geschehen zu erkennen. Verantwortlich für ihr Verhalten sind trotz allem die Betroffenen allein. In einem Borderline-Internetforum las ich einmal den Beitrag einer betroffenen Mutter, die, während sie wie wild auf ihren kleinen Sohn einprügelte, das Entsetzen in dessen Augen sah. Sie schrieb, dass dieser Moment sie dazu bewegt hat, sich in Therapie zu begeben.

Typische Borderline-Verhaltensweisen und ihre Auswirkungen auf ein Kind

Aus der Borderline-Symptomatik ergeben sich ganz spezifische Verhaltensmuster, die Interaktionen schwer belasten. Sie enthalten zerstörerische und misshandelnde Anteile, denen sogar erwachsene Bezugspersonen kaum gewachsen sind. Kinder, die in ihrer Existenz jedoch von ihrem Borderline-Elternteil abhängig sind, können sich weder entziehen noch wehren. Ihre einzige Chance zu überleben sehen sie oft allein darin, sich im übertragenen Chaos aufzugeben ...

Kontrolle und Manipulation

Borderline-Persönlichkeiten interpretieren das Verhalten ihrer Bezugspersonen, also auch ihrer Kinder, nach ihrem Selbstbild. Ihre tief verinnerlichte Annahme, wertlos und nicht liebenswert zu sein, treibt sie dazu, die Verhaltensweisen ihrer Bezugspersonen ständig zu hinterfragen. Dabei versuchen sie, kleinste Hinweise auf Zurückweisung wahrzunehmen, um sich vor der befürchteten Konsequenz, dem Verlassenwerden und den damit verbundenen schmerzhaften Emotionen, zu schützen. Um ihrer Angst nicht hilflos ausgeliefert zu sein, versuchen sie, ihre Bezugspersonen ständig zu kontrollieren oder in ihrem Sinne zu manipulieren. Besonders hilfreich erweist sich für die Manipulation das Übertragen von Schuld- oder Schamgefühlen. Dem Kind zu vermitteln, dass es defekt und unzureichend ist, sich schuldig gemacht und enttäuscht hat, bietet einen idealen Nährboden dafür, ihm seinen Willen aufzuzwingen. Es ist in seiner natürlichen Selbstbehauptung und Grenzsetzung erheblich eingeschränkt, wenn es „schuldig" gesprochen wird und somit eine Gegenleistung zur Wiedergutmachung erbringen muss.

Neben der Kontrollsucht ergeben sich auch aus der fehlenden Objektkonstanz der Betroffenen weitreichende soziale Belastungen. Objektkonstanz bedeutet, in der Lage zu sein, seine Bezugspersonen auch dann als zugewandt zu erleben, wenn diese eigenständig und als Individuum auftreten. Dass sie dabei auch eigene Gefühle, Gedanken und Bedürfnisse entwickeln, wird nicht als bedrohlich empfunden. Die Toleranz der Individualität anderer, ist ein Merkmal dafür, dass eine Persönlichkeit sich nicht vom kleinkindlichen Verschmelzungsprozess mit seinen Bezugspersonen abhängig macht und sie daher in ihrem Anderssein auch nicht als Bedrohung sondern als Bereicherung der eigenen Existenz wahrnimmt.

Das Fehlen der Objektkonstanz bedeutet daher, dass die Borderline-Persönlichkeit nicht in der Lage ist, Bezugspersonen als eigenständig und losgelöst von sich selbst zu erkennen und zu akzeptieren. Deren Individualität existiert außerhalb eines Verschmelzungsprozesses und wird so als nicht tolerierbarer Widerspruch empfunden. In deren Konsequenz, erlebt die Borderline-Persönlichkeit ihre Bezugspersonen dann als nicht mehr zugewandt. Deren eigenständiges Empfinden und Verhalten, wird als Zurückweisung interpretiert und entsprechend bekämpft.

Auf Kinder können derartige Verhaltensweisen verheerende Auswirkungen haben.

Konsequenzen fehlender Objektkonstanz für Kinder:
➢ Sie erleben in ihrem Fühlen, Denken und Handeln eine Bedrohung für ihre Bezugsperson, von der sie ja gleichzeitig abhängig sind. Da Border-

line-Persönlichkeiten das Lösen aus der Verschmelzung als Angriff und Zurückweisung erleben und entsprechend bestrafen, wird das individuelle Erleben des Kindes so zur Bedrohung der eigenen Existenz.

- Sie erleben sich in ihrem Denken, Fühlen und Handeln als unzumutbar und falsch und entwickeln, daraus resultierend, ein mangelndes oder sogar fehlendes Selbstwertempfinden.
- Sie haben keine Chance, sich zu orientieren. Was „richtig" und was „falsch" ist, vermittelt die Reaktion der Bezugsperson. Bei instabilen Persönlichkeiten erfolgt diese aber abhängig vom augenblicklichen, wechselhaften Empfinden. Unsicherheit, permanenter Druck, Angst und Hilflosigkeit, werden für das Kind so zum ständigen Begleiter.
- Sie sehen sich als verantwortlich für das Erleben ihrer Bezugsperson und entwickeln ungerechtfertigte Schuld- und Verantwortungsgefühle.
- Sie lernen, ihre Existenz durch Aufmerksamkeit auf die Bezugsperson abzusichern und nicht durch Selbstwahrnehmung, was ihre Identitätsbildung einschränkt oder sogar zerstört.

Typische kindliche Verhaltensweisen (das Entdecken eigener und fremder Grenzen, das neugierige Auseinandersetzen mit der Welt oder das Lernen, sich in dieser durch Fehler zu orientieren) werden von Borderline-Eltern als bedrohlich und damit bestrafenswert wahrgenommen. Dabei werden, wie in anderen Kontakten auch, die eigenen, abgewehrten und nicht gewollten Emotionen auf das Kind projiziert und dort bekämpft.

Christina war etwa 5 Jahre alt, als sie mit ihrer Mutter auf dem Flur einer übervollen Arztpraxis warten musste. Sie standen zwischen vielen Menschen auf einem engen Gang und Christina wurde an der Hand ihrer Mutter unruhig. Von draußen hörte sie das Geräusch einer Sirene und fragte ihre Mutter, was das denn sei. Die Mutter antwortete ihr, dass dies ein Polizeiauto ist, welches die Kinder abholt, die nicht brav sind. Auf die Frage der 5-Jährigen, was denn mit diesen Kindern geschehe, antwortete die Mutter, dass die unbraven Kinder in eine Grube gebracht werden und da eingegraben werden. Voll Panik und Angst wurde Christina ganz steif, klammerte sich an der Hand ihrer Mutter fest und schwor sich, immer brav zu sein und nie mehr etwas falsch zu machen ...

Diese klare und grausame emotionale Misshandlung der 5-Jährigen, brachte der Mutter den gewünschten Erfolg, ein absolut pflegeleichtes, ruhiges und nicht herumzappelndes Kind. Die Gefahr, sich mit eigenen Frustrationen auseinandersetzen oder gar mit Aufmerksamkeit auf das Kind eingehen zu müssen, war gebannt. Für das Kind war die Konsequenz monatelange Todesangst, sobald es eine Sirene hörte. Der Anblick von Polizeiautos oder Polizisten wurde zur massiven Bedrohung, genauso wie die Angst davor etwas falsch zu machen. Wie aber soll ein 5-jähriges Kind wissen, was richtig und falsch ist, wenn es keine Chance hat, durch Fehler zu lernen ...?

Heute ist Christina 47 Jahre alt und erlebt beim Hören von Sirenen noch immer wiederkehrende Bilder von Kindern, die in Sandgruben ersticken. Es war nur ein leise geflüsterter Satz, den niemand gehört hat, nur das Kind ...

Nähe und Distanzdysregulation

Borderline-Persönlichkeiten erleben sich in ihrer Identität abhängig von der Reflektion anderer. Ohne eine bestätigende Spiegelung von außen, fühlen sie sich leer und orientierungslos. Je nachdem, wie diese Spiegelung erfolgt, ob sie in dem Betroffenen angenehme und damit akzeptierte (weiße) Gefühle auslöst oder unangenehme (schwarze) Gefühle, welche nicht akzeptiert und somit projiziert und abgewehrt werden, wird Nähe oder Distanz angestrebt.

In diesen Prozess ist ein scheinbarer Widerspruch integriert. Die Borderline-Persönlichkeit verlangt und erwartet, aus ihrem infantilen Schema heraus, von ihrer Bezugsperson durchweg liebevolle, zugewandte und wertschätzende Reflektionen und zwar völlig unabhängig vom ihrem eigenen Verhalten. Das eigene Agieren in einem Zusammenhang mit der Reaktion anderer zu sehen (Ursache und Wirkung), ist der Borderline-Persönlichkeit oft nicht möglich. Gleichzeitig ist sie in ihrem Stabilitätsbedarf aber abhängig von authentischen und stabilen, grenzsicheren Reflektionen und entwickelt so konträre und irritierende Verhaltensweisen, die ihre Kontakte zu anderen massiv erschweren.

Widersprüchliche Verhaltens- und Sichtweisen der Borderline-Persönlichkeit in ihrem Nähe- und Distanzverhalten:

- Liebevolle Zuwendung auf Grund des eigenen negativen Selbstbildes als verlogen und falsch wahrzunehmen (abhängig vom augenblicklichen Selbsterleben), sie reagiert dann mit Bestrafung, Herabsetzung und Distanz
- Sie kann auf die gleiche liebevolle Zuwendung, aus einem Moment der inneren Selbstakzeptanz heraus, ebenso überschäumend, idealisierend und mit intensivem Nähebedarf reagieren
- Sie projiziert ihre eigene Hilfs- und Orientierungslosigkeit auf ihre Bezugsperson und versucht über diese, konsequente Grenzen und somit Stabilität und Halt zu erfahren. Spiegelt diese real und somit hilfreich, kann es sein, dass sie für die daraus entstehenden nichtakzeptierten Gefühle zurückgewiesen und bestraft wird. Reflektiert die Bezugsperson aber aus eigener Angst heraus angepasst und nicht authentisch, kann sie verachtet und zurückgewiesen werden. Da die Borderline-Persönlichkeit so aber keine Stabilität erfährt, schreibt sie die Verantwortung für ihre noch immer präsente Unsicherheit dann ihrer Bezugsperson zu. Was immer diese auch tut, es wird als „falsch" reflektiert.

Eine weitere Ursache für das Distanzbestreben der Borderline-Persönlichkeit ist die Angst vor dem Verschlungenwerden. Bedürfnisse ihrer Bezugspersonen, deren Erwartungen und Ansprüche, seien sie auch noch so berechtigt, stellen Anforderungen an die oder den Betroffene/n, die auch die Gefahr in sich bergen, diesen nicht gerecht werden zu können. Die Angst zu versagen oder zu enttäuschen, erzeugt Anspannung, Angst und Druck, die dann mit Distanz zur „fordernden, verschlingenden" Bezugsperson abgewehrt werden.

Und so hat eine Bezugsperson nicht den geringsten Einfluss auf das Nähe- und Distanzverhalten der Borderline-Persönlichkeit, das ja rein symptomatische Ursachen hat. Jedes Bemühen sich anzupassen, um der eigenen Angst vor Zurückweisung zu entgehen, destabilisiert den Betroffenen, die Beziehung und das davon abhängige Selbst immer mehr.

Kinder benötigen aber, für die Entwicklung eines stabilen Bindungsstils, einen Lernprozess, der ihnen vermittelt, welche ihrer Verhaltensweisen

Nähe oder Distanz auslösen. Dabei beobachten sie, wie sich Bezugspersonen untereinander zu- oder abwenden und wie auf eigene Verhaltensweisen mit Zu- oder Abwendung reagiert wird. Aus dieser Basis heraus lernen sie, wie soziale Bindungen geschaffen und erhalten werden und nutzen dabei jene Erfahrungen, die sie im Prozess ihrer Bindungsbeobachtungen gewonnen haben. Ihre eigene Nähe- und Distanzregulation wird ebenfalls chaotisch.

Jedes Kind versucht naturgemäß alles zu tun, um Zurückweisung und Distanz zu vermeiden, da diese existentiell bedrohlich sind. Ist es der Willkür und dem Chaos der Borderline-typischen Nähe- und Distanzproblematik ausgeliefert, versucht es Verhaltensweisen zu nutzen, die ihm eine stabile Zuwendung sichern, was aber unmöglich ist, denn es kann die Symptomatik des oder der Betroffenen ja nicht beeinflussen. Es versucht, alles richtig zu machen, sich anzupassen und gut zu funktionieren, was in einem Moment richtig und im nächsten genauso falsch sein kann.

Was vor kurzem noch gelobt wurde, wird kurz danach bestraft. Desorientierung, Hilflosigkeit und die innere Annahme falsch, unzulänglich und somit nicht liebenswert zu sein, sind die Konsequenzen. In der Folge versucht das Kind, seine ganze Aufmerksamkeit beständig nach außen zu richten und möglichst angepasst (was vor Strafe nicht schützt) zu agieren. Es ist seine einzige Chance, sein Überleben durch das Vermeiden des Verstoßenwerdens zu sichern und gleichzeitig die perfekte Voraussetzung dafür, Borderline-Strukturen in sich selbst zu integrieren.

Frank ging in die 4. Klasse und gehörte zu den Kindern, denen das Lernen mitunter schwer fiel. Er hatte beständige Angst, etwas falsch zu machen und schlechte Zensuren zu bekommen. In der Regel reagierte sein Vater mit überschäumender Wut auf Franks schulische Misserfolge. Meistens gab es Prügel oder es wurden ihm Dinge, an denen sein Herz hing, weggenommen und zerstört. Einmal wurde er für eine 4 im Diktat eine ganze Nacht in den Heizungskeller gesperrt. Die Panik und hilflose Verzweiflung, denen er in diesen Stunden ausgeliefert war, erlebt er in dunklen und geschlossenen Räumen auch heute noch, immer wieder ...

Als er einmal in einem Rechentest eine gute Note erhielt, war er ganz aufgeregt und sicher, dass sein Vater jetzt auch einmal einen Grund hatte, stolz auf ihn zu sein. Angesichts seiner vor Stolz und Freude glänzenden

Augen bekam er von diesem aber eine heftige Ohrfeige und eine endlose Litanei an Vorwürfen. Ob er meine, er sei etwas Besseres, weil er mal einen Zufallstreffer gelandet hätte und dass aus einem Idioten auch mit einer 2 im Rechnen nichts wird ...

Heute ist Frank 35 Jahre alt und arbeitet in der Altenpflege. Eine Familie hat er nicht, dafür zahlreiche Angststörungen. Menschen kann er nur dann an sich heranlassen, wenn sie von seiner Hilfe abhängig sind. Er ist ein zutiefst verunsicherter Mensch, mit dem festen inneren Glauben, ein Versager zu sein.

Impulsivität

Die mangelnde Fähigkeit einer Borderline-Persönlichkeit Frustrationen aushalten zu können, bedingt impulsive Verhaltensweisen, die zumeist für den Betroffenen den Sinn erfüllen, unerträglichen Druck kompensieren zu können. Auslöser für das Gefühl der Frustration sind, neben den für jeden Menschen alltäglich erlebten Spannungsmomenten, auch symptomatische Einflüsse, wie Wahrnehmungsverzerrungen, Interpretationen in sozialen Kontakten nach dem Selbstbild (Ich bin wertlos) oder emotionale Überflutungen, die nicht zugeordnet werden können. Um die daraus entstehende unerträgliche Anspannung neutralisieren zu können, werden von den Betroffenen Situationen geschaffen, die es ihnen ermöglichen, den Druck auszuagieren. Dabei werden Angst, Wut und Anspannung übertragen (Projektionen). Für ein Kind heißt das, ohne jede Vorwarnung und unabhängig von seinen Verhaltensweisen, mit psychischer oder/und körperlicher Gewalt konfrontiert zu werden. Es hat keine Chance, sein Verhalten mit der Aktion seiner Bezugsperson in Einklang zu bringen, so dass es sich weder für die augenblickliche noch für künftige Situationen orientieren kann.

Anett war ein sehr ruhiges, introvertiertes Kind. Sie las und malte gern und fand in ihrer fantasievollen Welt der Geschichten und Farben, Geborgenheit und Freude. Als sie etwa 10 Jahre alt war, saß sie eines Nachmittags in der kleinen Küche am Tisch und zeichnete mit ihren neuen Buntstiften Tiere aus einem Tierbuch. Die Buntstifte hatte sie von der Oma zum Geburtstag bekommen, es waren besonders große, mit leuchtenden Farben. Ihre Mutter kam mit schweren Taschen vom Einkauf und stellte die Taschen zunächst auf dem Fußboden ab. Anett wusste bereits, dass sie jetzt möglichst schnell ihre Sachen vom Tisch nehmen musste, damit die Mutter nicht wütend wird. Hastig sammelte sie ihre Stifte zusammen und wollte gerade ihre Zeichnung vom Tisch nehmen, als die Mutter diese schon vom Tisch riss. Was das denn für Krakeleien seien, darin würde sie ja nicht mal Butterbrote einwickeln. Als Anett daraufhin in Tränen ausbrach, begann die Mutter sie zu beschimpfen. Sie wäre undankbar und ein Nichtsnutz. Sie als Mutter müsste ständig einkaufen und hätte keine freie Minute für sich und das nur weil das Fräulein Tochter sich für eine Künstlerin hielt. Während die Mutter jeden Buntstifte einzeln zerbrach und die Zeichnung in 1000 kleine Fetzen zerriss, duckte Anett sich regungslos und starr in der Ecke, sie wusste bereits, dass es besser war still zu halten, damit es nicht schlimmer wird ...

Anett ist heute 37 Jahre alt und arbeitet als Grundschullehrerin. Laute, erhobene Stimmen lassen sie mit Panik reagieren, sie wird dann starr und völlig handlungsunfähig. Sie hat zahlreiche Beziehungen hinter sich, in denen sie versuchte, durch tadelloses Funktionieren jeden Konflikt zu vermeiden. Depressionen und Erschöpfungszustände sind ihre ständigen Begleiter ...

Die Neigung zu projizieren

Bei der Projektion handelt es sich um einen Abwehrmechanismus, bei dem eigene, unerträgliche Gefühle und Wünsche einem anderen Menschen zugeschrieben werden und dann an diesem bekämpft werden.

Herr Müller hatte heute einen sehr schwierigen Kunden zu betreuen. Langwierige Auseinandersetzungen über die Berechtigung einer Reklamation zerrten an seinen Nerven. Dem aggressiven Verhalten des Kunden musste er freundlich standhalten, die sich beständig anstauende Wut dagegen zurückhalten. Als er abends dann nach Hause kam, war er angespannt und nervös.

Nachdem er hastig sein abendliches Bier getrunken hatte, ging er in das Zimmer seines 14-jährigen Sohnes Matthias und verlangte nach dessen Schultasche. Mit wenigen Handgriffen zerrte er den Inhalt heraus und verstreute ihn auf dem Boden. Dabei schimpfte er über die Unordnung und das vermeintliche Chaos in den Unterlagen. Matthias, der gerade die Tasche eingeräumt hatte, war jetzt wütend. Er hatte sich eigentlich viel Mühe gegeben und nun konnte er alles noch mal machen. Er riss seinem Vater die Tasche aus der Hand und begann sich lautstark zu rechtfertigen. Daraufhin begann der Vater blindwütig auf Matthias einzuschlagen und ihn zu beschimpfen. Er werde ihm schon noch beibringen, was es heiße Respekt vor ihm zu haben ...

Matthias Vater hielt im beruflichen Umfeld seine angestaute Wut zurück. Unfähig einen sinnvollen Umgang damit zu finden, spaltete er sie ab und projizierte sie dann in einem selbstinszenierten Drama auf seinen Sohn. Jetzt hatte er ebenfalls ein wütendes Gegenüber, dessen Wut er aber nun verurteilen konnte. Gleichzeitig fand er so eine Möglichkeit, das auslösende Erleben mit dem Kunden zu verarbeiten. Er selbst kann so seine innere Anspannung lösen, überträgt diese aber, zusammen mit der nicht ausgelebten Wut, auf seinen Sohn.

Da Kinder sich aus ihrer Abhängigkeit heraus am wenigsten wehren können, werden sie immer wieder in für sie nicht vorhersehbare und unvermeidliche Konfrontationen genötigt. Sie werden zu einem emotionalen Spielball, ohne dass sie die geringste Chance haben, sich zu schützen. Sie nehmen Projektionen ungefiltert wie ein Schwamm auf und stellen das Verhalten ihrer Bezugsperson dabei nicht in Frage. Würden sie deren elterliche Unfähigkeit registrieren, müssten sie erkennen, dass ihre existentielle Sicherheit nicht gewährleistet werden kann, was sie einem zutiefst zerstörerischen emotionalen und lebensfeindlichen Stress aussetzen würde. Das Leugnen der elterlichen Inkompetenz und die gleichzeitige Verantwortungsübernahme dafür, bewahrt das Kind so vor den emotionalen Konsequenzen seiner Existenzgefährdung. Und so sieht es sich als unfähig, minderwertig und vor allem verantwortlich dafür, dass sein Vater oder seine Mutter unter ihm leiden muss. Minderwertigkeit, Angst vor Fehlern, Auseinandersetzungen und Konflikten, Schuld- und unangebrachte Verantwortungsgefühle, sind nur einige der daraus resultierenden ständigen Begleiter.

Idealisierung und Entwertung

Idealisierungen entstehen in einem Prozess der Identifikation mit einer Bezugsperson, wenn diese die Borderline-Persönlichkeit in einer von ihr akzeptierten, bestätigenden und wertschätzenden Art reflektiert. In der Konsequenz erlebt sie sich als wertvoll und angenommen, sie fühlt sich sicher, verbunden und geborgen. Typische Symptome, wie Angst und Leere, sind dann kaum spürbar, so dass grenzenlose Erleichterung und Dankbarkeit ausgelöst werden. Dieses Empfinden wird nun ebenfalls projiziert und der Bezugsperson zugeschrieben. Es geht mir gut, weil du da bist, du machst, dass es mir besser geht, du rettest mich ... Die Bezugsperson wird grenzenlos aufgewertet, woraus sich häufig eine gegenseitige Idealisierungsspirale ergibt, die beidseitige emotionale Höhenflüge bescheren kann.

Entwertungen werden gezielt dann eingesetzt, wenn Nähe als bedrohlich empfunden wird und die Borderline-Persönlichkeit zum eigenen Schutz Abstand braucht, um sich nicht zu „verlieren" (siehe Nähe- und Distanzdysregulation). Dabei geht es nicht darum, der Bezugsperson bewusst zu schaden, sondern sich selbst vor dem mit Nähe einhergehenden Gefühl des Verschlungenwerdens (Anspruchshaltung, die sich aus der Interaktion ergibt) und der damit verbundenen Anspannung, zu schützen. Entwertungen lösen natürlicherweise ein Distanzbestreben bei den Partnern oder Kindern aus, so dass die Verantwortung für die geschaffene Distanz diesen dann auch zugewiesen werden kann. Der Vorteil für die Borderline-Persönlichkeit liegt dabei darin, dass sie sich in dem von ihr initiierten Prozess als für diesen nicht verantwortlich und somit auch als nicht angreifbar wahrnimmt. Auch hier zeigt sich ihre Unfähigkeit, Ursache und Wirkung in einen Zusammenhang zu bringen. Die anderen sind schuld und sie selbst ist ein Opfer ihrer zurückweisenden Mitmenschen. Ihr Weltbild, nicht angenommen und liebenswert zu sein, bestätigt sich.

Entwertungen schließen sich oft nahtlos den idealisierenden Phasen an. Diese erzeugen Nähe, wobei sich auch Erwartungshaltungen positionieren, die angstauslösend sein können. Der Borderline-Persönlichkeit ist es nicht möglich, sich gleichzeitig auf sich selbst und auf eine Bezugsperson zu konzentrieren, so dass sie sich überfordert und unter Druck fühlt. Die Lust an der Idealisierung wandelt sich in eine bedrohliche Last, die abgewehrt werden muss. Angst und Unsicherheit sind wieder präsent und werden ebenfalls der Bezugsperson zugeschrieben die in der Wahrnehmung des Betroffenen versagt hat. Und so wird sie entwertet, herabgesetzt und fortgestoßen ...

Kinder stellen weder die Auf- noch die Abwertung in Frage und glauben blind an deren Berechtigung. Gleiche Verhaltensweisen des Kindes können auch hier je nach Gutdünken als falsch oder richtig reflektiert werden. Auch hier hat es keine Möglichkeiten, sich zu orientieren und gerät, durch seine Neigung die Verantwortung für das reflektierende Verhalten zu übernehmen, in einen dauerhaft angespannten, ängstlichen und hilflosen Zustand.

Annika war 9 Jahre alt, als sie noch 2 Geschwisterchen bekam. Zwillinge, die das bisherige Leben der kleinen Familie völlig auf den Kopf stellten. Obwohl die Mutter ihre Arbeit aufgab und nun zu Hause für die Kinder sorgte, war sie völlig überfordert. Nach der Schule übernahm Annika viele der anstehenden Arbeiten und versuchte die Mutter zu entlasten. Sie war stolz darauf, die große Schwester zu sein, die schon so viel helfen konnte und überglücklich, wenn ihre Mutter sie lobte.

Im Laufe der Zeit musste Annika immer mehr Aufgaben übernehmen. Wenn die Mutter sich schlafen legte und die Kleinen weinten, war es Annika, die sie versorgte. Sie fütterte, wusch und beschäftigte ihre Geschwister. Es gab Tage, an denen die Mutter sie überschwänglich lobte. Dann war sie der rettende Sonnenschein, das fleißigste und allerliebste Kind. Und es gab Tage, da war jeder Handgriff falsch. Sie wurde als faul und dumm beschimpft, als ein Kind, welches lieber in einem Heim leben sollte, als der Mutter zur Last zu fallen. Nicht selten kamen dann auch entsprechende Drohungen, dass sie, wenn sie sich nicht bessern würde, in ein Heim für schwer erziehbare Kinder käme. Annika versuchte in der ihr übertragenen und völlig überfordernden Rolle als Mutter, alles zu tun, um auch den kleinsten Fehler zu vermeiden.

Heute ist Annika 32 und eine Perfektionistin. Ihre übergroße Sorge vor Fehlern hemmt sie im Kontakt zu ihren Mitmenschen und so sind ihre Beziehungen nur von kurzer Dauer. Sie leidet unter Kontrollzwängen und muss sich ständig vergewissern, nichts vergessen oder alles richtig gemacht zu haben. Ihr Leben erscheint ihr wie der Dauerlauf eines Hamsters in einem sich endlos drehenden Rad ...

Selbstverletzende und suizidale Verhaltensweisen

Borderline-Betroffene können dazu neigen, auftretende Anspannungen durch Selbstverletzungen oder suizidales Verhalten zu kompensieren. Oft verleihen sie so auch ihrer Wut auf sich oder andere Ausdruck. Sie bestrafen sich für ihre verinnerlichte Wertlosigkeit oder stellvertretend für andere, so dass sie eine mögliche, bedrohliche Konfrontation mit ihren Konfliktpartnern vermeiden. Mitunter werden Selbstverletzungen oder Selbstmorddrohungen auch genutzt, um Bezugspersonen in gewünschte Handlungen zu nötigen. Dazu zählen u. a. eindringliche Aufmerksamkeit, Verantwortungsübernahme für Konfrontationen mit alltäglichen Belastungen, denen der oder die Betroffene sich selbst nicht gewachsen sieht oder das bedingungslose Anpassen der Bezugsperson. Selbstverletzende Handlungen können z. B. das Beibringen von Schnittverletzungen oder Verbrennungen sein, das sich selbst schlagen oder Haare ausreißen.

Auch wenn derartige Verhaltensweisen ein mehr als hilfloser Versuch sind mit überwältigenden Emotionen und Anspannungen umzugehen, so sind sie doch für nahestehende Personen Auslöser tiefster Verzweiflung und Hilflosigkeit. Partner oder Kinder werden zudem auch sehr oft mit einer Verantwortungszuschreibung für die Verletzungen oder Androhungen konfrontiert. „Du treibst mich dazu, das zu tun ..." oder „Du kannst das nur verhindern, wenn du ..."

Für Kinder ist das Erleben von Szenarien, in denen sich Vater oder Mutter verletzen, bzw. mit Suizid drohen, schwer traumatisierend. Hilflosigkeit und Ohnmacht lassen sie erstarren, gleichzeitig wissen sie, dass sie schnell handeln müssen. Sie sind gezwungen, eigene Gefühle auszuschalten und müssen jegliche Impulse der Selbstfürsorge ignorieren und den Betroffenen oder auch das Partner-Elternteil retten und beschützen, um so auch selbst eine Überlebenschance zu haben. Dazu kommen, auf Grund der zugewiesenen Verantwortung, oft überwältigende Schuldgefühle, die sie manipulierbar und gefügig machen.

Daniela war 16 als sie einen heftigen Streit zwischen ihren Eltern erlebte. Zunächst war es wie jeden Tag. Die Eltern schrien sich an, beschuldigten und beschimpften sich gegenseitig. Weil Daniela Angst hatte, dass der Vater die Mutter verletzen oder töten könnte, unterdrückte sie ihre Impulse wegzulaufen oder sich selbst zu schützen und so versuchte sie sich zwischen die Eltern zu stellen und dafür zu sorgen, dass sie sich nicht gegenseitig weh taten. Irgendwann ging der Vater kurz hinaus und kam mit einem Seil in der Hand zurück. „Ihr Schweine habt mich so weit gebracht, dass ich mich jetzt umbringe ..." Dann ging er.

Die Polizei, die von der Mutter gerufen wurde, war ebenso rat- wie hilflos. Es wurde ein Protokoll erstellt und um Rückruf gebeten, falls der Vater wieder nach Hause käme. Um das zitternde, weinende Mädchen kümmerte sich niemand ...

Für Daniela gab es derartige Situationen häufig. Verbale und körperliche Gewalt haben einen Großteil ihrer Kindheit begleitet. Heute ist sie 41 Jahre alt und hat mehrere missbräuchliche Beziehungen hinter sich. Sie kann nur schwer Menschen an sich heranlassen. Lautere Stimmen, schnelle Gesten oder bedrohliche Körperhaltungen lassen sie noch immer erstarren. Obwohl sie durch mehrfache Psychotherapien weiß, dass sie keinerlei Schuld an dem Erlebten trägt, fühlt sie sich schuldig. Für jede eigene Meinung, für jedes eigene Gefühl und Bedürfnis und sogar dafür, dass sie überhaupt da ist ...

Eine besonders bedrohliche Konstellation ergibt sich auch aus einer Erweiterung suizidaler Verhaltensweisen des Betroffenen. Häufig neigen sie dazu, sich bewusst in gefährliche Situationen (z. B. riskantes Autofahren oder gefährliche Sportarten) zu begeben, wobei Partner oder Kinder genötigt werden, sich ebenfalls darauf einzulassen. Ein Partner hat zumindest noch die Möglichkeit, frei zu entscheiden und sich gegen gefährdende Forderungen abzugrenzen, ein Kind jedoch ist den Umständen völlig ausgeliefert. Unfälle, welche die Gesundheit oder das Leben des Kindes in Gefahr bringen, sind dann vorprogrammiert.

Frustrationsintoleranz

Um sich vor der Frustration überfordernder Konfrontationen zu schützen und somit auch der Angst vor Zurückweisung zu entgehen, tendiert die Borderline-Persönlichkeit mitunter dazu, ihre Kinder zu überladen. Sie versucht dabei, ihnen alle Wünsche zu erfüllen und jedem Anspruch gerecht zu werden, ohne dabei einen Bezug zur Realität und Grenzen zu vermitteln. Sie erzeugt ausufernde Maßlosigkeit und setzt somit einen Kreislauf in Gang, der durch eine ansteigende Erwartungshaltung beim Kind zugleich auch immer mehr Druck und Angst bei sich selbst auslöst. Auf diese wird dann wiederum durch erneute Zugeständnisse und grenzenlose Dienstbarkeit reagiert. Ein unheilvoller Kreislauf. Da sich die Borderline-Persönlichkeit ja als liebensunwert wahrnimmt, sieht sie sich oft verpflichtet, Leistungen zu erbringen, um sich so die Zuwendung ihrer Kinder zu sichern. Der daraus resultierende Druck, die forcierte, unerschöpfliche Maßlosigkeit der Kinder, erzeugen immer drastischere Hilflosigkeit und letztendlich auch Wut, die sich dann entweder auf sich selbst oder auf die Kinder entlädt.

Die hier zugrunde liegende Überfürsorglichkeit hat aber wenig mit realer Für-Sorge zu tun. Hier geht es nicht um die Bedürfnisse des Kindes, sondern einzig und allein um das Bedürfnis des Borderline-Elternteils, durch seine „Fürsorglichkeit" in Form von emotionaler oder materieller Zuwendung, nicht zurückgewiesen zu werden. Dabei erlebt sich der oder die Betroffene in seiner/ihrer Rolle als Vater oder Mutter als besonders wertvoll und setzt seine/ihre eigenen, rein kindlichen Maßstäbe an, bei denen bedingungslose, sofortige Wunscherfüllung oder das Ausbleiben von Grenzen, im Mittelpunkt stehen. In der Konsequenz wird so aber jede aufsteigende Frustration des Kindes im Keim erstickt, und es bekommt keine Chance, selbst einen Umgang mit Frustrationen zu erlernen. Infolgedessen erfährt es diese als äußerst bedrohlich und wird entsprechend zurückweisend, aggressiv und fordernd reagieren, wenn seinen Wünschen nicht entsprochen wird. Ein unheilvoller Kreislauf für den Betroffenen, der darauf wiederum mit seinen typischen Mustern reagiert, wobei sich die Situation immer mehr zuspitzt. Meist stagnieren derartige Eltern-Kind-Beziehungen in ausufernden Liebe-Hass-Konfrontationen, wodurch ein Zusammenleben unmöglich wird.

Solange ich denken kann, wurden mir meine Wünsche schon erfüllt, bevor ich sie überhaupt aussprechen konnte. Meine Geburtstage oder Weihnachten waren rauschhafte Festtage für mich. An meinem 11. Geburtstag bekam ich einen Computer, diverse Spiele dazu und ein riesiges Puppenhaus. Ich wusste gar nicht, womit ich zuerst spielen sollte. Auch ohne diese Feiertage bekam ich immer die neuesten Sachen. Handys, Klamotten, Gürtel und Taschen von teuren Designern. Ich wusste nicht, dass meine Mutter sich das alles eigentlich gar nicht leisten konnte. Sie verschuldete sich und sobald ich in ihren Augen irgendeinen Fehler machte, warf sie mir vor, dass ich undankbar wäre. Nach wie vor erwarte ich von ihr, dass sie mir meine Wünsche erfüllt, ich brauche eben Markensachen, weil ich ja bei meinen Freunden auch gelten will, aber merkwürdigerweise kann ich mich nicht mehr freuen, wenn ich es bekomme. Im Gegenteil, eigentlich verachte ich meine Mutter dafür und wenn sie mir vorwirft, was sie alles für mich getan hat, hasse ich sie sogar. Was ich nicht aushalten kann, ist, wenn andere etwas Besseres oder Neueres haben als ich, z. B. Handys oder so. Ich fühle mich dann wie eine Versagerin. In meiner Clique haben alle immer total teure Sachen und da gehörst du nicht dazu, wenn du nicht mithalten kannst. Manchmal fühlt sich das alles total schrecklich für mich an, ich habe oft furchtbare Angst vor dem, was noch kommt, wenn Mama mal nicht mehr da ist. Ich kann doch eigentlich nichts, dann kiffe ich schon mal oder nehme Tabletten ... (Sunny, 16)

Ebenso kann sich die Borderline-Persönlichkeit aus Angst vor dem eigenen Versagen ihrem Kind gegenüber auch völlig gleichgültig zeigen. Sie ignoriert dabei jede nicht tolerierbare, emotionale Regung bei sich selbst, um entsprechende Handlungen, denen sie sich nicht gewachsen sieht, zu entgehen. Daraus resultierend toleriert sie dann Schulschwänzen, Alkohol-und Drogenmissbrauch, Diebstähle, Übergriffe auf sich selbst und andere ...

Aus der Frustrationsintoleranz ergeben sich auch unkontrollierte Übergriffe auf das Kind, die aus eigenen nicht akzeptierten und nicht bewältigten Frustrationen resultieren. Dabei werden dem Kind völlig widersprüchliche Forderungen übermittelt, die ihm keine Chance lassen, „richtig" zu reagieren und es zwingen, immer wieder in eine gefährliche Falle zu gehen.

Ich habe noch gut in Erinnerung, dass mein Vater eigentlich immer seine Ruhe vor uns wollte. Er meckerte ständig, dass wir zu laut wären. Meine Mutter erklärte uns dann mit leiser, beschwichtigender Stimme, dass Papa müde und ausgelaugt sei, wegen der Arbeit und so. Also mussten wir leise sprechen. Einmal sprang er von der Couch hoch und verpasste mir eine heftige Ohrfeige. Dafür, dass ich „Geheimnisse" vor ihm hätte und ihn wohl für so blöd hielt, dass ich glaubte, hinter seinem Rücken über ihn herziehen zu können. Ich wusste danach gar nicht mehr, wie ich denn nun reden durfte. Aber auch den Mund zu halten wäre ja falsch gewesen, es war einfach schrecklich. (Andreas, 41)

Borderline-Betroffene brauchen die sofortige Erfüllung ihrer Bedürfnisse, die sie allerdings auch nicht oder nur selten artikulieren können. Auf Nichterfüllung reagieren sie in der Regel intolerant und mit den typischen Wut- und Zornanfällen. Sie leben wie auf einer Achterbahn und steigen in ihrem Erleben rasend hoch oder fallen ebenso tief. Für ihre Kinder heißt das, ohne jede Vorwarnung oder Chance dem zu entgehen, dabei mitgerissen zu werden.

Die Verzerrung der Realität

Zur Borderline-Symptomatik gehört die Konfrontation des Betroffenen mit starken Emotionen wie Hilflosigkeit, Angst oder Wut. Oft werden diese ohne einen realen Auslöser erlebt, so dass der Betroffene nicht in der Lage ist, sich in seinen Handlungen so zu orientieren, dass er mit seinen Gefühlen hilfreich umgehen kann. Es gehört zu den Borderline-typischen Verhaltensweisen, sich diese Realität, durch das Inszenieren von zu den Gefühlen passenden Situationen, selbst zu schaffen. Da wird das halbvolle Glas, die Schuhe im Flur oder der Krümel auf dem Küchentisch zum Auslöser dramatischster Szenen. Der Betroffene impliziert in die selbst geschaffene Situation sein nicht zuzuordnendes Gefühl und schafft sich damit Orientierung (ich habe ein Recht auf meine Wut, weil ich nicht respektiert werde ...). Gleichzeitig entlädt sich seine geballte Wut, Trauer oder Enttäuschung, die für Außenstehende allerdings in keinem Zusammenhang mit der vermeintlichen Ursache stehen.

Ein Kind wird sich allerdings sehr wohl als Verursacher der Situation erleben, da es ja die Realität seiner Bezugsperson als richtungsweisend akzeptiert. Es kann diese nicht in Frage stellen, weil es ja sonst seinen massiven Existenzängsten ausgesetzt wäre. Aus einem eigenen Lebenserhaltungstrieb, muss es die Realität seines Elternteils akzeptieren.

Dabei wird das Kind immer wieder in Situationen gedrängt, in denen es sich nicht mehr orientieren kann. Auch hier gilt, was gestern noch richtig und in Ordnung war, ist heute falsch und wird bestraft. Das eigene gesunde Empfinden und Einschätzen von Situationen wird aus Angst vor Konsequenzen und aus reiner Furcht geleugnet. Eine gesunde Urteils- und Orientierungsfähigkeit wird so schon im Keim erstickt, untergraben oder demontiert. Die sich daraus ergebende Unsicherheit potenziert weitere Inszenierungen, weil das Kind immer instabiler, wehrloser und anfälliger für Schuldzuweisungen wird.

Als Rene 13 war, versuchte er ein Zusammentreffen nach der Schule mit seiner Mutter möglichst zu vermeiden. Ging er nach Hause, wurde er beschimpft, dass er ein verwöhntes Gör sei, was nur Ansprüche stellt ohne irgendwas zu leisten, womit seine Mutter auf seinen Hunger reagierte, der sich nach 7 Stunden Unterricht nun mal einstellte. Ging er nicht nach Hause, wurden ihm Desinteresse, Faulheit und mangelnder Respekt vorgewor-

fen. Manchmal diskutierte er noch mit seiner Mutter und bekam dann Ohrfeigen für seine Frechheit „das Maul" aufzumachen, sagte er nichts bekam er ebenfalls Ohrfeigen, weil er so „provozierend" war.

Rene ist heute 43 und zwei Mal geschieden. Seine Partnerinnen beklagten sich über seine beständige Passivität und seine Unfähigkeit, Nähe zuzulassen. Er hat keine Freunde und arbeitet als Lagerarbeiter. Sicher könnte er viel mehr aus sich machen, aber er verharrt in seiner Resignation und seinem festen Glauben daran, nichts zu taugen ...

Bedingt durch die Verzerrung der Realität ergibt sich für das Kind nicht nur eine erhebliche Unsicherheit oder sogar Angst vor der eigenen Wahrnehmung in aktuellen, sondern auch im Rückblick oder der Verarbeitung erlebter Situationen. Sein Erleben wird in Frage gestellt, negiert oder entwertet. „So war das nicht, das hast du völlig falsch in Erinnerung, das stimmt doch gar nicht, du lügst ..." sind typische Reaktionen auf Versuche des Kindes, sich mit seinem Erlebten auseinanderzusetzen.

Angst vor Zurückweisung

Borderline-Persönlichkeiten richten in ihren Interaktionen ihre Aufmerksamkeit auf den Kontaktpartner, um einerseits eventuelle Bedrohungen rechtzeitig erkennen zu können und andererseits möglichst die Reflektion zu erhalten, die sie benötigen, um angenommen und akzeptiert zu werden. Sie begeben sich, abhängig von ihrem Interaktionspartner, in genau die Rolle, von der sie annehmen, dass diese sie vor Zurückweisung schützt und Anerkennung verspricht. Dabei identifizieren sie sich ganz mit dieser und werden von Außenstehenden dann auch als völlig authentisch und kongruent erlebt, da sie ihre Rollen ja auch nicht „spielen" sondern tatsächlich leben.

Für ein Kind kann dies völlig verwirrend sein. Es erlebt sein Elternteil in ständig wechselnden Rollen, die es miteinander nicht vereinbaren kann. Die selbstsichere Mutter, außerhalb der Wohnung fürsorglich, aufmerksam und liebevoll, wird ohne Beobachtung anderer zur ignorierenden, abgewandten Chaotin. Der ruhige, selbstsichere Vater zur brüllenden Bedrohung.

Die Rollen und Verhaltensweisen wechseln je nach Umständen rasch und unvorhersehbar. Ganz unabhängig von den symptomatischen Stimmungsschwankungen, erlebt das Kind seine Eltern immer wieder hinter einer anderen Maske. Es versucht, um sich selbst orientieren zu können,

Mutter oder Vater in ihrem wahren Selbst zu erkennen, was aber unmöglich ist. Sicherheit, Geborgenheit und Beständigkeit sind für Kinder lebensnotwendige Bedürfnisse, für Kinder mit Borderline-Eltern aber unerfüllbar.

Zurück bleiben immer wieder unerträgliche Hilflosigkeit, Resignation und das Empfinden, vollständig ausgeliefert zu sein. Was diesen Prozess noch vertieft, ist die Reflektion außenstehender Personen, die ja das Borderline-Elternteil nur in seiner jeweiligen Rolle wahrnehmen. Der Lehrer, die Ärztin, die Mitschüler ..., oft reflektieren sie ihre Wahrnehmung der Rolle, die ja auf Akzeptanz orientiert ist. „Was für eine fürsorgliche und besorgte Mutter ...", „was für ein zugewandter, zärtlicher Vater. Du kannst froh sein, solche Eltern zu haben ...".

Double-Bind-Kommunikation

Meine Mutter hat mich stets mit allen Missetaten meines Vaters konfrontiert. Er betrog sie ständig und behandelte sie sehr schlecht, aber statt sich mit ihm auseinanderzusetzen, lud sie alles bei mir ab. Vor allem als ich in die Pubertät kam, wurde ich permanent mit jedem misshandelnden Detail konfrontiert. Ich habe dann eine unglaubliche Wut auf ihn entwickelt, dass er meine Mutter so behandelte und sie deshalb so leiden musste. Wenn ich dann aber wütend war, kritisierte und beschämte meine Mutter mich. „Wie kannst du nur so über deinen Vater denken und wütend auf ihn sein, wo er dich doch so sehr liebt." Ganz davon abgesehen, dass es nichts gab, durch das ich seine Liebe hätte spüren können, war alles was ich tat offensichtlich falsch. Bestätigte ich meine Mutter in ihrer Wut und Trauer, war ich ein schlechtes, undankbares Kind gegenüber meinem Vater. Tat ich es nicht, war ich schlecht und gefühllos ihr gegenüber. Es gab viele ähnliche Situationen und ich habe, wenn ich nur daran denke, das Gefühl, einen riesigen, wirren Knoten im Kopf zu haben, der mich weder klar denken noch fühlen lässt und mich regelrecht lähmt. (Elaine, 44)

Double-Binds sind doppelte Botschaften, die dem Empfänger keinen Ausweg lassen und ihn mit völlig gegensätzlichen Forderungen konfrontieren, denen er gar nicht entsprechen kann. Dabei ist der darin enthaltene Widerspruch nicht offensichtlich, da die gegensätzlichen Botschaften auf verschiedenen Ebenen (sprachlich, stimmlich, körpersprachlich) vermittelt werden. Für den Empfänger ist ein Double-Bind oft nur durch die „Alles-

Falsch-Reaktion" erkennbar. Erwachsene sind durchaus befähigt, die Widersprüchlichkeit der Botschaft wahrzunehmen und aufzudecken. Kinder aber, die derartige Widersprüche nicht erkennen und lösen können (Abhängigkeitsverhältnis), werden genötigt, ein „Fehlverhalten" zu zeigen, welches so auch immer Zurückweisung und Bestrafung zur Folge hat. Elaine war hier mit zwei völlig gegensätzlichen Erwartungshaltungen konfrontiert. Ihre Mutter wehrte das eigene Denken und Fühlen (Hass und Wut auf ihren Mann) ab, weil sie sich sonst auf eine Konfrontation hätte einlassen müssen. Also projizierte sie ihre abgespaltenen Emotionen auf Elaine. Da sie sich aber gleichzeitig mit ihrer Tochter identifizierte, verurteilte sie diese für jede Reaktion, die sie bei sich selbst als bedrohlich wahrnahm und nicht zulassen konnte. Elaine wurde so für eine natürliche und provozierte Reaktion bestraft und konnte dabei nur lernen, dass sie in ihrem Empfinden und Schlussfolgern falsch und unzureichend war.

Der Double-Bind lautet: „Sei (stellvertretend für mich) wütend und enttäuscht und distanziere Dich" und parallel dazu „zeige kein Gefühl und distanziere Dich nicht". Das eigene Dilemma, das sich aus Abspaltung und Verschmelzung ergab, wurde dem Kind aufgeladen. Die schizologische Konsequenz war, dass alles was Elaine auch tat, falsch war.

Kinder, die Double-Binds ausgesetzt sind, entwickeln ein gehetztes, tief verstörendes Gefühl und den Eindruck der absoluten Unzulänglichkeit. Immer wieder doppelten Botschaften ausgesetzt zu sein, zerstört jegliches Vertrauen in die eigene Wahrnehmung und damit auch das Selbstbild. Da ein Kind prinzipiell davon ausgeht, dass die Forderungen, die von seiner Bezugsperson gestellt werden erfüllbar sind, vertraut es ihr. Es akzeptiert Vater oder Mutter als moralischen Maßstab bedingungslos und wird die Verantwortlichkeit der Nichterfüllung immer auf seine eigene Unfähigkeit beziehen. Hier noch einige Beispiele schizophrener Double-Binds, die für Borderline-Eltern typisch sind:

- **Sei stark** (beschütze mich und sorge für mich) und **Sei schwach** (bleib abhängig und löse dich nicht von mir)
- **Liebe mich** (damit ich mich selbst lieben kann) und **Liebe mich nicht** (mich kann man nicht lieben, wenn du es tust, bist du nicht richtig)
- **Hilf mir** (ich brauche dich) und **Hilf mir nicht** (ich will nicht abhängig sein) ...

Double-Binds werden auch im Zusammenhang mit Schizophrenie genannt und können auch als schizophrene Botschaften bezeichnet werden. Es gibt kaum etwas Zerstörerischeres für das Selbstwertgefühl eines Kindes als paradoxe, unerfüllbare Forderungen. Double-Binds gehören, auf Grund der Unfähigkeit von Borderline-Persönlichkeiten Verantwortung für sich und die eigene Kommunikation zu übernehmen, zu ihrem Verständigungsstandard. Die daraus resultierenden Komplikationen und emotionalen Konsequenzen werden dann wieder auf die Interaktionspartner oder das Kind projiziert. Für das Kind ein chaotisches Dilemma in höchster Potenz.

Ob Impulsivität oder Kontrolle, Abwertung, Projektion oder unvorhersehbare Distanz, viele der hier aufgezählten Verhaltensweisen greifen verschlungen ineinander ein. Die Verzerrung der Realität beruht oft auf einer nicht identifizierten Frustration, die dann durch Projektionen übertragen wird und sich in ausagierenden und herabsetzenden Übergriffen entlädt. In der Konsequenz vermitteln sie aber alle dem Kind eine klare Botschaft. Du bist unwichtig, schuld und so wie du bist nicht in Ordnung. Es gibt kaum etwas Bedrohlicheres für ein Kind, das wahrnehmen, begreifen und leben lernen will und dabei weder seinen Gefühlen, noch seinen Bezugspersonen oder seiner Wahrnehmung trauen kann. Es ist verloren ...

Funktionelle Gegenüberstellung typischer Verhaltensweisen von gesunden und Borderline-Eltern

Die folgende Auflistung stellt grundlegende, elterliche Funktionen von Borderline-Eltern denen gesunder Eltern gegenüber. Sie bezieht sich ausschließlich auf das von Borderline betroffene Elternteil und schließt den Partner, unabhängig davon ob dieser co-abhängig ist oder nicht, aus. Bei dieser Gegenüberstellung handelt es sich um eine verallgemeinernde Darstellung einschränkender Funktionen. So wie eine Borderline-Persönlichkeit nicht von jedem Symptom und jeder symptomatischen Verhaltensweise betroffen ist, agiert auch nicht jedes Borderline-Elternteil im Sinne dieser einschränkenden Auflistung.

Funktionale, gesunde Eltern	Dysfunktionale Borderline-Eltern
Tragen die Verantwortung für sich und können für sich sorgen	Übertragen ihrem Kind die Verantwortung und Sorge für sich
Sehen sich als eigenständige Menschen und gestehen ihrem Kind ebenfalls Eigenständigkeit zu	Nötigen ihr Kind in einen Verschmelzungsprozess (Erweiterung des eigenen Ichs) und gestehen ihm keine Eigenständigkeit zu
Reagieren auf wechselnde Gefühle ihrer Kinder empathisch, akzeptieren sie und vermitteln so Selbstsicherheit	Bewerten, verurteilen oder setzen die Gefühle des Kindes herab, wenn diese mit den eigenen nicht identisch sind. Vermitteln so tiefe Selbstunsicherheit
Fördern ihr Kind in seiner Fähigkeit selbstständig zu werden	Halten ihr Kind abhängig
Vermitteln ihm Sicherheit und Geborgenheit	Übertragen das eigene Chaos und ihre ständig wechselnden emotionalen Zustände auf ihr Kind
Sind aufmerksam und setzen zum Wohl des Kindes Grenzen	Verhalten sich oft permissiv (gleichgültig) und setzen keine Grenzen
Freuen sich mit ihrem Kind über Fortschritte und Erfolge und motivieren es in seiner Entwicklung	Sehen die Fortschritte ihres Kindes als Bedrohung an und demotivieren sie durch Herabsetzung der Erfolge
Vertrauen ihrem Kind und ermutigen es, eigenständige Erfahrungen zu machen	Misstrauen ihrem Kind und schränken es durch andauernde Kontrolle ein
Vermitteln ihrem Kind ein positives Weltbild	Vermitteln ihrem Kind ein negatives Weltbild
Ermutigen ihr Kind eigenständige Meinungen zu entwickeln und zu vertreten	Bestrafen ihr Kind für eigenständige Meinungen
Freuen sich darüber, wenn ihre Kinder Freunde haben und beliebt sind	Tolerieren die sozialen Kontakte ihrer Kinder nicht und versuchen sie zu isolieren
Trösten ihr Kind, wenn es ängstlich oder traurig ist	Implizieren ihrem Kind mitunter Angst, um es kontrollieren zu können
Konfrontieren ihr Kind mit logischen Konsequenzen von Handlungsweisen	Vermitteln ihrem Kind keinen Zusammenhang von Ursache und Wirkung
Bleiben ihren Kindern zugewandt, auch wenn diese Fehler machen oder sich abgrenzen	Distanzieren sich von ihren Kindern, wenn diese nicht im eigenen Sinn funktionieren oder sich abgrenzen
Vermitteln ihrem Kind Respekt und Akzeptanz und bestärken es so in seiner Selbstachtung	Respektieren und akzeptieren ihr Kind nicht und untergraben so seine Selbstachtung
Unterstützen es liebevoll im Lösungsprozess vom Elternhaus	Versuchen ihr Kind durch Schuldgefühle im Lösungsprozess zu behindern

Wie drastisch sich die Borderline-Störung auf die Gesamtheit notwendiger elterlicher Funktionen auswirkt, kann hier gut erkannt werden. Dabei sind nicht nur die verheerenden augenblicklichen Auswirkungen auf das Kind nachvollziehbar, sondern auch die Konsequenzen, die sich für den späteren, erwachsenen Menschen, der durch eben diese Verhaltensweisen geprägt wurde, ergeben.

Der Ablösungsprozess

Kleine Kinder brauchen Wurzeln, große Kinder brauchen Flügel. Gemeint ist damit die Fähigkeit von Eltern, ihre Kinder aus der anfänglichen, lebensnotwendigen Symbiose heraus durch einen Prozess zu begleiten, der letztendlich dazu führt, dass diese auf ihre eigene Lebensfähigkeit vertrauend, sich von ihren Eltern lösen können.

Kinder, die in Borderline-Beziehungen aufgewachsen sind, haben jedoch keine Chance, sich von ihren Eltern abzulösen, da von jenen genau dieser Prozess, durch die oben angeführten einschränkenden elterlichen Funktionen, verhindert wird. Eine gesunde Ablösung beinhaltet die Befähigung des Kindes, ein Bewusstsein dafür zu entwickeln, dass es auch unabhängig und außerhalb der elterlichen Zuwendung existieren kann. Gesunde Eltern begleiten ihre Kinder liebevoll mit Bestätigung und Schutz durch diesen Prozess. Borderline-Eltern aber sind auf Grund ihrer eigenen Defizite nicht in der Lage, diesen Ablösungsprozess zu begleiten, da sie ihn ja selbst nicht durchlaufen haben. Aus diesem Grund erleben sie sich ja selbst ausschließlich durch Verschmelzung und Reflektion mit anderen, was sie in der Konsequenz dann auch auf ihre Kinder übertragen.

Dazu kommt, dass diese elterlichen Verhaltensweisen das Kind nicht nur durch seine Kindheit begleiten. So wie gesunde Eltern ihrem Kind auch als Erwachsenen zugewandt und unterstützend entgegentreten, so schränken Borderline-Eltern auch ihre erwachsenen Kinder nach den noch immer gleichen misshandelnden Mustern ein, so wie sie es bereits in deren Kindheit getan haben. Dabei wird jede natürliche Abgrenzung, die ja ein eigenständiges Leben erst ermöglicht, mit den altbewährten manipulativen Möglichkeiten bekämpft.

Borderline-Persönlichkeiten empfinden das Lösen einer Bezugsperson aus der Verschmelzung mit ihnen als lebensbedrohlich. Durch ihren eigenen nicht vollzogenen Ablösungsprozess und der daraus resultierenden existentiellen Abhängigkeit von ihren Bezugspersonen, erfahren sie auch in der Ablösung ihrer Kinder eine Bedrohung für ihre Existenz. Jede der genannten einschränkenden und letztendlich misshandelnden Verhaltensweisen von Borderline-Eltern dient also in erster Linie deren eigenem infantilen Überlebenskampf und nicht der bewussten Schädigung ihrer Kinder.

Was deren Leid als Kind und späteren Erwachsenen aber nicht mildert.

Wenn Eigenständigkeit zur Bedrohung wird

Schon als ich ganz klein war, habe ich immer genau aufgepasst, wie meine Mama guckt. Ob sie traurig oder froh war, ärgerlich oder müde. Ich habe immer ganz genau aufgepasst, dann nichts zu machen, was ihr nicht passen könnte. Ich traute mich nicht, fröhlich zu sein, wenn sie schlecht drauf war, denn dann gab es meistens Ohrfeigen und Maßregelungen. Andererseits war es auch „unmöglich" von mir, wenn ich mal müde oder traurig war und sie sich gerade gut fühlte. Meist gab es dann Vorwürfe, dass ich ihr nichts gönne, missgünstig und eine reine Last sei. Irgendwann hab ich nur noch die Rolle gespielt, die sie sehen wollte. Schlimm ist für mich, dass ich damit nicht aufhören kann, ich weiß manchmal selbst nicht, wer ich bin ... (Stefan, 37)

Die Unfähigkeit von Borderline-Persönlichkeiten, sich selbst losgelöst von anderen wahrzunehmen und andere auch losgelöst von sich selbst existieren zu lassen, nötigt jede Beziehung in einen emotionalen Verschmelzungsprozess. Dabei handelt es sich keineswegs, wie irrtümlicherweise oft angenommen, um eine förderliche Bindung. Der Begriff der Verschmelzung suggeriert zwar oberflächlich betrachtet Einheit, Geborgenheit und nicht zuletzt auch Sicherheit. Der Preis dafür aber ist die Aufgabe der eigenen Individualität und Integrität, was letztendlich nur eine Illusion von Sicherheit und Geborgenheit gewährt. Die Realität aber entzieht dem Individuum in diesem Prozess Sicherheit für die eigene Existenz, da es gezwungen ist, sein Selbst zu verleugnen und somit nicht versorgen zu können. Die Nötigung von Kindern in einen Verschmelzungsprozess ist eines der bedrohlichsten und unausweichlich lebenseinschränkendsten Muster, mit denen ein Kind in einer Borderline-Beziehung konfrontiert wird.

Ein typisches Merkmal der Verschmelzung, ist die kontinuierliche Abgabe der Verantwortung für sich selbst an andere. In dem Moment, in dem ich von meiner Bezugsperson erwarte, dass sie meinen unausgesprochenen Bedürfnissen zu entsprechen hat, bin ich mit ihr verschmolzen. Hinter meiner Erwartungshaltung verbirgt sich die irrige Annahme, dass sie in der Lage ist, dass Gleiche zu fühlen und zu denken wie ich und so meine Bedürfnisse erspüren und erfüllen kann.

In einer gesunden Eltern-Kind-Beziehung, wird dem Kind zugestanden, Verantwortung für sein Leben abzugeben. Seine Ansprüche richtet es an Vater und/oder Mutter und erfährt durch deren Zuwendung die Sicherheit seiner Existenz. Zu diesen Ansprüchen gehört ebenfalls die Förderung von Autonomie und Unabhängigkeit. Aus der kleinkindlichen symbiotischen Verschmelzung mit den Eltern und der daraus resultierenden Verantwortungsabgabe an diese, ergibt sich, im gesamten Erziehungsprozess, die Entwicklung zu einer eigenständigen, unabhängigen und selbstverantwortlichen Persönlichkeit.

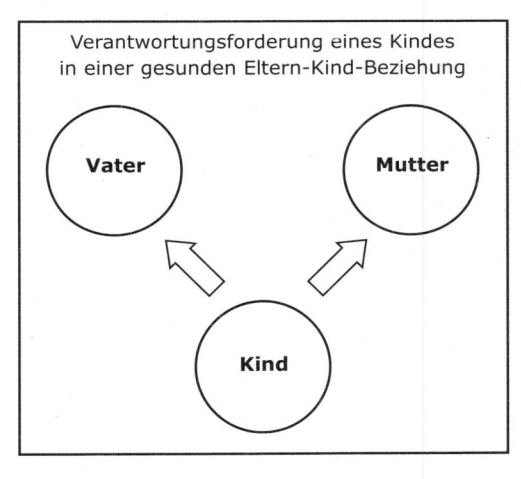

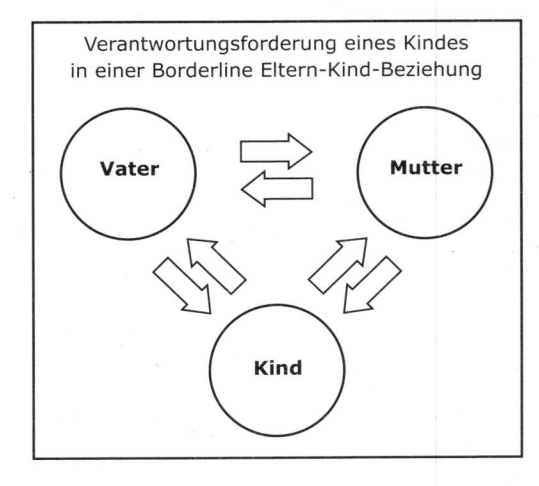

In einer von Borderline geprägten Eltern-Kind-Beziehung, wird dem Kind nicht erlaubt, die Verantwortung für seine Existenz an seine Eltern abzugeben. Es erlebt beständige Verunsicherung in Bezug auf seine Ansprüche und erfährt die Berechtigung seiner Existenz ausschließlich durch seine Anpassung und Abhängigkeit von seinen Eltern. Dabei wird es durch deren Verantwortungsabgabe völlig überfordert und erfährt sich, im Komplex der unlösbaren Aufgabe die es zugewiesen bekommt, als unfähig und liebensunwert. Da es sich ja innerhalb dieser chaotischen Konstellation nur in Abhängigkeit von anderen erfährt, hat es keine Chance zu lernen, sich differenziert wahrzunehmen.

Hieraus ergibt sich eine der massivsten emotionalen Misshandlungsmuster durch Borderline-Eltern. In ihrem emotionalen Erleben instabil und chaotisch, übertragen sie eben dieses Muster auf ihr Kind. Da es ja nach ihrem eigenen Erleben bewertet, d. h. angenommen oder zurückgewiesen wird, ist das Kind gezwungen, sich in seiner gesamten Aufmerksamkeit ausschließlich auf sein Borderline-Elternteil zu konzentrieren. Dabei lernt es, dass es als eigenständiges Wesen nicht existiert, es hat keine Chance, sich selbst zu spüren, zu erleben und die Fähigkeiten zu erwerben, die es braucht, um sich im Leben orientieren und als erwachsener Mensch bestehen zu können.

Eigenständiges Erleben, eigene Gefühle und Bedürfnisse können in einem Verschmelzungsprozess durch das betroffene Elternteil nicht toleriert werden. Ist die Borderline-Persönlichkeit traurig, braucht sie die entsprechende Spiegelung, die ihr vermitteln soll, dass sie mit ihrem Erleben in Ordnung ist. Eine ausbleibende Spiegelung wird als bedrohlich empfunden, da sie als verunsichernd wahrgenommen wird. Aus dem gleichen Kontext heraus, werden Emotionen auch projiziert, was Bezugspersonen oft in das gleiche emotionale Chaos stürzt, wie es vorhergehend auch von Borderline-Betroffenen erlebt wird. Kinder erleben also in dem Kontakt mit ihrem betroffenen Elternteil, dass sie nur dann nicht zurückgewiesen werden, wenn sie sich der instabilen Emotionalität anpassen.

Für das Erleben eigener Gefühle gibt es letztendlich keine Entfaltungsmöglichkeiten. Wann immer das Kind anders fühlt, ein Selbst zeigt, wird es dafür bestraft. So lernt es, sich zu ignorieren und seine ganze Wahrnehmung auf andere zu richten, um mögliche Bedrohungen zu entgehen. Es hat keine Chance, eine eigene Identität, die Erfahrung wer es selbst ist und was sein ICH ausmacht, zu entwickeln und wird so zum Zerrbild seiner kranken Bezugsperson. Es kann der Verschmelzung nicht nur nicht entgehen, es wird diese sogar in seinen eigenen späteren Partnerschaften immer wieder suchen oder auch reinszenieren. Viele meiner Klienten (Partner von

Borderline-Persönlichkeiten) stammen aus Familien mit Borderline-Strukturen. Fast alle haben eines gemeinsam. Sie waren oder sind fasziniert vom Verschmelzungsprozess mit einem Betroffenen und neigen dazu, sich über diesen zu definieren. Dabei sind sie nur eingeschränkt in der Lage, eigene Grenzen oder die anderer wahrzunehmen und sind so im Umgang mit ihrem emotionalen Erleben massiv eingeschränkt.

Was Kindern durch ihre betroffenen Eltern ganz klar verweigert wird, ist die Herausbildung der Fähigkeit, sich differenziert, also unabhängig von anderen, wahrzunehmen. Differenzierung ist der Gegenpart der emotionalen Verschmelzung. Erst sie ermöglicht uns, zwischen den Bedürfnissen, die aus der eigenen Individualität heraus entstehen und denen die sich im Kontakt mit anderen ergeben, eine bereichernde Balance zu wahren.

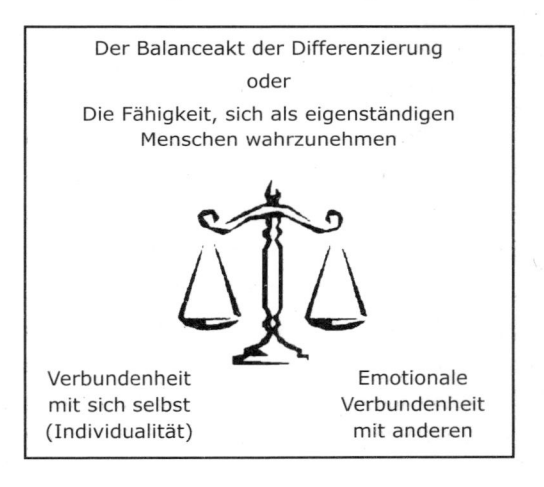

> **Der Balanceakt der Differenzierung**
> oder
> Die Fähigkeit, sich als eigenständigen Menschen wahrzunehmen
>
> Verbundenheit mit sich selbst (Individualität) — Emotionale Verbundenheit mit anderen

Die Gefahr der emotionalen Verschmelzung von Eltern für das Kind

Wie im vorangegangenen Abschnitt beschrieben, neigen Borderline-Persönlichkeiten dazu, ihre innere Leere durch Identifikation und Verschmelzung mit einem Partner zu füllen. Dies setzt aber voraus, dass dieser bereit ist, zugunsten seines Partners und der Beziehung, seine Individualität aufzugeben. In meinem Buch „Wenn lieben weh tut" bin ich bereits darauf eingegangen, wie sich die Partner in einer Borderline-Beziehung oft in destruktiver Weise ergänzen. Sie sind oft beide abhängig von der Reflektion ihres Partners, geben die Verantwortung für sich selbst an diesen ab und können so weder für sich noch für den anderen oder die Beziehung sorgen.

Wenn die beteiligten Partner, also die Eltern, sich als gegenseitige Erweiterung wahrnehmen und sich über den anderen definieren, bleibt es den Kindern nicht erspart, ebenfalls in diesen Prozess integriert zu werden. Auch wenn dies in einem unterschiedlichen Ausmaß geschieht, verschmilzt auch jedes der Elternteile mit dem Kind. Für das Kind bedeutet das, wenn es nicht abgelehnt werden will, sich beiden Eltern bedingungslos anzupassen. Es wird also, um nicht zurückgewiesen und so in seiner Existenz bedroht zu sein, sich bemühen, es jedem Elternteil recht zu machen und dessen jeweilige Stimmung zu reflektieren.

Dabei gerät es, bei Auseinandersetzungen oder Dissonanzen zwischen den Eltern, in einen ausweglosen Konflikt. Da es ja von beiden Elternteilen als Erweiterung der eigenen Persönlichkeit gesehen wird, erwarten auch beide, dass es sie reflektiert, sich positioniert und anpasst. Für das Kind hat dies dramatische Konsequenzen, denn egal was es tut, es wird von einem seiner Elternteile verstoßen werden. Selbst wenn es sich nicht positioniert und ausschließlich Angst oder Verzweiflung zeigt, entspricht es nicht den Interessen der streitenden Eltern, da diese ja oft ausschließlich mit sich selbst beschäftigt sind und das Kind in seinem Schmerz dann als „belastend" erleben. Im „günstigen" Fall wird es ignoriert, also unsichtbar, im ungünstigen Fall wird es für sein „Stören" bestraft. Wie im Abschnitt „Misshandlungsmuster coabhängiger Partner und deren Konsequenzen" (S. 30) beschrieben, wird es auch oft in Streitigkeiten involviert und gegen den Streitpartner benutzt. Dabei kann es sich ergeben, dass dieser dann seine Aggression ausschließlich gegen das Kind richtet, weil er dieses, verschmelzungsorientiert, als Verlängerung des „verhassten" Partners wahrnimmt. Da das Kind in dieser Konstellation definitiv das schwächste Glied ist, bietet es auch den geringsten Widerstand, so dass es dann oft zum Blitzableiter degradiert wird.

Die schwerwiegendsten direkten Gefahren, die sich aus dem Verschmelzungsprozess der Borderline-Persönlichkeit mit dem Kind ergeben, sind diejenigen, die deren selbstverletzende oder suizidale Handlungen betreffen. Dabei wird das Kind genötigt, sich riskanten oder lebensgefährlichen Situationen auszusetzen oder sich an Alkoholexzessen oder selbstschädigenden Verhaltensweisen wie Rauchen, übermäßiges Essen, exzessives Sport treiben u. ä. zu beteiligen.

Besondere Grausamkeit ergibt sich nur allzu oft durch misshandelnde Übergriffe auf das Kind, wenn es als Verlängerung des Partners im Konflikt angesehen wird und stellvertretend für diesen Gewalt und Herabsetzung erfahren muss.

In seiner Tragik am schwerwiegendsten, ist die Tötung des Kindes aus diesem Zusammenhang heraus (der Fall Amélie-Céline, S. 72) sowie der sogenannte erweiterte Selbstmord, in dem sich das jeweilige Elternteil gemeinsam mit seinem Kind tötet. In den Medien werden derartige Ereignisse dann oft als Familientragödie bezeichnet. Die typischen Ergebnisse der Befragungen von Bekannten oder Nachbarn der Familien, vermitteln dabei oft Unauffälligkeit oder besondere Zurückgezogenheit der Eltern. Nette und ruhige Menschen, die keinerlei Anzeichen für derartige Tragödien geliefert haben. Nicht jede Borderline-Beziehung vermittelt das innere Chaos nach außen, genauso häufig gilt es schamhaft, den Rahmen zu wahren und das Scheinbild einer heilen Familie zu präsentieren.

Familiäre Geheimnisse

Persönlichkeitsstörungen, Alkoholismus, Straftaten, sexuelle Übergriffe ... all das, was gesellschaftlichen Normen und Werten widerspricht, wird oft geleugnet. Nicht nur das Individuum ist bestrebt, in seinen sozialen Kontakten so zu funktionieren, dass es nicht zurückgewiesen wird. Auch Familien versuchen in ihrer Funktionalität nach außen so zu agieren, dass sie Anerkennung und Respekt erhalten und von der Gemeinschaft nicht ausgestoßen oder verurteilt werden. Dabei ergibt sich eine innerfamiliäre Dysbalance zwischen der Realität und dem zu vermittelnden Scheinbild. Um diese auszugleichen, wird das jeweilige Ereignis verdrängt, verniedlicht, ignoriert oder geleugnet. Körperliche Verletzungen werden Unachtsamkeiten oder Unfällen zugeschrieben, Alkoholkonsum wird zur Übelkeit degradiert, sexuelle Übergriffe ignoriert oder in ihrer Verantwortung an das Kind zurückverwiesen, was sich dann als „schlecht" wahrnimmt und beschämt und verängstigt schweigt.

Für Kinder entwickelt sich aus diesem Leugnen und Kaschieren ein Missverhältnis zum jeweiligen Ereignis, mit der Schlussfolgerung, dass es zur

Normalität gehört und somit akzeptabel ist. Dabei wird ihm, durch die Botschaften der richtungsweisenden Eltern vermittelt, dass es seiner Wahrnehmung nicht vertrauen kann (und darf). Wenn das gewalttätige Verhalten einer Bezugsperson im Nachhinein verniedlicht oder entschuldigt wird, empfindet das Kind seine erlebte ganz natürliche Angst als überzogen und unangebracht. Es beginnt, sich selbst zu misstrauen. Parallel dazu gerät es in einen Widerspruch, den es nicht aufdecken darf. Einerseits werden Handlungen verharmlost und familiär akzeptiert, andererseits aber müssen sie verdeckt und vor äußerer Wahrnehmung geschützt werden, womit das Kind aber auch indirekt erfährt, dass diese Handlungen eben nicht tolerierbar sind. Es wird diesen Widerspruch und auch die Auseinandersetzung damit leugnen, um seine Existenz nicht zu gefährden, die ja von der Familie abhängig ist.

So wie ein Kind auch bereit ist, die Verantwortung für die Defizite oder Misshandlungen seiner Eltern zu übernehmen (sie sind nur so, weil ich nicht gut genug bin ...), so übernimmt es dann auch die Verantwortung dafür, die Familie vor äußerer Bloßstellung zu bewahren. Es gilt, die Eltern zu schützen, denn selbst wenn es Eltern mit wenig hilfreichen Eigenschaften sind, sind sie doch trotzdem die wichtigsten Bezugspersonen für ihr Kind. Und so ist es bereit, das Geheimnis der Familie zu bewahren und ebenfalls zu leugnen und zu verschleiern, um so auch das eigene Verstoßenwerden zu vermeiden.

Auch in Borderline-geprägten Familien werden die typischen, symptomatischen Verhaltensweisen oft gedeckt, wie es sich aus den authentischen Erzählungen im 2. Teil dieses Buches (ab S. 47) herauslesen lässt. Christinas Mutter bat die Nachbarn um Stillschweigen und Christina selbst wagte es nicht, sich an die Polizei zu wenden, als ihr Vater sie hochschwanger, in einer kalten Nacht, bedrohte und aus der Wohnung warf. Sie schützte ihn, aus Angst davor, dass er dann Repressalien ausgesetzt sein würde, für die sie dann, aus ihrer Sicht, verantwortlich gewesen wäre.

Judith, die von ihrer Mutter keinen Trost oder eine empathische Reaktion erhalten hat, weil diese die Gewalt ihres Mannes leugnete, um sich nicht den eigenen Ängsten oder Verhaltensdefiziten, einschließlich der daraus entstehenden Verantwortlichkeit stellen zu müssen. So erhielt Judith schon früh die Lektion, dass der Umgang mit Misshandlung und Gewalt über tolerieren und schweigen erfolgt.

Das familiäre Borderline-Chaos wird entweder durch die äußere perfekte Inszenierung einer heilen Familie gedeckt oder offensichtlich ausgelebt. Je nach sozialem Status, gilt es, die Fassade aufrecht zu erhalten, um nicht gesellschaftlich degradiert zu werden. Kinder übernehmen dabei schnell die Verantwortung und lernen, das für die Familie gefährliche Tabu zu vertuschen. Ihr Wertesystem wird dabei untergraben, da sie weder stabile Werte vermittelt bekommen, noch in ihren Handlungen mit ihren Werten übereinstimmen dürfen. Der kleinste Versuch, die Wahrheit auszusprechen wird oft hart bestraft. Um das familiäre Geheimnis zu schützen und zu verhindern, dass es offenbart wird, implizieren Aussagen wie „was haben wir nicht alles für dich getan ..." und „wie kannst du uns das antun ...", Schuld und Scham beim „abtrünnigen Verräter". Dabei wird oft das im Keim erstickt, was heilsam wäre. Nämlich die Wahrheit zu erkennen, auszusprechen, zu akzeptieren und zu verarbeiten. Das Kind, das sich gegen derartige Übergriffe wehrt oder nicht bereit ist, das familiäre Geheimnis um jeden Preis mitzutragen, wird zur Bedrohung für das familiäre System und entsprechend genötigt und eingeschüchtert, um es wieder in seine Gehorsamkeit zu manipulieren.

Noch über Jahre hinaus, im späteren Erwachsenenleben, fällt es ihnen oft schwer, sich an die realen Gegebenheiten ihrer Ursprungsfamilie zu erinnern oder sich damit auseinanderzu setzen. Darüber zu sprechen, sich aus der Verantwortung zu lösen, ist oft mit tiefem Scham- oder Schuldempfinden verbunden. Der Eindruck, die Familie zu „verraten", wenn sie sich selbst emotional aus diesem System lösen wollen, behindert sie oft massiv in ihrem eigenen Leben. Loyalität um jeden Preis lässt sie dann selbst oft in zerstörerischen Bindungen verharren, weil sie dem Irrglauben erliegen, durch ihre bedingungslose Loyalität und Selbstaufgabe endlich angenommen und akzeptiert zu werden. Kinder aus „geheimnisvollen" Familien haben gelernt, zu akzeptieren und zu schweigen, um sich ein Minimum an Sicherheit zu verdienen.

Familiäre Regeln

... existieren in jeder Familie. Im Gegensatz zu Glaubenssätzen sind sie nicht individuell gebunden, sondern umfassen die gesamte Institution der Familie, wobei sie aber ebenfalls nicht hinterfragt werden und unterbewusst aktiv sind. Sie entstehen in systemischen Prozessen und dienen der Strukturierung und dem Zusammenhalt. Sie werden nicht ausgesprochen, nicht aufgeschrieben und auch nicht klar mitgeteilt, sondern durch Lebensmuster, Verhaltensweisen und mehr oder weniger subtile aber beständige Botschaften vermittelt.

Familiäre Regeln vermitteln allen Familienangehörigen das Einhalten starrer Anordnungen, deren Einhaltung das System „stärken" soll und deren Missachtung als gemeinschaftliche Bedrohung angesehen wird.

Die prägnanteste Regel in Borderline-Familien ist die verinnerlichte Botschaft des oder der Betroffenen

„Sei nicht"!

Die gesamte Aufmerksamkeit der Familienmitglieder, hat sich auf die Borderline-Persönlichkeit zu richten. Nur deren Belange zählen, deren Stimmungen müssen zur eigenen Sicherheit registriert und abgefangen werden. Eigene Gefühle, Gedanken oder Verhaltensweisen der Familienmitglieder werden nur insoweit toleriert, wie sie dem Reflektierungsbedarf der Borderline-Persönlichkeit entsprechen. Außerhalb dessen, werden sie durch das Lösen aus der emotionalen Verschmelzung zur Bedrohung für den oder die Betroffenen, da sie als Zurückweisung interpretiert werden.

Weitere familiäre Regeln sind u. a. :
- Sei nicht glücklich
- Sei nicht erfolgreich
- Achte nicht auf dich
- Ordne dich unter
- Bleib allein
- Lass dir weh tun
- Lass dich ignorieren ...

Familiäre Regeln wirken wie Glaubenssätze. Sie sind im Unterbewusstsein ständig präsent, bestimmen Orientierung und Handeln und werden nicht hinterfragt. Sie resultieren aus dem verinnerlichten Erleben innerhalb des familiären Systems und orientieren sich an den gelebten Botschaften der einzelnen Familienmitglieder.

In meiner Familie gab und gibt es keine glücklich gebundenen Frauen. Meine Omi, meine Mutter, meine Schwestern ... alle leben in misshandelnden Beziehungen oder allein. Soweit ich es einschätzen kann, zieht sich das Borderline-Syndrom auch durch alle mir bekannten Generationen. Meine Oma, mein Vater und meine Schwester sind betroffen, ansonsten sind Coabhängigkeit und Unterwerfung, andauerndes Leiden und Unglück ständige Begleiter bei uns. Nachdem ich mich selbst in mehreren schwierigen Beziehungen wiedergefundene habe und nach intensiver therapeutischer Arbeit nun schon mehrere Jahre in einer harmonischen Ehe lebe, musste ich sogar beobachten, dass meine Ehe von meiner Mutter fast unmerkbar sabotiert wurde. Ich fühle mich fast schuldig, dass es mir besser geht als ihr. (Martina, 44)

Familiären Regeln muss bedingungslos entsprochen werden, Verstöße werden hart bestraft. Ein Kind, auch wenn es schon lange erwachsen ist, verinnerlicht Angst, Unsicherheit und Schuldempfinden, wenn es sich über die familiär gesetzten Grenzen hinaus wagt. Ohne sich dessen bewusst zu sein, wird es vermeiden, andere Lebensbedingungen anzustreben, als ihm familiär vertraut sind. Es wird sich schuldig fühlen, wenn es erfolgreich ist und aus diesem Grund vielleicht schon vorher seine eigenen Ziele sabotieren. Es wird sich durch harmonische und glückliche Bindungen bedroht sehen, da es sich einerseits darin unsicher fühlt und andererseits glaubt, dass diese ihm nicht zustehen und Mitglieder der Familie, die in ihren unglücklichen Bindungen verharren, Anstoß nehmen könnten. Seine Angst, aus dem familiären Verband ausgestoßen zu werden, bleibt oft unheilvoll auch dann noch bestehen, wenn Großeltern oder Eltern bereits verstorben sind.

Neben der Misshandlung durch aufgenötigte Verschmelzung durch den Betroffenen und eventuell auch durch dessen Partner, existieren noch weitere misshandelnde Muster. Erschreckenderweise ist hier nicht ausschließlich die Borderline-Persönlichkeit aktiv, sondern durchaus auch häufig der mit diesem verschmolzene, oft coabhängige Partner.

Passive Kindesmisshandlung durch den co-abhängigen Partner

Es steht außer Frage, dass Partner von Borderline-Persönlichkeiten selbst unter massivem Druck stehen und sich kontinuierlich in alltäglichen Überlebenskämpfen wiederfinden.

Dabei haben sie selbst ganz prägnante Muster entwickelt, um in diesen Kämpfen bestehen zu können. Zumeist resultieren eben diese von ihnen genutzten Verhaltensweisen aus der eigenen, defizitären Kindheit, in der sie einmal hilfreich waren.

In der Kindheit angelernte Verhaltensmuster co-abhängiger Partner

- Die Aufmerksamkeit ganz auf den Bezugspartner zu richten
- Eigene Werte und Bedürfnisse ignorieren
- Emotionen wegzudrücken
- Eigene Interessen nicht durchzusetzen, beständig nachzugeben, inkonsequent zu sein
- Angst vor Konflikten und Auseinandersetzungen, verbunden mit einem übergroßen Harmoniebedürfnis
- Abhängig von der Reflektion des Partner zu sein (es geht mir gut, wenn er sich mir zuwendet, wenn er sich abwendet, geht es mir schlecht).

Sehr viele meiner Klienten, die Partner von Borderline-Persönlichkeiten sind, haben selbst Eltern, die von diesem Syndrom betroffen sind oder waren. In einigen Herkunftsfamilien gab es Alkoholmissbrauch oder manisch-depressive Störungen. Eben jene dabei vorhandene Instabilität der damaligen Bezugspersonen, lässt sie anscheinend als jetzige Erwachsene oftmals in ähnliche Beziehungskonstellationen geraten. Ignoriert zu werden, wechselhaften Stimmungsschwankungen ausgesetzt zu sein, funktionieren zu müssen und für alles verantwortlich zu sein, dass scheint ihnen vertraut und auf bizarre Art und Weise sicher. Aber genau jene Verhaltensmerkmale, die ihnen trügerische Sicherheit vermitteln, sorgen letztendlich auch dafür, dass sie nicht nur sich selbst in ihrer Lebendigkeit einschränken, sondern auch ihre Kinder.

Verunsicherung und Irritation sind für sie ebenso übermächtig wie Hilflosigkeit und Zerrissenheit, gerade wenn Kinder involviert sind. Oft finden sie sich zwischen den Stühlen wieder und sehen sich genötigt, sich für oder gegen eine Partei (Kinder oder Borderline-Partner) zu entscheiden. Aus Angst vor Eskalationen entziehen sie sich dabei leider oft einer bewussten Positionierung für ihre Kinder.

Kindesmisshandlung ist für die meisten ein aktiver körperlicher Übergriff auf ein Kind. Sich selbst als misshandelnd wahrzunehmen, wenn emotionale oder auch körperliche Übergriffe durch den Partner toleriert werden, wird oft massiv abgewehrt.

Sie zerrte unsere Tochter an den Haaren durch das Haus und schlug immer wieder wie wild auf sie ein. Danach tat es ihr immer leid und ich musste sie trösten. Was hätte ich denn tun sollen, ich konnte dem Kind doch die Mutter nicht nehmen ... (Mike, 44 J.)

Tina hatte furchtbare Angst vor ihrem Vater, meist versteckte sie sich vor ihm, wenn er nach Hause kam, was ihn aber furchtbar wütend machte. Dann dauerte es auch nicht lange und er fing an zu toben. Ich habe Tina dann nicht mehr erlaubt, sich zu verstecken oder wegzulaufen, wenn er brüllte. Ich musste das doch von ihr verlangen, dadurch war er nicht ganz so schlimm, es war doch auch zu ihrem Schutz ... (Anna, 54 J.)

Wenn ich den Jungen verteidigt hätte, wäre er auf mich auch losgegangen. Es war besser, wenn ich dann den Raum verlassen habe, sonst hätte er sich nur noch mehr aufgeregt. (Sabine, 49 J.)

Die passiven Misshandlungen der Partner werden von ihnen oft positiv rationalisiert. Sinn und Zweck dabei ist, sich selbst aus der Verantwortung zu nehmen und keine Konsequenzen ziehen zu müssen, die für sie selbst bedrohlich werden könnten. Partner agieren meist aus einem ähnlich infantilen Hintergrund heraus, wie der Betroffene selbst. Auch sie sind mit ihrem Borderline-Partner kindlich verschmolzen und entwickeln beständig Impulse, diese Bindung um jeden Preis zu schützen. Jede Zurückweisung durch den Betroffenen, seine Herabsetzungen und vor allem sein Zuwendungsentzug, erleben sie als genauso bedrohlich, wie sie einst die Zurückweisung ihrer frühkindlichen Bezugspersonen erlebt haben. Die Emotionalität die sie durch die Zurückweisung des betroffenen Partners entwickeln, steht in der Intensität der eines abhängigen Kleinstkindes nicht nach. Die lebensbedrohlich scheinende Angst, vom Partner verlassen oder zurückgewiesen zu werden, steht in keinem Verhältnis zu den realen Gegebenheiten, dass hier ein erwachsener, unabhängiger Mensch betroffen ist. Das verinnerlichte, verzweifelte Kind, sieht sich unfähig, sich zu wehren oder sich für das reale eigene Kind einzusetzen. Denn die daraus entstehende eigene Bedrohung muss um jeden Preis abgewehrt werden. Auch hier steht die eigene Bedürftigkeit im Vordergrund. Die Schuld, das eigene Kind nicht zu schützen, die Übergriffe zu akzeptieren und so selbst unverantwortlich zu handeln, wird aber abgewehrt, wobei eben jene Rationalisierungen Zuflucht bieten wie z. B.:

- Das Kind braucht doch seine/n Vater/Mutter
- Er/Sie meint es nicht so, ist einfach müde, abgespannt, überarbeitet ...
- Wäre ich dazwischengegangen, hätte das alles noch schlimmer gemacht
- Ohne ihn/sie könnten wir unseren Lebensstandard nicht halten und ich will dem Kind doch etwas bieten
- Es ist doch gar nicht so schlimm ...

Misshandlungsmuster co-abhängiger Partner und deren Konsequenzen

Die prägnanteste Verhaltensweise von Partnern, denen es nicht möglich ist, sich und die Kinder der Beziehung zu entziehen, ist zumeist das Ignorieren, Verniedlichen oder Leugnen der Belastung für das oder die Kinder. Dabei verdrängen die meisten Partner die reale Belastung für ihre Kinder. Völlig überfordert mit dem eigenen Erleben in der Beziehung und der sich daraus ergebenden Selbstfürsorge, ist es ihnen kaum möglich, ihre Aufmerksamkeit auch noch auf die Kinder zu richten. Um sich selbst der Verantwortlichkeit zu entziehen, geben sie sich gern diversen Annahmen hin, die sie selbst beruhigen und können so klare Konsequenzen, denen sie sich nicht gewachsen sehen, vermeiden.

Selbstberuhigende Annahmen der Partner von Borderline-Persönlichkeiten sind u. a.:
- Mit der Zeit, vor allem wenn ich geduldig und ausreichend liebevoll bin, wird es besser werden

- Die Kinder müssen eben nur besonders brav, folgsam, leise, verständig ... sein
- Die Kinder sind noch zu klein, um es zu merken
- Die Kinder sind schon groß genug
- Die Kinder werden dadurch nicht belastet, sie merken es gar nicht
- Ich kann die Kinder ausreichend schützen
- Ich würde merken, wenn ihnen etwas Böses passiert
- Er/Sie würde ihnen nie wirklich weh tun
- Die Kinder sind stark genug
- So schlimm ist mein Partner ja gar nicht ...

Mit derartigen Annahmen zeigen Partner von Borderline-Persönlichkeiten nicht nur ihre Co-Abhängigkeit zum Betroffenen, sondern auch ihre Beteiligung an der sich aus der Persönlichkeitsstörung ergebenden Kindesmisshandlung.

Partner neigen dann zur Co-Abhängigkeit, wenn sie durch eigene defizitäre Verhaltensweisen die Erkrankung der Borderline-Persönlichkeit unterstützen. Dabei ergibt sich ein typisches ineinanderspielendes Rollenverhalten, das sich gravierend auf alle Beteiligten auswirkt. Da Partner von Borderline-Betroffenen ja zumeist selbst an Persönlichkeitsdefiziten leiden, ergänzen sie das Drama perfekt. Sie geraten in erschütternde, demoralisierende Inszenierungen, in denen sie immer wieder die gesamte Bandbreite der Symptomatik über sich ergehen lassen. Da sie durchaus selbst dazu neigen können, eigene, nicht verarbeitetete Lebensinhalte zu inszenieren, forcieren sie die Dramatik mitunter auch. Ihre eigene zur Verschmelzung neigende Persönlichkeitsstruktur tendiert sie oft ebenfalls zur Instabilität und Verantwortungsabgabe an andere. Sie definieren sich über die Reflektion ihres betroffenen Partners, können nur schwer oder gar keine Grenzen setzen und haben wenig oder gar keinen Bezug zu eigenen Bedürfnissen und Wünschen (siehe das „weiße, gute" Kind, S. 39).

Innerhalb der Beziehung erleben sie sich immer wieder als völlig handlungsunfähig, ausgeliefert und geradezu paralysiert und realisieren ihre eigene Verantwortlichkeit für sich selbst nur eingeschränkt oder gar nicht. Ihre ganze Aufmerksamkeit richtet sich oft hauptsächlich auf das eigene Überleben. Dabei beobachten sie jede Verhaltensweise ihres betroffenen

Partners, um sich selbst rechtzeitig vor Übergriffen schützen zu können. Sie passen sich an, verlieren ihre Authentizität und negieren jeden ihrer eigenen Werte, aus Angst, eine Angriffsfläche zu bieten. Durch derartige Verhaltensweisen sind natürlich auch deren Kinder betroffen. Bitte beachten Sie auch hier, dass wie auch bei der Borderline-Persönlichkeit selbst, nicht jede Verhaltensweise präsent ist. Nicht jeder Partner in einer Borderline-Beziehung ist so ausgeprägt defizitär, dass er die Verantwortung für seine Kinder ignoriert. Nachfolgend nun eine Auflistung der typischsten misshandelnden Verhaltensweisen coabhängiger, verantwortungsabweisender Partner in Bezug auf involvierte Kinder:

➢ **Die Ignoranz des Kindes.** Offensichtliche Hilflosigkeit des Kindes und dessen Angst werden ignoriert. Da das Partner-Elternteil in der Konfrontation mit dem Betroffenen häufig eigene Affekte aus Angst vor dem ausagierenden Verhalten des oder der Betroffenen unterdrückt, neigt es zur Herabsetzung der Wertigkeit der eigenen Gefühle und Bedürfnisse. Gleiches wird auf das Kind übertragen, auch wenn dieses offensichtlich signalisiert, dass es Schutz braucht. Seine offensichtlichen Signale (schreien, weinen ...) erfahren keinerlei Reaktion. Es wird unsichtbar ...

➢ **Gewalttätiges Verhalten der Borderline-Persönlichkeit wird im Nachhinein heruntergespielt.** Da Partner zur Verantwortungsübernahme für das Verhalten der Betroffenen neigen, tendieren sie dazu, Übergriffe gegen sich zu verharmlosen. So schützen sie sich davor, Konsequenzen zu ziehen und der Verantwortung für sich selbst gerecht zu werden. Diese wird dann zwischen den Partnern hin- und hergeschoben. Kinder, die übergriffigen Szenarien ausgesetzt sind und die Panik und Angst des hilflosen Elternteils erleben müssen, erfahren selbst traumatisierende Ohnmacht. Wenn nachträglich real erlebte Gefühle in Frage gestellt werden, dem Kind sozusagen die Botschaft vermittelt wird – das hast du falsch wahrgenommen und gefühlt, wird es in seiner innersten Selbstwahrnehmung zutiefst verunsichert. Seine Erkenntnis daraus lautet – mit mir stimmt etwas nicht, ich kann mir nicht vertrauen. Damit wird seine Lebensfähigkeit massiv eingeschränkt, denn sowohl Wahrnehmung, wie auch die Fähigkeit seinen Gefühlen zu vertrauen, sind die Basis für Handlungskompetenz.

➢ **Das Kind wird zum Schutz des Partners in den Konflikt eingebunden.** Hier wird als Steigerungsform des Ignorierens das Kind genötigt,

Position zu beziehen. Häufig kommt es dabei zu einem Rollentausch, in der das Kind einem Elternteil Schutz gewähren muss. Dabei ist es gezwungen, seine kindliche Rolle zu verlassen, eigene Affekte zu unterdrücken und seine Aufmerksamkeit in einer für sich bedrohlichen Situation, zum Schutz anderer, nach außen zu richten. In derartigen Situationen wird es geradezu darauf trainiert, sich in Gefahrensituationen zu ignorieren und Verantwortung für andere zu übernehmen. Seine Fähigkeit, im eigenen Leben für sich selbst fürsorglich einzustehen, wird hier massiv untergraben. Gleichzeitig wird es durch das angreifende Elternteil in das Feindbild integriert und ebenfalls attackiert und so einer Gefahr ausgesetzt, wo es doch Schutz erfahren sollte.

➢ **Das Kind wird genötigt, partnerschaftliche Defizite auszugleichen.** Partner von Borderline-Persönlichkeiten sehen sich ihren Lebensumständen oft hilflos ausgeliefert. Durch die beziehungstypische Isolation, die auf der einen Seite durch den Betroffenen forciert wird, sich andererseits aber auch durch Scham des Partners selbst ergibt, fehlen diesem unterstützende Bezugspersonen. Hier wird dann oft das Kind mit beziehungsrelevanten Problemen konfrontiert, die es aber völlig überfordern. Von ihm wird gleichermaßen erwartet, dass es hilfreich reflektiert, Position bezieht, fehlende Zuwendung ausgleicht und therapeutische Aufbauarbeit leistet. Dabei wird es mit dem angestauten emotionalen Chaos des Partner-Elternteils konfrontiert. Das Kind selbst erlebt hier eine vielfältige Rollenzuschreibung, welche es in verschiedene, verantwortungsübernehmende Positionen (Freund, Therapeut, Elternteil, Beschützer, Richter ...) drängt. Auch hier wird es in seiner kindlichen Rolle nicht belassen, muss sich mit seinem natürlichen, berechtigten Schutz- und Trostbedarf ignorieren und kann der eigenen Hilflosigkeit nur entgehen, indem es sich fügt. Die hier entstehende massive Überforderung vermittelt ihm die lebenslang einschränkende Botschaft – du bist unwichtig und wirst nur geliebt, wenn du dich zum Wohle anderer ignorierst. Ein Grundstein des Helfersyndroms.

➢ **Das Kind wird als Eigentum betrachtet.** Der sich hilflos fühlende Partner drängt sein Kind in eine Helferposition und übergibt ihm damit die Verantwortung für das eigene Wohlergehen. Er zieht es „auf seine Seite" und versucht, sein Isolationsempfinden durch die Positionierung seines Kindes zu mildern. Dabei wird jede Zuwendung zum „gegnerischen" Elternteil eifersüchtig überwacht. Die gleiche Kontrolle, die der Partner durch den Betroffenen erfährt, überträgt sich jetzt durch den Partner auf das Kind. Dessen Bedürfnisse nach Spiel, Freude und Spaß mit anderen Kindern, werden nicht selten als Bedrohung wahrgenommen, da das Partner-Elternteil sich dadurch „im Stich gelassen" sehen kann. In seiner ständigen Bedürftigkeit nach Empathie und positiver Reflektion (kindliche Verschmelzung), erwartet er von seinem Kind, dass es genauso fühlt, handelt und denkt, wie er selbst. Jegliches Zuwiderhandeln und die Entwicklung des Kindes zu einer eigenständigen Persönlichkeit, kann hier als bedrohlich erlebt werden. Hier wird die Basis dafür geschaffen, dass sich das Kind in seinen späteren Beziehungen nicht als eigenständige Persönlichkeit sehen und infolgedessen auch seinen Partner nicht als solche akzeptieren kann. Wenn es lernt, sich als Eigentum anderer zu verstehen, wird es auch andere als sein Eigentum betrachten. Wie viel Chancen hat es wohl in seinem späteren Leben auf eine erfüllende, gesunde Beziehung?

➢ **Zuschreibung der Verantwortung für die Beziehungsproblematik an das Kind.** Hier wird sowohl vom Betroffenen, als auch von seinem Partner, das Kind für Auseinandersetzungen verantwortlich gemacht. Dabei verzichten beide darauf, sich gegenseitig die Verantwortung für Konflikte zuzuschreiben. Den „Täter" außerhalb der „Beziehung" zu identifizieren, ermöglicht sogar einen gewissen sozialen Zusammenhalt. Das Kind ist schuld, weil es frech, dumm oder faul ist, keine Leistungen bringt, teuer ist, Fehler macht ... Die Liste lässt sich beliebig fortsetzen. Wenn ein Kind schuld sein soll, wird auch Schuld gefunden. Tiefste Verunsicherung beim Kind, Angst davor sich zu zeigen und seine Flucht in die Darstellung einer vielleicht akzeptierten Rolle (wobei diese je nach Gutdünken mal akzeptiert oder abgelehnt wird) lassen keine Ich-Entwicklung zu. Das Kind wird sich selbst fremd, lehnt sich ab, erfährt sich als liebensunwürdig und hat nicht die geringste Chance, soziale Kompetenzen zu entwickeln. Posttraumatische Belastungsstörungen oder Persönlichkeitsstörungen sind so vorprogrammiert (siehe auch das „schwarze-böse" Kind, S. 38).

Die Grundbotschaften an das Kind, die sich bei diesem dann als beständige Glaubenssätze manifestieren, lauten demzufolge u. a.:
➢ Mit deiner Wahrnehmung stimmt etwas nicht
➢ Du fühlst falsch

- Du denkst falsch
- Du verhältst dich falsch
- Wenn du falsch wahrnimmst, fühlst und handelst, bist du schlecht
- So wie du bist, bist du nicht richtig
- Schlechte Kinder werden nicht geliebt
- Du musst anders sein als du bist, sonst wirst du zurückgewiesen
- Du bist unwichtig
- Andere sind wichtig
- Orientiere dich an anderen, passe dich an und sei so, wie andere es brauchen ...

Wenn ein Kind o. g. Strukturen und derartigen Botschaften ausgeliefert ist, hat es keine andere Chance, als sich diesen anzupassen, um zu überleben. Es übernimmt Verantwortung für Ignoranz und Misshandlung und entwickelt ein negatives Bild von sich und der Welt, welches seine eigene Lebensfähigkeit massiv einschränkt. Aus dem „Ich bin schlecht" und „die Welt ist schlecht" entwickeln sich entsprechende Schutzmechanismen (Distanz zu anderen aus Angst vor Nähe, permanentes Misstrauen, aggressive und unsoziale Verhaltensweisen, die Unfähigkeit, mitzufühlen ...). Es wird dazu neigen, auch in Abwesenheit der einstmals misshandelnden Bezugspersonen, deren Misshandlungsmuster an sich selbst fortzuführen, indem es sich ignoriert, selbst herabsetzt oder Beziehungsdramen inszeniert, die seine Grundeinstellungen bestätigen.

Partnerkonstellationen

Borderline ist nicht gleich Borderline. Trotz typischer, sich ähnelnder Merkmale der Betroffenen, entwickeln sich zwischen diesem und seinem Partner ganz eigenständige Beziehungsmuster. Sie ergeben sich aus den systemischen Strukturen, den erlernten Schemen und Rollen beider Partner und den zahllosen Regeln und Glaubenssätzen, die in jedem der Beteiligten präsent sind. Zahllose Inszenierungen erzeugen immer neue oder alte beständig wiederkehrende Konflikte. Kaum einer wird dabei im Sinn einer Beziehungserhaltung oder Stabilisierung bewältigt, sondern dient zumeist der Verarbeitung alter, nicht gelöster und belastender Erfahrungen, die weder etwas mit dem Partner, noch mit dem Hier und Jetzt zu tun haben. Aus diesem Grund kann sich auch keine reale „Beziehung" entwickeln, in der die Beteiligten sich mittels Achtsamkeit aufeinander beziehen. In diese Struktur werden dann, mit allen Konsequenzen und der gleichen fehlenden Achtsamkeit, auch die Kinder involviert.

Es ist, auf Grund der individuellen, vielschichtigen Beziehungsstrukturen, kaum möglich, diese hier differenziert zu hinterfragen. Trotzdem möchte ich auf drei Konstellationen zumindest grob eingehen.

Wenn die Mutter betroffen ist ...

... ist sie oft die einzige Bezugsperson für ihr Kind, was meist daran liegt, dass Männer eher bereit sind, sich aus nichterfüllenden Bindungen zu lösen. Wenn betroffene Mütter von ihren Partnern verlassen werden, erleben sie diese häufig als bösartig und durchweg negativ, womit das „schwarz" besetzen des Partners vor allem dazu dient, eine innere Distanz zu diesem aufzubauen, um einerseits den Verlust besser zu verarbeiten und andererseits sich der Verantwortung für die gescheiterte Beziehung zu entziehen. In der Regel wird dann entweder jeder Kontakt abgewehrt, da die Konfrontation mit dem ehemaligen Partner als extrem schmerzhaft erlebt wird, oder es wird jede Möglichkeit genutzt, um die Kontrolle über den ehemaligen Partner wieder zu bekommen. Hier setzt dann leider ein Umstand ein, der dem Kind erheblichen Schaden zufügt. Es wird, wie bereits oben erwähnt, in die Beziehungsproblematik involviert und dient dann nur allzu häufig der verlassenen Mutter als Positionierungsmöglichkeit im Kampf gegen den als Gegner wahrgenommenen Partner. Dabei wird entweder der Kontakt unterbunden, erschwert oder sabotiert. Das Kind wird, ungeachtet des Schmerzes den es dabei erleben muss, als Mittel zum Zweck missbraucht.

Sandra beschwor mich in unserer Beziehung immer wieder, sie niemals zu verlassen, da dies das Schlimmste sei was ihr passieren könne. Damit einhergehend kam besonders am Anfang der Versuch einer totalen Kontrolle hinzu. Inzwischen sind wir schon einige Monate getrennt und der Kontakt zu meinem Sohn gestaltet sich sehr kompliziert. Wenn ich die Chance habe, ihn ein paar Tage bei mir zu haben und ihn dann wieder zurückbringe, versucht sie immer wieder, mich zum Bleiben zu bewegen. Wenn ich ablehne, ruft sie mich anschließend mehrfach an und erwartet, dass ich wieder zurückkomme, da Tino schlimm weine. Als ich einmal nicht nachgeben wollte, drohte sie mir damit, dass sie dem Kind erzählen werde, dass ich tot sei. (Andre ,36, ehemaliger Partner.)

Es geht der Mutter dabei nicht darum, ihrem Kind zu schaden, was die Misshandlung aber nicht mildert. Sie agiert aus tief empfundener Hilflosigkeit heraus und nutzt dabei jede Möglichkeit, die sie für sich wahrnimmt, um sich durchzusetzen. Dabei ist sie allerdings nicht in der Lage, ihr Kind als eigenständiges Wesen zu erleben. Im Gegenteil, zeigt es dabei eigene Gefühle, weint es, erlebt es den Verlust des Vaters als schmerzhaft und reagiert entsprechend, kann es ebenfalls als bedrohlich erlebt und der „feindlichen Seite" zugeordnet werden. Entsprechend massiv können dann Übergriffe auf das Kind erfolgen, in denen die aus der Beziehungsproblematik entstandenen Anspannungen mit ausagiert werden.

Viele Väter, die um die Problematik ihrer Partnerin wissen, verbleiben aber auch in ihrer Beziehung, um ihr Kind nicht im Stich zu lassen. Obwohl die deutsche Gesetzgebung eine Gleichstellung von Mutter und Vater vorgibt, sieht die Realität doch immer noch anders aus und so werden Kinder oft noch überwiegend der Mutter zugesprochen. Wenn Eltern dann auch noch nicht miteinander verheiratet sind und die Mutter keine Therapieeinsicht zeigt, sieht der Vater so gut wie keine Chance, Einfluss zu nehmen. In meiner Praxis erlebe ich immer wieder Väter, die sich in ihrer Sorge um ihr Kind geradezu ohnmächtig und wortwörtlich hilflos erleben. Eine nicht diagnostizierte Partnerin, die gegenüber dem Jugendamt oder betreuenden Einrichtungen perfekt ihre Rolle spielt und außerhalb öffentlicher Beobachtung ihr Kind körperlich und seelisch misshandelt, wird für diese Väter zur massiven Bedrohung. Hin- und hergerissen, zwischen dem Wunsch sich selbst aus der permanenten Kontrolle und Übergriffigkeit zu lösen, sehen sie sich nicht in der Lage, in ihrer Entscheidung konsequent zu sein. Letztendlich haben sie nur noch die Wahl, sich selbst oder ihr Kind zu opfern und so verbleiben viele Väter in einer nicht gewollten oder sogar verhassten Beziehung, weil sie einfach keine andere Möglichkeit sehen, ihr Kind zu schützen.

Es gibt Väter die dann anfänglich versuchen, sich gegen die beständige emotionale Erpressung zu wehren. Sich selbst aber auf Dauer immer wieder manipuliert, kontrolliert und ausgeliefert zu sehen, führt sie unweigerlich in eine Burn-out-Situation, in der sie auch ihr Kind nicht mehr schützen können. Irgendwann resignieren sie und versuchen nur noch selbst zu überleben. Zumeist versuchen sie dann jeden Kontakt zur Mutter ihrer Kinder, aus Angst vor Übergriffen und Eskalationen, zu vermeiden. Sie engagieren sich übermäßig beruflich, trösten sich mit Alkohol, werden depressiv und entziehen sich dabei immer mehr dem eigenen Leben und auch ihrem Kind.

Ich kann nicht eindringlich genug an Mitarbeiter von Beratungseinrichtungen, Jugendämtern, Familiengerichten und an Anwälte appellieren, sich eingehender mit der Thematik auseinander zu setzen und die Sorge und das Erleben der Väter ernst zu nehmen, wenn diese ihre Problematik konkret benennen. Und ich kann nicht eindringlich genug an die entsprechenden Väter appellieren, sich der Situation und dem unleugbar dazugehörigen Aufwand zu stellen. Sie können diese Konfrontation verlieren, wenn sie ihr aber ausweichen, haben Sie nicht die kleinste Chance, die Umstände zu verändern.

Wenn der Vater betroffen ist ...

Ist die Wahrscheinlichkeit recht hoch, dass dem Kind beide Bezugspersonen erhalten bleiben. Da Frauen, durch ihre erziehungsbedingte Sozialisation (Frauen definieren sich noch immer allzu oft über ihre Fürsorglichkeit und dem Zurückstecken der eigenen Persönlichkeit) zu lange hoffen, dass sich mit viel Geduld und Liebe auch eine einschränkende Beziehung zum Guten verändern wird, registrieren sie nur selten das eigene Burn-out. Sie verheizen sich nur allzu oft in einem sinnlosen Kampf, in dem sie sich selbst aufgeben, jeden Bezug zu sich verlieren und am Ende resignieren. Soweit eine Mutter an der Seite eines Betroffenen in der Lage ist, sich in einem eigenen Entwicklungsprozess zu stabilisieren und gegebenenfalls von ihrem Partner zu trennen, hat das Kind relativ gute Chancen, eine gewisse Stabilität und Fürsorge zu erfahren. Ist sie dazu nicht in der Lage, besteht für das Kind die Gefahr, wie bereits beschrieben, in den täglichen Überlebenskampf involviert zu werden. Obwohl Mütter in Borderline-Bindungen, im Gegensatz zu Vätern in diesen Beziehungen, wesentlich mehr rechtliche Unterstützung erhalten (unausgesprochener Grundsatz der Justiz „das Kind gehört zur Mutter"), nimmt sie diese Möglichkeiten nur selten wahr.

Dahinter verbirgt sich zumeist eine tiefgreifende Angst und Unsicherheit, mit dem Leben „danach" klar zu kommen. Mag der Partner auch noch so destruktive Züge tragen, oftmals sind diese leichter zu akzeptieren, als die Ungewissheit sich auf das Leben neu einzulassen und die Angst davor, die Verantwortung für diesen Schritt und die folgenden zu übernehmen.

Häufig ist den Müttern in Beziehungen zu Borderline-Persönlichkeiten gar nicht bewusst, mit welcher Hilflosigkeit und massiver Angst die andauernden Spannungen, Auseinandersetzungen und Konfrontationen von den Kindern erlebt werden. Oft versucht sie sich ein „Rettungssystem" zu schaffen, in dem sie mit den ihr vertrauten Möglichkeiten versucht, keinen Anlass für Übergriffe zu bieten. Sie überfordert sich und ihre Kinder mit perfektionistischen Ansprüchen, trainiert ihren Kindern konfliktvermeidende Verhaltensweisen an, indem sie diese z. B. anweist, sich gewissen Situationen zu entziehen, bestimmte Verhaltensweisen zu unterlassen oder zu zeigen. Im Endeffekt, auch wenn diese Beeinflussung einem scheinbaren Schutz dient, werden die Kinder dann dazu angehalten, sich der Selbstignoranz der Mutter anzuschließen und eigene Anteile zu leugnen. Mit der Zeit werden sie zu perfekten kleinen Schauspielern, deren Darstellung die Mutter in ihrem Irrglauben verharren lässt, dass die Kinder keinen Schaden durch die Beziehung nehmen. So manipuliert sie, wenn auch unbewusst, die Gegebenheiten so, dass sie ihrer vorrangigen Aufgabe, ihre Kinder zu schützen und entsprechende Konsequenzen zu ziehen, nicht nachkommen muss.

Wenn Harald nach Hause kommt, weiß ich nie, wie er gelaunt ist. Sobald ich seine Schritte höre, schicke ich die Kinder erst mal in ihr Zimmer. Wenn dann nach ein paar Minuten noch kein lauter Streit zu hören ist, dürfen sie wieder herauskommen. Ansonsten bleiben sie oft weg, was aber die Situation meist noch für mich verschlimmert, weil Harald sich dadurch auch provoziert sieht. Es ist eigentlich egal, was ich oder die Kinder mache, wenn Harald streiten will, dann tut er das auch ...(Inge, 42)

Findet die Mutter weder die Kraft sich zu lösen, noch sich zu behaupten, kann es sein, dass sie sich in eine Opferrolle begibt, die es ihr ermöglicht sich ihrer Verantwortung zu entziehen. Oft werden dann die Kinder benutzt, um das Selbstbild des vermeintlichen Opfers zu stärken.

Wenn meine Eltern sich anbrüllten und gegenseitig durchs Zimmer jagten, stand ich oft schreiend und weinend in der Tür. Tränenverschmiert und zitternd, ein eigentlich jammervolles Bild. Ich erinnere mich noch daran, dass meine Mutter mit ihrem Blick auf mich vorwurfsvoll zu meinem Vater sagte, „siehst du eigentlich, was du UNS antust?" (Christina, damals 9)

Und so werden Kinder auch bewusst übergriffigen Situationen ausgesetzt, in denen sich ein Elternteil, durch die Reaktion des Kindes, in seiner Opferhaltung bestätigt sehen kann. Nur allzu oft ergibt sich daraus auch der typische Rollentausch, in der das Kind die Verantwortung für das unterlegene Elternteil übernimmt und dieses schützt.

Viele Mütter in einer solchen Bindung sind aber dennoch eher bereit als Männer in ähnlichen Beziehungskonstellationen, sich Hilfe von außen zu suchen. Sie informieren sich, setzen sich mit dem Erfahrenen auseinander, suchen Ansprechpartner und Unterstützung von außen. Im Gegensatz zu der resignierten Mutter, versucht die aktive Mutter Lösungen zu finden. Sie durchlebt dabei oft einen langwidrigen Prozess, in dem sie zunächst bemüht ist, ihren Partner zu bewegen, an sich zu arbeiten, sich selbst zu hinterfragen und auch die Kinder in ihrem Erleben real wahrzunehmen. Aktive Mütter nehmen eigene Grenzen noch eher wahr und sind so auch in der Lage, ihre Kinder eher zu schützen. In der Zusammenarbeit mit diesen Müttern habe ich oft erlebt, dass sie sich nach einem langen Engagement für die Beziehung, doch lösen und nicht zuletzt aus der Einsicht heraus, dass es ihnen nicht möglich ist, ihre Kinder vor Übergriffen oder entwicklungseinschränkenden Mustern zu bewahren.

Wenn Mutter und Vater betroffen sind ...

Beziehungen, in denen beide Partner vom Borderline-Syndrom betroffen sind, existieren weitaus häufiger als angenommen. Die Identitätsschwäche anderer zieht sie magisch an und verspricht bedingungslose Reflektionsbereitschaft und somit den Verlust von Leere und Angst vor dem Verlassenwerden. Und so ist es nicht verwunderlich, dass sie auf die anfänglich intensive Idealisierung extrem ansprechen und sich gegenseitig mit einer Intensität in Bindungen begeben, die von extremen Erwartungshaltungen auf beiden Seiten geprägt sind.

Wenn beide Elternteile betroffen sind, wird das Kind zum Pingpong-Ball. Die Intensität von Auseinandersetzungen, die typische Instabilität und fehlende Struktur, die maßlose Anspruchshaltung, Entwertung und Herabsetzung ... alles verdoppelt sich.

Kinder in diesen Beziehungen haben keine Chance, sich wenigstens an einem Elternteil zu orientieren und zu halten. Sie sehen sich zwei maßlos anspruchsvollen Elternteilen gegenüber, deren Ansprüche allerdings nie erfüllt werden können. Hat ein Kind in einer Eltern-Konstellation mit einem Betroffenen zumindest noch die Chance auf eine Bezugsperson, die es wahrnimmt und in seinem Erleben reflektiert, so bleibt in der beidseitigen Eltern-Borderline-Konstellation nur Chaos und Leere. Da das Kind nicht die geringste Möglichkeit hat, seinen Eltern auch nur im Ansatz zu entsprechen, erfährt es sich beständig als ungenügend und unfähig. Es fängt Projektionen und Stimmungsschwankungen beider Eltern ab und wird mal von dem einen und mal von dem anderen schwarz oder weiß besetzt und entsprechend auf- oder abgewertet. Es bewegt sich ständig auf hauchdünnem Eis und bricht immer wieder ein, um kurz vor dem Ertrinken von jemandem gerettet zu werden, der ihn dann dem nächsten eiskalten Einbruch überlässt.

Kinder aus derartigen Beziehungen entwickeln oft selbst Borderline-Störungen. Borderline war die einzig existente Welt in der sie aufwuchsen und bleibt sie auch oft. Die erstickende Verschmelzung, die Borderline-Betroffene mit ihren Kindern anstreben und auch aufrechterhalten, wird hier zur einzigen Wahrheit.

Die einzige Chance eines solchen Kindes besteht in stabilen Kontakten, die es in der Außenwelt finden kann. Großeltern, Lehrer, das Erleben anderer Familien durch Freunde oder Verwandte. Problematisch steht dem gegenüber, dass Kinder in Borderline-Bindungen oft eifersüchtig bewacht und isoliert werden. Zuwendungen an das Kind durch andere werden von den betroffenen Eltern oft als persönliche Kränkung erlebt und so sabotiert oder bekämpft.

Es gibt geradezu nichts, was das Ausmaß an Einsamkeit, Hoffnungslosigkeit und Angst dieser Kinder noch übersteigen kann ...

Das Kind und seine „Schuldigkeit"

Kinder, die in Borderline-geprägten Familien aufwachsen, haben oft besondere Aufgaben zu erfüllen. Sie werden in ihrer Existenz dazu degradiert, den Ansprüchen und Erwartungen anderer zu genügen und ihre eigene Wertigkeit durch die sich daraus ergebene Resonanz zu erfahren. Ansprüche an das Kind können u. a. sein:
- Es wird im Prozess der Verschmelzung gezeugt und soll damit bereits vor seiner Geburt die Bindung seiner Eltern zueinander verstärken und auf lange Sicht absichern *(Gib mir Sicherheit)*
- Es wird gezeugt, um den Partner zu halten oder die bereits angeschlagene Beziehung zu „kitten" *(Rette mich und meine Beziehung)*
- Seine Existenz soll davor schützen, verlassen zu werden *(Beschütze mich)*
- Es soll durch seine Hilflosigkeit und Abhängigkeit den Selbstwert seiner Bezugsperson stabilisieren *(Mach mich stark)*
- Es soll der kindlichen Ängstlichkeit seiner erwachsenen Bezugspersonen mit Empathie begegnen (resultiert aus der Kindlichkeit von Borderline-Persönlichkeiten und deren Grundbedürfnis, sich durch ehrliche Spiegelung als in Ordnung zu erfahren). *(Sei mir ebenbürtig)*
- Es dient als Projektionsfläche *(Sei verantwortlich)*
- Es soll Spannungen abfangen *(Mach, dass es mir gut geht)*
- Es wird als Alibi benutzt um sein Elternteil vor anderen, dem Partner oder der eigenen Angst vor selbstverantwortlichem Handeln zu schützen (ich kann nicht berufstätig sein, den Partner verlassen oder Kontakte haben, weil ich ja für das Kind sorgen muss). *(Bewahre mich vor Unannehmlichkeiten.)*

Kein Kind kann diesen Anforderungen entsprechen. Wird an seine Existenz eine dieser Erwartungshaltungen geknüpft, führt dies unausweichlich zur Enttäuschung. Dann hat es nicht funktioniert, versagt und wird dann oft entsprechend bestraft.

Ich kann nicht genug betonen, dass nicht jede Familie mit einer Borderline-Problematik, diese misshandelnden Strukturen aufweist. Oft wird auch und gerade durch die Existenz eines Kindes der Mut und die Kraft aufgebracht, sich bewusst und verantwortlich den Problemen zu stellen. Die hier aufgezeigten misshandelnden Verhaltensweisen sind typisch für jene Eltern, die nicht in der Lage sind, sich hilfreich mit ihren dysfunktionalen Lebensumständen auseinanderzusetzen.

Die Rolle des Kindes in der Borderline-Beziehung

Ein Kind ist das schwächste und bedürftigste Mitglied einer Familie. Es steht zu seinen Bezugspersonen in einer abhängigen Beziehung und bietet, da es sich ja noch im Prozess der Individuation und Reifung befindet, eine perfekte Projektionsfläche, die alles ungefiltert aufsaugt. Es steht seinen Eltern unkritisch gegenüber und auch wenn es spürt, dass es ihm im Kontakt mit ihnen nicht gut geht, bezieht es diese Erkenntnis auf einen eigenen Mangel und den daraus erwachsenden Glauben, unfähig und fehlerhaft zu sein.

Eine der prägnantesten Wahrnehmungsmuster von Borderline-Persönlichkeiten ist die Aufteilung der Welt in Schwarz und Weiß. Die Einordnung ihrer Erfahrungen erfolgt ausschließlich in nur gut und nur böse (Abspaltungsmechanismus). Gleiches wird auf jede Bezugsperson übertragen und so auch auf involvierte Kinder. Dabei kann die Zuschreibung einer Rolle auf Geschwisterkinder verteilt werden, aber auch einem Einzelkind zugeschrieben werden.

Das schwarze, böse Kind

Das schwarzbesetzte Kind bekommt die andauernde Reflektion der Borderline-Persönlichkeit in seinem Kern schlecht und böse zu sein. Egal wie sehr es sich bemüht, keine Angriffsfläche zu bieten, es wird in Fallen gelockt, denen es nicht ausweichen kann und für natürliche Reaktionen auf Übergriffe und Verletzungen bestraft. Gleichzeitig wird ihm dabei übermittelt, dass es ganz allein dafür die Verantwortung trägt und wie sehr sich das Kind auch bemüht, aus seinen Erfahrungen zu lernen um es besser zu machen, es wird scheitern, denn sein „böse" sein, hat für das Borderline-Elternteil wichtige Funktionen. Es dient dem Ausagieren und somit dem Abbau von Aggressionen und Druck. Es bietet die perfekte Auffangfläche für Projektionen, die es dem Borderline-Vater oder der Borderline-Mutter erspart, sich mit eigenen, abgespaltenen Gefühlen auseinanderzusetzen. Es erhält, durch das Annehmen jeglicher Verantwortung, das Selbstbild von Vater oder Mutter. Es wird zum Täter stilisiert, damit die Eltern in ihrer passiven Haltung als „Opfer" des Kindes verharren können und so eine gewisse Verbundenheit entwickeln können, die sie ohne das „böse, schwarze" Kind nicht erreichen würden. So sorgt es für den sozialen Zusammenhalt seiner Eltern, indem es an allem schuld und für das familiäre Elend verantwortlich ist.

Schwarzbesetzte, „böse" Kinder entwickeln auf Grund der massiven und andauernden, zerstörerischen Botschaften oft selbst Borderline-Störungen. Die verinnerlichten Botschaften erzeugen Hass und Abscheu gegen sich selbst. Die andauernden Traumatisierungen und damit verbundenen Ängste und Schmerzen, betäuben sie frühzeitig mit Drogen, Alkohol oder Promiskuität. Ihr hilfloser Umgang mit sich selbst, wird aus diesen Verhaltensmustern heraus gegen sie verwendet, indem ihnen reflektiert wird, dass mit ihnen etwas nicht stimmt. So werden die toxischen Botschaften der unfähigen Bezugspersonen, mit jedem hilflosen Versuch sich zu befreien, immer weiter potenziert. Ohne eine therapeutische Begleitung finden sie aus ihrem inneren Verlies der Selbstmissachtung nicht mehr heraus. Sie setzen die Misshandlungen ihrer Eltern an sich fort, sehnen sich verzweifelt nach einer Auflösung ihrer Schmerzen durch Geborgenheit, Nähe und Liebe, sind aber nicht in der Lage, entsprechende Zuwendung an sich heranzulassen. Beständig der Angst ausgeliefert, aufs Neue zurückgewiesen und misshandelt zu werden, zerstören sie jeden Anflug echter Bindung und verlassen sich und andere, um nie wieder ausgeliefert zu sein. Borderline!

Das weiße, gute Kind

Das „weiße, gute" Kind wird von seinem Borderline-Elternteil idealisiert und mit positiven Projektionen besetzt. Dabei entwickelt der Borderline-Vater oder die Borderline-Mutter das Bedürfnis, wie in jedem idealisierten Kontakt, mit dem Kind zu verschmelzen. Dem „weißen, guten" Kind, wird dabei, ähnlich wie beim „schwarzen, bösen" Kind, die Verantwortung für sein betroffenes Elternteil übertragen. Allerdings nicht durch die Reflektion „du bist schuld an unserem Elend" , sondern durch die implizierte Botschaft „durch dich geht es mir/uns besser, nur du kannst mir/uns helfen". Dem

Kind wird suggeriert, seine Eltern retten zu können, wobei es häufig in eine Elternposition gerät und einem Rollentausch erliegt. „Weiße, gute" Kinder versuchen bedingungslos loyal zu sein, um ihre Eltern und so auch sich selbst retten zu können. Sie sind ständig bemüht, perfekt zu funktionieren und lernen schnell, dass sie sich verleugnen und dem Borderline-Elternteil anpassen müssen, um selbst überleben zu können. Dem „guten" Kind wird eine scheinbare Geborgenheit und Sicherheit als Belohnung in Aussicht gestellt, die es aber nur erhält, wenn es gut funktioniert. Aber egal, wie gut es auch ist, es wird nie gut genug sein und mit immer neuen, unstillbaren Erwartungen konfrontiert werden. Weißbesetzte Kinder werden, wenn sie „versagt" oder nur „unzureichend" für ihr Elternteil gesorgt haben, immer wieder mit Schuld- und Schamgefühlen gefügig gemacht, so dass sie, um ihren „Fehler" oder ihr „Versagen" auszubügeln, ihre Anstrengungen noch verdoppeln und sich noch mehr darauf konzentrieren, ihrem Elternteil gerecht zu werden.

„Weiße, gute" Kinder dürfen sich aus der idealisierten Verschmelzung nicht lösen. Jeder Versuch, eigenständig zu sein, etwas anders zu fühlen oder zu denken, wird als kränkende Zurückweisung empfunden und mit suggerierter Schuld bestraft. Sie werden dann für das Leid ihres Elternteils verantwortlich gemacht und geraten in den unlösbaren Konflikt, sich zwischen sich selbst und ihrem Vater oder ihrer Mutter entscheiden zu müssen. In Abhängigkeit von ihren Eltern werden sie selbst unsichtbar, wobei ihre Elternteile in das Zentrum ihres Lebens rücken. Sie sind mit dem, was sie ausmacht, unwichtig, denn sie zählen nur über die Erfüllung ihrer Aufgaben. Sie lernen nicht, sich selbst zu sehen und bleiben so auch für sich und später für andere nicht sichtbar, weil sie die Angst, sich in ihrem wahren Selbst zu zeigen und dafür bestraft zu werden, verinnerlicht haben.

Kinder aus Borderline-Beziehungen, denen jene weiße, idealisierte Rolle zugeschrieben wurde, lernen sich zu ignorieren und ein Helfersyndrom zu entwickeln. Sie definieren sich über die Reflektion anderer und lassen sich durch das Suggerieren von Schuldgefühlen gut manipulieren. Sie versuchen ständig Höchstleistungen zu bringen, ohne sie jedoch als verdiente Leistung wahrnehmen zu können. Sie selbst empfinden sich beständig als unzureichend, egal, was sie beruflich auch erreichen. Oft finden sie sich in Mobbing- und Burn-out-Situationen wieder, entwickeln Depressionen und geraten an Partner, die selbst an einer Borderline-Störung leiden. Ihnen sind derartige Beziehungsmuster vertraut und tief in ihrem Unterbewusstsein haben sie die Hoffnung noch immer nicht aufgegeben, wirklich einmal geliebt zu werden, wenn sie nur die Chance bekommen, alles „richtig" zu machen. Sie werden zum perfekten Borderline-Partner!

Das Einzelkind

Einzelkinder haben drei Möglichkeiten. Sie sind entweder nur „schwarz und böse", nur „weiß und gut", oder sie werden von einem Extrem in das andere katapultiert. Wofür sie gerade noch gelobt wurden, dafür werden sie im nächsten Moment bestraft. Sie haben keine Chance, sich zu orientieren, was denn nun wirklich böse und was gut ist, weil diese Einschätzung vom jeweiligen, instabilen Erleben ihrer Bezugsperson abhängig ist und dementsprechend von dieser reflektiert wird.

Einzelkinder entwickeln häufig selbst eine ausgeprägte Borderline-Struktur und schwanken zwischen einer selbstentwickelten Störung oder der Prägung zum perfekten Partner. Nähe macht ihnen oft Angst, denn sie ist unberechenbar und endet für sie meist in Schmerz und Chaos. Sie schwanken zwischen Rebellion gegen die Projektion „böse" zu sein und der Anpassungsbereitschaft in Bezug auf das „gut" sein. Die Verführung, aus dem „bösen" Bild entlassen zu werden und durch das Erretten ihres Borderline-Elternteils, die verführerische Wertschätzung und Zuwendung zu erhalten, die sie sich so verzweifelt ersehnen, zerreißt sie innerlich.

Auch sie sind der Gefahr ausgesetzt, „unsichtbar" zu werden. Durch die Konzentration ihrer Eltern auf deren Persönlichkeits- und Beziehungsproblematik, können sie in dem was sie brauchen nicht wahrgenommen werden. Mit ihrer natürlichen und gesunden Bedürftigkeit, wirken sie auf ihre Eltern überfordernd und erfahren in der Konsequenz sich selbst als unzumutbare Belastung. Sie werden häufig genötigt, sich zu positionieren, ihre kindliche Rolle zu verlassen und dem aktuell bedürftigen Elternteil Verantwortung und Schutz zu gewähren. In ihren Ängsten erfahren sie oft keinerlei empathische Unterstützung und sie können sich, da sie das Geheimnis der problematischen Familiensituation ja bewahren müssen, auch niemandem anvertrauen. Oft bleiben sie innerlich zerrissen und leiden ein Leben lang unter dem Eindruck unzureichend zu sein.

Einzelkinder sind vor allem einem beständigen Double-Bind ausgesetzt. Sie geraten als „schwarzes, böses" Kind in eine Täterposition und müssen als „weißes, gutes" Kind gleichzeitig eine Retterrolle einnehmen. Wenn das Kind aber Täter und Retter gleichzeitig ist, muss es das betroffene Elternteil vor sich selbst retten, um einer Zurückweisung zu entgehen und sich so auch selbst zu erhalten. Schon alleine der Versuch, diesen Zusammenhang zu verstehen, lässt nachfühlen, wie verrückt und gespalten diese Situation für das Kind ist. Es kann nicht entrinnen ...

Das Geschwisterkind
Hier bieten sich verschiedene Konstellationen, die sich auf die involvierten Kinder hilfreich, aber auch dramatisch und zerstörerisch auswirken können. Als hilfreich erweist sich hier die solidarische Fürsorge der Kinder untereinander, sowie die empathische Spiegelung von Angst, Wut und Hilflosigkeit. Dabei kann das einzelne Kind erfahren, dass es in seinem Empfinden nicht allein ist und eine Berechtigung hat, sich so zu fühlen.

Als höchst dramatisch erweist es sich, wenn eines der Kinder „schwarz und böse" besetzt wird. D. h. dass ihm allein die Verantwortung für die familiären Spannungen übertragen wird, die dann gleichzeitig auf seinem Rücken ausagiert werden. Um sich nicht selbst in der Rolle des Sündenbocks wiederzufinden, positionieren sich die Geschwisterkinder oft ebenfalls gegen das von den Eltern festgelegte „schlechte" Kind. Mit dem Anerkennen der Schuldzuweisung an das schwarzbesetzte Kind versuchen sie, sich vor einer ähnlichen Positionierung zu schützen. Es ist ein grausamer Krieg, in dem die Geschwisterkinder versuchen, auf Kosten des drangsalierten Kindes, zu überleben

Für das schwarzbesetzte Kind können sich aus dieser allumfassenden Dauermisshandlung Depressionen, Verhaltensstörungen, Belastungs- oder Persönlichkeitsstörungen ergeben und oft gibt es aus der Sicht des drangsalierten Kindes nur einen Ausweg – Selbstmord.

Auch die Geschwisterkinder, welche die Misshandlung eines schwarzbesetzten Kindes miterleben oder sich daran beteiligen, sind Opfer emotionaler Misshandlung. Ihnen wird die Missachtung sozialer und moralischer Werte aufgenötigt, wobei diese dann, sollten sie ein natürliches Schuld- und Schamempfinden entwickeln, dafür herabgesetzt und bewertet werden

(„Feind"-Zuwendung wird bestraft). Für sie gilt, sich in ihrem menschlichen Empfinden zu ignorieren oder ebenfalls Übergriffen ausgesetzt zu sein. Für ein Kind ein auswegloses Dilemma, das es in langanhaltende innere Konflikte und tief ausgeprägte Schuld- und Schamempfindungen treibt.

Das angenommene Kind

... kann durchaus in die beiden bereits genannten Konstellationen als Einzel- oder Geschwisterkind eingebunden werden. Besonderheiten existieren hier durch den Umstand, dass das Kind des Partners für den oder die Borderline-Persönlichkeit als Bedrohung wahrgenommen werden kann. Zuwendung und Aufmerksamkeit, die das Kind natürlicherweise beansprucht, werden nicht nur misstrauisch beobachtet, sondern oft auch sabotiert und unterbunden. Das angenommene Kind kann gleich zweifach als Konkurrenz wahrgenommen werden Einmal, auf der Borderline-typischen, kindlichen Ebene als Zuwendungskonkurrenz und parallel dazu, auch als Bindeglied zu einem ehemaligen Partner, der durch das Kind als Gegner stetig präsent ist und immer wieder Verlustängste auslöst, die dann dem Kind zugeschrieben werden. Nicht selten verlangen Borderline-Betroffene von ihren, hier überwiegend Partnerinnen, dass diese ihr Kind weggeben.

Entsprechend der Einstellung zu dem Kind als Kontrahent, entwickeln sich auch die Verhaltensweisen ihm gegenüber. Es wird ausgeschlossen, missachtet, Intrigen ausgesetzt, sabotiert und immer wieder in einen Machtkampf genötigt, in dem es keine Chance hat. Letztendlich erfährt sich das Kind als Hindernis und Störfaktor in der Familie. Es glaubt, dass die Familie ohne seine Existenz glücklich wäre und fühlt sich verantwortlich für deren Enttäuschungen und Frustrationen. Auch das angenommene Kind versucht, die ihm durch sein Borderline-Elternteil zugewiesene Täterrolle abzuwehren, gleichzeitig aber auch das leibliche Elternteil durch gutes Funktionieren zu schützen. Desto mehr es sich und sein leibliches Elternteil aber schützen will, desto bedrohlicher wird es für den oder die Betroffene/n, der diese Bedrohung als Täterkonstrukt dann auf das Kind projiziert. Dieses erlebt ein beständiges Gefühl der Hilflosigkeit, fühlt sich schuldig und entwickelt gleichzeitig eine unglaubliche Wut auf den für andere oft nicht sichtbaren Aggressor, ohne diese aber zeigen zu dürfen. Je nachdem, in welchem Alter angenommene Kinder in Borderline-Beziehungen geraten, entwickeln sie selbst entsprechende Strukturen. Was ihnen aber zumeist ganz sicher bleibt, ist der Eindruck, ein überflüssiger „Störfaktor" zu sein.

Rollentausch

Eine gesunde Familienstruktur beinhaltet eine klare Rollenverteilung, die jedem Familienmitglied eine Aufgabe zuweist. Diese ergänzen sich in ihrem Inhalt mit denen der anderen, so dass die Gesamtheit der gemeinsamen Beiträge ein unterstützendes und förderliches Miteinander ermöglicht.

Die Bedingungslosigkeit der Zuwendung der Eltern gegenüber den Kindern, sichert deren Überleben. Solange ein Kind nicht für sich sorgen kann, ist es in seiner Existenz davon abhängig, in seinen lebenserhaltenden Bedürfnissen von seinen Eltern wahrgenommen zu werden. Ohne sich zu artikulieren, allein durch körpersprachliche oder stimmliche Signale, vermittelt es seine Bedürfnisse, denen dann entsprochen wird. Die Hingabe der Eltern, insbesondere der Mutter, ist in diesem Zeitraum lebensnotwendig und absolut bedingungslos. Erst später, im Prozess der Lösung von der Mutter und der Individuation des Kindes, hebt sich diese Bedingungslosigkeit dem Kind gegenüber auf und geht, optimalerweise, förderlich in einen Prozess der selbstverantwortlichen Reifung über.

Borderline-Persönlichkeiten verharren aber auf jener kindlichen Entwicklungsstufe, welche eben diese Bedingungslosigkeit beständig einfordert. Sie sind nicht oder nur schwer in der Lage, ihre Bedürfnisse, Wünsche und Erwartungen klar zu definieren. Oft haben sie keinen Zugang zu dem, was sie brauchen. Sie gestehen sich aus Selbstabwertung ihre Bedürfnisse nicht zu oder befürchten, dafür zurückgewiesen zu werden. Für deren Kinder bedeutet das, wenn sie nicht bestraft werden wollen, mit beständiger Aufmerksamkeit die unausgesprochenen Bedürfnisse des betroffenen Elternteils zu erahnen und ihnen zu entsprechen. Abhängig von deren Fürsorge sind sie genötigt, die Reaktionen, Reflektionen und Verhaltensweisen zu präsentieren, die erwartet und eingefordert werden. Da diese Erwartungen ja nicht artikuliert werden, gerät das Kind in einen andauernden, angespannten Zustand der Aufmerksamkeit nach außen. Aus eigener Lebenserhaltung ist es gezwungen, die Rolle eines fürsorglichen und beschützenden Elternteils einzunehmen und dabei die Verantwortung für das Erleben seiner Bezugsperson zu übernehmen. Die eigene natürliche Rolle des Kindes muss es aufgeben, um sie seinem betroffenen Elternteil zu überlassen. Die Konsequenzen für das Kind sind weitreichend und massiv:

- Es verliert sein Rollenvorbild, an dem es sich orientieren kann, wie ein Mann oder eine Frau sich adäquat verhalten.
- Es wird nicht befähigt, sich selbst wahrzunehmen und kann so auch nicht lernen, für sich zu sorgen.
- Es erlebt sich selbst in andauernder Abhängigkeit von der Reflektion anderer und definiert sich demzufolge über seine Leistungen, die es für andere erbringt.
- Es nimmt sich selbst in seinem Erleben (Fühlen und Handeln) als Bedrohung für andere wahr, erfährt sich als unzumutbar und liebensunwert.
- Es wird von beständigen Selbstzweifeln begleitet und ist nicht in der Lage, den eigenen Fähigkeiten zu vertrauen. Oft bleibt es ein Leben lang unter seinen Möglichkeiten und akzeptiert zerstörerische Beziehungen, schlechte Jobs und Lebensbedingungen.
- Es verinnerlicht den ständig präsenten Stress der Aufmerksamkeit nach außen und entwickelt einen chronischen Unruhezustand. Dabei neigt es dazu, sich durch ständige Aktivität zu verheizen, weil es in jedem Nachlassen seiner Aufmerksamkeit (Ruhezustand) eine Bedrohung sieht.

Vor allem aber wird es zu einem Gefangenen im eigenen Ich. Freiheit beginnt, ähnlich wie die Liebe, bei uns selbst. Darauf vertrauen zu können, dass wir uns zeigen können, wie wir sind, ohne dafür bestraft oder zurückgewiesen zu werden, ist Frei-Sein. Kinder aus Borderline-Beziehungen werden frühzeitig seelisch gefesselt und geknebelt, in einen inneren Kerker verbannt – oft lebenslänglich, aber sie haben keine Wahl, wenn sie überleben wollen.

Konkurrenten

Borderline-Persönlichkeiten erleben die Welt auf einer kindlichen Ebene. Ihre grenzenlose Bedürftigkeit, die beständige Achtsamkeit und Bedingungslosigkeit die sie einfordern, ihre fehlende Objektkonstanz und die

Unfähigkeit, Verantwortung zu tragen, deuten auf das Kind in ihnen. Äußerlich in einem erwachsenen Körper, sehen sie sich der Welt ausgeliefert, hilflos und abhängig von anderen. Oft erleben sie staunend, die Resonanz anderer erwachsener Menschen auf sich, fühlen sich in ihren Interaktionen zu ihnen aber fremd und unterlegen. Es fällt ihnen schwer, sich als erwachsene Menschen zu begreifen, da sie sich in ihrer Abhängigkeit von anderen auch immer wieder in eine kindliche Forderungsposition begeben und sich aus der Resonanz daraus auch immer wieder als mangelhaft wahrnehmen. Letzteres ist nur zu häufig die Ursache für das „bestrafende Verhalten" von Borderline-Persönlichkeiten auf „Hilfestellungen".

Auf Grund der eigenen kindlichen Wahrnehmung sehen sich die Betroffenen oft auf einer Ebene mit Kindern und neigen dazu, sich leicht mit diesen zu identifizieren. Sie begeben sich in kindliche Positionierungen, streiten, schmollen und bocken, um sich durchzusetzen.

Bedrohlich kann dies für ein Kind werden, wenn es von seinem Borderline-Elternteil als Konkurrenz um Zuwendung und Aufmerksamkeit wahrgenommen wird. Inszenierungen, die das Kind beschämen, ins Unrecht setzen, die Bestrafungen durch das umkämpfte Elternteil auslösen, tragen oft psychoterroristischen Charakter. Mitunter werden dabei auch Geschwisterkinder involviert, die dann entsprechend manipuliert werden, den Konkurrenzkampf des Betroffenen zu unterstützen („schwarzes, böses" Kind). Nicht selten werden so auch jene „Sündenböcke" geschaffen, die für die Dysfunktionalität der Familie verantwortlich gemacht werden. Eine nicht unerhebliche Anzahl dieser Kinder, sehen in einem Suizid die einzigste Chance, ihrer Isolation, Hoffnungslosigkeit und Verlassenheit zu entkommen.

Faszinierende Mütter oder Väter

Parallel zu der eben genannten zerstörerischen Identifikation mit dem Kind, existiert aber auch ein durchaus positives Pendant. Das kindliche Erleben des Borderline-Elternteils ermöglicht diesem auch ein Eintauchen in die kindliche Welt, wie sie anderen Erwachsenen oft nur schwer zugänglich ist. Borderline-Eltern sind oft hinreißend kindlich emotional, sie ermöglichen ihren Kindern in kurzen aber einprägsamen Momenten eine ganz besondere, tiefe Hingabe an ein gemeinsames, emotionales Erleben. Sie können sich ganz auf die Welt ihrer Kinder einlassen, weil sie auch die ihrige ist. Sie sehen mit deren Augen und verstehen Unausgesprochenes. Sie haben die Fähigkeit, sich ganz in spielerische Rollen hineinfallen zu lassen und faszinieren ihre Kinder mit der Intensität ihrer Darstellung. Sie sind kreativ und erfinderisch und lassen sich durch die bestätigende Reaktion ihrer Kinder zu immer neuen Höchstleistungen anstacheln, so dass sie im Spiel oft kein Ende finden und zur Begeisterung ihrer Kinder dann häufig ganz aus der typischen autoritären, mäßigenden Elternrolle herausgehen.

Gerade aber diese Momente, so wunderbar sie für ein Kind sind, verwirren es zusätzlich. In seinem zutiefst ausgeprägten Wunsch nach beständiger Zuwendung, fasst es Vertrauen und Hoffnung, nur um diese am Ende des Spiels wieder zu verlieren und nicht verstehen zu können warum ...

Unsichtbare Kinder

Sicher kennen auch Sie Momente, in denen Sie traurig, verzweifelt oder mutlos waren. Vielleicht hat Ihnen dann jemand locker auf die Schulter geklopft und versucht, Sie mit der Floskel „wird schon wieder" „aufzumuntern". Haben Sie das als hilfreich empfunden? Verstärkt sich die Traurigkeit, durch das Empfinden allein zu sein, nicht verstanden oder gesehen zu werden dann nicht noch mehr?

Im Mittelpunkt der Unsichtbarkeit steht der Mangel oder das Ausbleiben von Empathie, Anteilnahme, Verstehen, Wahrnehmen, Akzeptieren ... Der Kern unseres Wesens besteht in dem was wir fühlen. Das Bedürfnis, Bestätigung von anderen zu erhalten, dass wir mit unserem Empfinden in Ordnung sind, begleitet uns durch jeden sozialen Kontakt. Achten Sie einmal bewusst darauf, wie viele Botschaften Sie senden, mit dem Bedürfnis einer bestätigenden, empathischen Reaktion. Derartige Interaktionen brauchen nicht unbedingt Worte. Empathische Eltern reagieren auf den Schmerz oder die Angst ihrer Kinder mit entsprechender Mimik oder Gesten, die dem Kind signalisieren, dass es in seinem Gefühl verstanden und akzeptiert wird.

Mit körpersprachlichen und stimmlichen Signalen beginnt die Kommunikation des Kindes mit der Welt. Es schreit, wenn es Hunger hat, Nähe, Wärme oder Sauberkeit braucht. Es lernt, wenn es befriedigende Reaktionen erfährt, dass seine Signale angemessen und hilfreich sind. Es wird verstanden. Beobachten Sie doch einmal, wie zugewandte Eltern auf ihr weinendes Kind reagieren. Welche Signale sie aussenden, wenn ihre Mimik ganz betont Schmerz, Trauer oder Freude zeigt. Sie spiegeln mit ihrer Reaktion dem Kind, dass es mit dem, was es fühlt, völlig in Ordnung ist, akzeptiert und verstanden wird. So erfährt es Sicherheit und lernt angemessen zu agieren.

Wird ein Kind in seiner Signalgebung nicht beachtet, zieht es daraus die logische Konsequenz, dass es selbst, im Ausdruck seiner Gefühle, nicht beachtenswert ist. Es wird in seiner Bedürftigkeit nicht gesehen und sozusagen unsichtbar. Mitunter verändert es dann seine Signalgebung, um sichtbar zu werden und die Aufmerksamkeit oder Zuwendung zu erhalten, die es braucht. Hier haben viele Verhaltensstörungen ihren Ursprung. Da eben diese unangemessenen Verhaltensweisen auf sozialen Widerstand stoßen, erlebt es wiederum Zurückweisung und erhält die Botschaft nicht in Ordnung zu sein – ein unheilvoller Kreislauf.

In vielen Borderline-Beziehungen erleben sich Kinder als unsichtbar. Sowohl das betroffene Elternteil, als auch dessen Partner, sind zumeist so auf den eigenen Überlebenskampf in der Beziehung konzentriert, dass die Aufmerksamkeit auf das Kind zwangsläufig stark eingeschränkt ist oder sogar ganz ausbleibt. Dazu kommt mitunter noch eine tiefe, wenn auch unbewusste Enttäuschung über das Kind, welches den Hoffnungen und Erwartungen (siehe S. 37) nicht gerecht wurde. Oftmals verstärken sich die beziehungsrelevanten Probleme durch die Geburt des Kindes noch, da ein Kind Zeit, Energie, Aufmerksamkeit und Zuwendung beansprucht und der Borderline-Persönlichkeit damit als Konkurrenz erscheint. Partner werden dann mitunter auch manipuliert, sich von dem Kind abzuwenden.

Unsichtbare Kinder haben zumeist folgende Erfahrungen gemacht:
- Ihre Angst, Verzweiflung, Trauer oder Wut wurden ignoriert oder bestraft
- Sie wurden ungenügend oder gar nicht gespiegelt
- Sie wurden in ihrem Erleben für ihre Bezugsperson als unzumutbar dargestellt

- Sie wurden, in Abhängigkeit von der jeweiligen Verfassung der Bezugsperson, nur mit ganz bestimmten Emotionen akzeptiert
- Sie wurden durch ausbleibende Bestrafung oder Zuwendung für das Negieren eigener Gefühle oder Bedürfnisse belohnt
- Sie erhielten die permanente Information, dass die Aufmerksamkeit auf andere lebenswichtig und die Aufmerksamkeit auf das eigene Ich gefährlich ist.

In der Folge werden diese Kinder dann ebenfalls reflektionsabhängig. Immer wieder benötigen sie die Bestätigung ihrer Bezugsperson, dass sie in ihrem Denken, Fühlen und Handeln richtig sind und somit nicht in Gefahr, zurückgewiesen oder misshandelt zu werden. Oft sind diese Kinder später nur ungenügend oder gar nicht in der Lage, für sich zu sorgen, da ja jede Selbstfürsorge einst Auslöser für Zurückweisung, Verunsicherung und Angst war. Sie gelten als hilfsbereit, angepasst, ruhig und liebenswürdig oder meiden – als Gegensatz – soziale Kontakte und Beziehungen, weil sie dem Druck der Selbstverleugnung oder dem Empfinden nicht genug zu sein, nicht standhalten können. Oft ergibt sich auch das eine aus dem anderen. D. h. sie investieren oft übermäßig viel Aufmerksamkeit in ihre Partner, vermeiden es auf eigene Bedürfnisse zu achten, fühlen sich dann irgendwann überfordert und empfinden dann ihre Bindungen als bedrohlich und einengend.

Die Botschaft „sei nicht", die ja hinter der Borderline-Störung steht, wird an das Kind weitergegeben, denn ein unsichtbares Kind gibt es nicht ...

Typische Verhaltensweisen emotional misshandelter Kinder in Borderline-Familien

Aus den typischen, symptomatischen Verhaltensweisen der Borderline-Persönlichkeit ergeben sich auch für die Kinder ganz spezifische Reaktionsmuster. An diesen können Außenstehende durchaus erkennen, mit welchen Interaktionsmustern das Kind konfrontiert ist. Oft ergeben sich diese typischen, kindlichen Reaktionen aus einem Überlebenstrieb heraus. Das Kind versucht dabei, Bestrafungen oder Zurückweisungen zu entgehen, um sich dadurch unbewusst seine Existenz zu erhalten.

Dazu zählen u. a.:

- Sich bei „Fehlverhalten" (Glas umwerfen, sich beschmutzen, stolpern ...) blitzschnell zu vergewissern, welche Reaktion die Bezugsperson zeigt. *Hier soll Bestrafung rechtzeitig erkannt werden, um sich gegebenenfalls zu schützen.*
- Überschäumende Freude bei geringer Zuwendung oder kurzzeitiger familiärer Harmonie. *Die Hoffnung, dass nun alles gut wird.*
- Übermäßige Trennungsangst, das Kind spürt auch bei kurzzeitigen Trennungen massivste Verlassenheitsängste. *Resultierend aus der emotionalen Verschmelzung (klammern, Überfürsorglichkeit, implizieren von Gefahr ohne das Elternteil ...). Da der Glaube an die eigene Lebensfähigkeit untergraben wird, erlebt sich das Kind als unzureichend und die Welt als Bedrohung.*
- Ausgeprägte Reaktionen auf aggressive Intonation oder Gesten (weglaufen, verstecken, zusammenkauern, erstarren). *Das Bemühen, sich selbst zu schützen.*
- Mangelnde Konzentration. *Durch den Versuch, Erlebtes gedanklich zu verarbeiten oder sich mit seinen Ängsten auseinanderzusetzen, entsteht permanenter emotionaler Stress.*
- Übermäßige Fantasie. *Flucht in eine andere Welt, loslösen aus der erlebten Belastung.*
- Die Abhängigkeit eigener Reaktionen von anderen. *Das Kind vergewissert sich immer wieder, „richtig" zu sein, um keine Angriffsfläche zu bieten (es vermeidet z. B. eigene Meinungen oder beantwortet Fragen nicht).*
- Das Kind lügt, stiehlt, schwänzt, ist aggressiv, verbal übergriffig. *Es versucht um jeden Preis Aufmerksamkeit zu bekommen, um der Unsichtbarkeit zu entgehen ...*
- Es distanziert sich von anderen Kindern, ist ein Einzelgänger und wird oft gehänselt oder drangsaliert. *Durch seine psychische Belastung ist es oft introvertiert, was es dann zur Angriffsfläche anderer macht.*
- Es zeigt sich extrem unsicher, vermeidet jede Auffälligkeit, ängstigt sich übermäßig vor Situationen in denen es im Mittelpunkt steht und beobachtet, bzw. bewertet wird. *Es hat die Annahme, ungenügend zu sein verinnerlicht und befürchtet, darin entdeckt und abgewiesen zu werden.*

➤ Es entwickelt ständig unklare Erkrankungen, die es vor bestimmten Aufgaben oder Kontakten schützen. *Es versucht, sich vor ängstigenden Situationen zu schützen, in denen es Gefahr laufen könnte, ungenügend zu sein.*

➤ Es leidet unter immer wiederkehrenden Albträumen, schläft schlecht und unruhig. *Kinder verarbeiten in ihren Träumen oft jene bedrohlichen Wahrnehmungen, denen sie sich in der Realität nicht stellen können, da sie als zu bedrohlich empfunden werden.*

Kinder entwickeln derartige Auffälligkeiten, um in einem lebensfeindlichen Raum überleben zu können. Natürlich lässt sich allein aus dem Zusammenspiel dieser typischen Verhaltensweisen keine Borderline-Familienstruktur identifizieren. Aber im Zusammenhang mit einer kinderpsychologischen Betreuung, in der auch die Eltern einbezogen werden, kann ein Zusammenspiel von Informationen hilfreiche Hinweise geben.

Ich würde mir sehr wünschen, dass die Auswirkungen der andauernden, zerstörerischen Interaktionen in Borderline-Familien, in ihrem gesamten, erschreckendem Ausmaß mehr gesehen werden. Denn nur dann kann auch beeinflusst werden. Und gerade Borderline-Familien sind nach außen hin oft voll funktionsfähig und anerkannt. Das zerstörerische Verhalten der Betroffenen, offenbart sich ja zumeist nur seinen engsten Bezugspersonen, wobei außerhalb der Familie souverän die Rolle gewahrt wird, die Anerkennung sichert.

Da coabhängige Partner bemüht sind, das äußere, gesellschaftlich anerkannte Familienbild bewahren zu wollen, ergibt sich hier das perfekte, ergänzende Wechselspiel der Verschleierung, so dass es von außen kaum möglich ist, den wahren Hintergrund zu erkennen. Eine wenn auch kleine Chance ergibt sich aber zumindest dort, wo mehrere Instanzen und Beobachter (Nachbarn, Polizei, Jugendamt, Kinderpsychologen, Lehrer, Erzieher, behandelnde Ärzte der Familienmitglieder ...) miteinander kommunizieren und eventuellen Befürchtungen nachgehen. JEDE dieser Instanzen sollte sich dabei ihrer Verantwortlichkeit bewusst sein.

Gleichzeitig müssen gesetzliche Regelungen geschaffen werden, die ein schnelles Eingreifen im Misshandlungsfall ermöglichen. Bei angenommener

Gefährdung dürfen z. B. Ärzte gar NICHT eingreifen, da ihnen ansonsten eine Verletzung der ärztlichen Schweigepflicht vorgeworfen werden kann. Erst bei nachweisbarer und dokumentationsfähiger Misshandlung dürfen sie das Jugendamt verständigen, wobei emotionale und psychische Übergriffe, auf Grund der mangelnden Dokumentationsfähigkeit, bereits vorab ausgeschlossen werden. Und so hat der Datenschutz misshandelnder Eltern eine höhere Priorität als der Schutz ihrer misshandelten Kinder.

Wenn Kinder mit einer bestimmten Schuldigkeit geboren werden (siehe S. 38) und dieser nicht gerecht werden (können!), enttäuschen sie ihre persönlichkeitsgestörten Eltern, die sie dann als mangelhaft und unzureichend erleben. Ihre Existenz wird als ungerechtfertigt und die notwendigen elterlichen Handlungen als Zumutung empfunden. Für viele Kinder ein Todesurteil. Da aber die Tötung eines Kindes gesellschaftlich geahndet wird und der körperliche Tod Konsequenzen für die Eltern nach sich zieht, müssen viele Kinder einen seelischen Tod erleiden. Sie werden übersehen, diffamiert, ignoriert, und mit alltäglicher Beständigkeit damit konfrontiert, dass sie überflüssig sind und kein Recht haben zu leben. Ihre Seele wird zertreten, ihre Flügel werden gebrochen.

Sie werden unsichtbar ...

2. Reale Geschichten unsichtbarer Kinder ...

**Christina, 45 Jahre; Vater, Borderline-Syndrom;
Mutter, histrionisch-dependente Borderline-Struktur**

... ich komme aus der Schule nach Hause und zähle die Stufen auf dem Weg zu unserer Wohnung, alles ist wie immer ... Aber als ich an unserer Wohnungstür klingle, macht eine mir völlig fremde, alte, weißhaarige Frau die Tür auf. Sie lässt mich nicht rein und ich sage ihr, dass ich hier doch aber wohne und zu meiner Mama will. Sie fragt mich, wer denn meine Mama sei und ich nenne ihr unsere Namen. Doch sie schüttelt nur den Kopf und meint, dass sie hier schon seit Jahren wohnt und noch nie etwas von dieser Familie gehört hat. Wortlos schließt sie die Tür und ich stehe ganz allein im dunklen Flur. Ich habe keine Eltern und kein Zuhause mehr und bin völlig allein ...

Diesen Traum hatte ich als Kind ständig und ich habe ihn nie vergessen, sogar die Erinnerung an ihn macht mir noch Angst ...

Als meine Mutter mit mir schwanger wurde, hatte sie bereits eine 9-jährige Tochter aus einer ersten unglücklichen Ehe, deren Erziehung sie deutlich überforderte. Ein zweites Kind auf die Welt zu bringen, machte ihr Angst, zumal sie nach der Geburt ihrer ersten Tochter von ihrem launischen, wechselhaften Mann verlassen wurde und auf sich allein gestellt war. Mein Vater drohte ihr aber wohl damit, die Beziehung zu beenden, wenn sie mich abtreiben lassen würde und so wurde ich eigentlich gegen ihren Willen, als Wunschkind meines Vaters, im Mai 1961 geboren.

Die schönsten Stunden meines Lebens, in denen ich mich noch ganz sicher und geborgen fühlte, erlebte ich mit meinem Papa in den Sommermonaten. Sobald meine kleinen Beinchen an ein paar selbstgebastelte Pedale seiner Schwalbe (ein Moped) heranreichten, fuhr er mit mir zelten. Aus heutiger Sicht sehr spartanisch, aber das, was mir an dieser Zeit so wertvoll war, konnte mit Geld nicht bezahlt werden. Mein Papa war mein Held. Wir bestaunten nachts die Glühwürmchen und badeten im See. Ich brauchte nie wie die anderen Kinder abends pünktlich ins Bett, durfte durch die Heide stromern, auf Hochsitze klettern und ins Freilichtkino gehen. Er hat mich gelehrt, die Natur zu lieben. Der Duft von sommerwarmen, harzigen Wäldern, weckt noch heute ein ganz und gar geborgenes Gefühl in mir. Da gab es ein sehr festes Band zwischen uns, das nichts erschüttern konnte.

In den Kindergarten konnte ich nicht gehen, weil ich zu ängstlich war und dort zu viel geweint habe. Später machte mir auch die Schule, mit den vielen, fremden Kindern, Angst. Trotzdem glaube ich, dass ich ein zufriedenes Kind war, bis zu einem Tag irgendwann als ich 8 Jahre alt war.

Es war Abends und ich lag schon in meinem Bett, als ich lautes Schreien und Poltern hörte. Ich geriet in Panik und lief ins Wohnzimmer. Was ich da sah, war für mich so unfassbar, dass ich wie versteinert in der Tür stehen blieb. Meine Mama lag am Boden und mein Vater stand hochrot und voller Wut über ihr und trat wie von Sinnen auf sie ein. Sie versuchte sich zu schützen, lag zusammengerollt und wimmernd da. Ohne nachzudenken, sprang ich auf meinen Papa zu und schubste ihn von der Mama weg. Noch nie in meinem Leben hatte ich in solche hasserfüllten Augen gesehen, ein wutverzerrtes Gesicht, das mich anbrüllte „ach, bist du auch so ein Schwein". Das konnte unmöglich mein Papa sein und war das meine Mama, die sich noch immer wimmernd hinter meinen Beinchen zusammenkauerte? Ich kann mich an den Rest des Abends nicht mehr erinnern, ich weiß nur, dass danach nichts mehr wie vorher war, nichts ...

Nach diesem Abend kam es fast jeden Tag zu lautstarken Auseinandersetzungen zwischen meinen Eltern. Ich nahm Dutzende von Teddybären gegen meine Angst mit ins Bett und legte sie um mich herum, geholfen hat das leider nicht. Wenn es zu schlimm wurde, habe ich mich in meinem Kleiderschrank verkrochen und nur noch meinen dumpfen, schnellen Herzschlag gehört, während ich mir alles was ich greifen konnte, gegen die Ohren presste.

Ab da beobachtete ich meine Eltern ganz genau, jeden Tonfall, jede Bewegung, die Lautstärke der Stimme. Sobald ich eine Gefahr spürte, wollte ich nur noch weg und mich verstecken. Aber ich hatte auch ganz schlimme Angst, dass meiner Mama etwas passiert. Ich musste sie doch beschützen. Gleichzeitig hatte ich aber auch große Angst vor meinem Vater. Er sah zwar genauso aus wie immer, aber er war mir so fremd geworden. Ich habe das überhaupt nicht verstanden und glaubte, er könne mich nun nicht mehr lieb haben, weil ich ihn von der Mama weggestoßen hatte, als er sie getreten hat. Das muss falsch gewesen sein. Ich war so verunsichert und hatte ständig einen riesen Klumpen Angst und Trauer in meinem Bauch.

Da meine Mama so wehrlos schien, habe ich immer versucht sie zu beschützen, für meinen Vater schien ich damit böse zu sein, denn er beschimpfte mich dann genauso wie sie und war nicht mehr lieb zu mir. So manche Szene, die keinem Kind zugemutet werden sollte, habe ich getrennt von mir erlebt. Vieles habe ich, wie in einem Film, von außen gesehen. Noch heute plagen mich die immer wiederkehrenden Bilder an diese für mich furchtbaren Momente.

Einmal, als ich gerade badete, hörte ich wieder das Brüllen und Schreien und ich lief voller Panik, nackt, nass, zitternd und panisch in den Hausflur, schnurstracks zu den älteren, freundlichen Damen, die eine Etage höher wohnten. Es gab immer wieder ähnliche Situationen, ich wechselte dann nur die Nachbarn, bei denen ich hilfesuchend klingelte. Keiner hat mir wirklich geholfen. Der inständigen, leisen Bitte meiner Mutter, doch nichts darüber weiter zu sagen, wurde stets entsprochen. Es gab keinen sicheren Ort für mich. Ich glaube, das war das Schlimmste für mich, dass meine Angst und mein Schmerz so ignoriert wurden und ich nirgends sicher war.

In der Schule wurde ich immer ruhiger, meine Leistungen fielen ab. Die Kinder waren alle so anders und machten mir Angst. Ich konnte mich auch nicht mehr richtig konzentrieren. Was wenn der Papa die Mama totschlägt, wenn ich nicht da bin? Meine Eltern waren mir fremd geworden. Vor meinem Papa hatte ich Angst. Manchmal war er noch ganz lieb und mein Herz klopfte dann vor lauter Glück, als ob es gleich platzt. Alles wird gut. Dann weinte die Mama auch nicht und lachte auch mal. Aber das dauerte nie lange. Das Schreien kam wieder und auch die Angst und diese ohnmächtige Hilflosigkeit, ich habe mich so schrecklich allein gefühlt.

Einmal, da war ich etwa 9 oder 10 Jahre alt, waren wir im Harz. Meine Eltern stritten sich ständig und mein Vater fuhr meine Mutter an, dass sie wohl schon altersschwach sei. Ich hatte danach unglaubliche Angst, denn ich wusste, dass man daran sterben kann. In diesem Urlaub sind wir auch viel gewandert. Dabei entdeckten wir die sogenannten Scharcherklippen, zwei steile 25 Meter hohe Felsen, von denen einer begehbar war. Mein Vater wollte mit uns da hoch, meine Mutter nicht und ich schon gar nicht. Die Stufen waren vereist und voll Schnee, das Geländer nur auf einer Seite, dünn, mit Eis überzogen und wacklig, auf der anderen Seite ging es steil in die Tiefe. Ich hatte Panik. Mein Vater wurde wütend und bestand darauf, dass wir da gemeinsam hochklettern. Meine Mutter signalisierte mir, dass sie schlimmen Ärger bekommen würde, wenn ich da nicht rauf klettern würde. Sie sah mich eindringlich und mit flehendem Blick an. „Bitte geh", flüsterte sie. Ich wusste, er würde ihr weh tun, wenn ich nicht gehen würde, also habe ich mich, trotz meiner Todesangst, versucht zusammenzureißen. Alles in mir war taub, durch die Tränen habe ich kaum etwas gesehen und zitterte wie verrückt, aber ich bin hochgeklettert und habe meine Mama schützen können. Bis heute bekomme ich beim Anblick steiler Treppen Panik und in vielen meiner Angstträume stehe ich auf schwindelerregend hohen Treppen, die unter mir zerbrechen.

Meiner Mama ging es schon damals oft sehr schlecht. Sie weinte viel, hielt mich manchmal dabei in den Armen und fragte, warum ihr so was passiert. Sie sei nun schon 40 Jahre und hätte noch nichts von ihrem Leben gehabt. Sie hat mir so unendlich leid getan und ich wollte alles tun, damit sie nicht noch mehr Kummer hat. Wenn sie mich ansah, lachte ich viel, damit sie nicht denkt ich bin traurig und dann selbst traurig ist. Ich habe viel geschauspielert.

Zu Hause war es nicht mehr schön. Ich wollte da eigentlich nicht sein, hatte aber Angst um meine hilflose Mama. In den Sommerferien fuhr ich nach wie vor mit meinem Papa zelten, da gab es auch immer wieder Tanten, die zu mir und meinem Papa ganz lieb waren. Danach wurde ich von meiner Schwester ausgefragt und habe gar nicht verstanden, was an den Tanten denn so schlimm war. Die Streitereien wurden immer heftiger. Als ich etwa 16 Jahre alt war, zogen wir dann um. Es war eine sehr kleine Wohnung, in der ich ein ganz kleines Zimmer, direkt neben dem Schlafzimmer meiner Eltern, hatte. Die Tage und Nächte waren voll mit Anspannung und Angst. Ich war immer wachsam, wann geht es wieder los? Wenn es keinen sichtbaren Anlass für Übergriffe gab, wurden sie auch fingiert. Mein Vater stellte mir dann Fragen, wie z. B. wie viel fliegt der Schall in der Sekunde. Wenn ich darauf keine Antwort wusste, beschimpfte und beleidigte er mich. Ich sei ja so blöd und strohdumm, es wäre ihm peinlich, dass ich seine Tochter sei. Bei manchen Fragen wurde ich so starr vor Angst, dass ich gar nicht mehr nachdenken konnte. Ich konnte lange nicht unterscheiden, wann eine Frage als Sprungbrett für seine Wut dienen sollte oder eben wirklich nur eine Frage war. Manchmal gerate ich heute noch in Panik, wenn mir jemand eine Frage stellt, die ich nicht gleich beantworten kann.

Einmal habe ich all meinen Mut zusammengenommen und ihm gesagt, dass er mich wohl nur als kleines niedliches Mädchen lieb gehabt hat und jetzt, wo ich größer bin, kann er mich wohl nicht mehr lieb haben. Seine Antwort war ein heftiger Schlag in mein Gesicht. Nie zuvor hatte er mich geschlagen. Ich war zutiefst verstört und schockiert.

Es gab unzählige Situationen, in denen er mir auch ganz bewusst weh tat. In einem Urlaub hatte ich einen Hitzeschlag und Fieber, es ging mir sehr schlecht, ich konnte nichts essen und habe alles wieder erbrochen. Er zwang mich aber, eine mir verhasste Fleischkonserve zu essen. Ich habe geweint und immer wieder gewürgt und alles ausgespuckt. Er hat mich laut schreiend auf dem Campingplatz vor all den Menschen als undankbares Stück bezeichnet und schlimm beschimpft ...

Manchmal hörte ich auch Schreie, obwohl gar keiner da war. Ich wurde mir selbst unheimlich und glaubte immer mehr, dass mit mir etwas nicht stimmte. Für meinen Vater schien ich widerwärtig zu sein. Er hatte in meiner Gegenwart oft ein eisiges, erstarrtes Gesicht, sprach nicht mit mir und ich hatte ständig den Eindruck, dass allein meine Anwesenheit eine furchtbare Zumutung für ihn war. Meine Mutter litt immer, egal was ich auch tat, es war nie genug. Wenn mein Vater von der Arbeit kam, schien mir mein Herz vor Angst stehenzubleiben. Ich hatte so oft den Impuls wegzulaufen. Einmal, als ich spürte, dass es gleich wieder zu einer Katastrophe kommen wird, versteckte ich mich hinter einem Sessel. Aber meine Mutter holte mich sofort hervor und stellte mich zwischen sich und meinen Vater. Meine offensichtliche Angst hat ihn dann wohl maßlos wütend gemacht. Er griff sich das Beil das im Flur hing, fuchtelte damit herum und jagte meine Mutter durch die Wohnung. Voll Panik lief ich schreiend hinterher, ich hatte furchtbare Angst, dass er zuschlägt und sie umbringt. Verstanden habe ich überhaupt nichts, was habe ich denn falsch gemacht? Weglaufen oder verstecken durfte ich mich nicht. Mutter meinte, wenn ich nicht dabei bliebe, würde er ihr wehtun und es wäre noch viel schlimmer für sie. Aber auch wenn ich da blieb wurde es schlimm, es war egal, was ich machte, es war alles falsch. Manchmal kam auch die Polizei, aber das änderte gar nichts.

Die einzige „Hilfe", die ich damals bekam, war die ärztliche Verordnung von Faustan (ein diazepamhaltiges Schlaf- und Beruhigungsmittel). Meine Mutter vertraute sich einer Ärztin an, die mir dann dieses angst- und krampflösende Mittel verschrieb, damit ich ruhig bleibe und alles ertrage. Dreimal täglich musste ich das Zeug schlucken, dann fühlte ich mich wie hinter einem Wattebausch. Ich frage mich heute noch, wie ein Arzt solche Rezepte mit seinem Gewissen vereinbaren kann.

Mit 17 lernte ich dann einen Jungen kennen, mein Vater mochte ihn nicht. Für mich war er aber mein ganzer Halt. Ich war unkritisch und wollte nur von zu Hause weg. Möglichst schnell ein Kind und dann eine richtige, heile Familie haben, in der jeder lieb war zu dem anderen. Frieden, Ruhe, einfach weg ... Vielleicht sollte ich dazu sagen, dass es in der DDR eigentlich nur dann möglich war, eigenen Wohnraum zu beanspruchen, wenn man eine eigene Familie gründete. Zu heiraten und ein Kind zu bekommen, schien mir die einzige Chance zu sein, dieser Hölle zu entkommen. Mein erstes Kind verlor ich nach einer der üblichen Tragödien zuhause, aber bald war ich wieder schwanger. Es ging mir sehr schlecht in diesen ersten Schwangerschaftswochen. Den Geruch von Porree konnte ich nicht ertragen, ohne mich zu übergeben. Ich erbrach mich ständig, denn zu Hause war nun in fast jeder Mahlzeit Porree. Der Geruch lag ständig in der Luft. Erst als ich im 3. Monat, deutlich untergewichtig und entkräftet, der Fürsorge auffiel, steckte die mich dann in ein Schwangerenheim, um mich wieder aufzupäppeln. Nach vier Wochen musste ich aber wieder zurück.

Dann versuchte meine Mutter sich umzubringen. Sie drehte immer wieder den Gashahn auf und ich versuchte, sie vom Herd wegzubekommen und drehte den Hahn wieder zu. Es war ein regelrechtes Gerangel und ich traute mich kaum Luft zu holen, weil ich das Zeug ja nicht einatmen wollte. Es war ganz furchtbar. Jedenfalls kam sie dann in ein Krankenhaus und ich war mit meinem Vater allein ...

Ich weiß nicht mehr, wie ich diese Monate durchgestanden habe, meine Beruhigungstabletten hab ich ja wegen der Schwangerschaft nicht nehmen können. Erinnern kann ich mich nur noch an seinen Anfall, als er seine Geliebte zu uns nach Hause bringen wollte und ich im Wege war. Zu diesem Zeitpunkt waren es noch 4 Wochen bis zur Geburt meines Kindes, es war Oktober. Er wollte, dass ich die Wohnung in dieser Nacht verlasse, aber ich wusste doch nicht wohin. Dann brüllte er mich an, dass ich undankbar sei und schuld daran, dass er sich früher nicht mal Socken kaufen konnte. Er scheuchte mich durch die Wohnung und irgendwann bin ich dann weggelaufen. Ich habe dann diese schon sehr kalte Nacht auf der Straße verbracht, in den Büschen hinter dem Haus. Natürlich hätte ich auch zur Polizei gehen können, aber dann hätte mein Vater sicher Ärger bekommen und davor hatte ich Angst.

Nach dieser Nacht habe ich dann jede Nacht einen Stuhl vor die Tür gestellt, damit ich höre, wenn er in mein Zimmer kommt. Ich war mir sicher, dass er mich umbringen will. An meinem Kopfende lag immer eine Schere ...

Wenige Wochen danach wurde meine Tochter mit einem offenen Rücken geboren. Eine lebenslange Schwerstbehinderung mit vielen syndromartigen Konsequenzen. Erst später habe ich erfahren, dass diese Behinderung in einem direkten Zusammenhang mit einem Folsäuremangel, also Ernährungsdefiziten in den ersten Schwangerschaftswochen, steht.

Mit 21 Jahren bin ich dann zu Hause ausgezogen, im Irrglauben, dass ich nun endlich mein eigenes Leben leben kann. Nicole, brauchte meine ganze Aufmerksamkeit, es gab so viele kritische Phasen. Da sich mein Mann, der Vater von Nicole für die Behinderung seiner Tochter schämte, bekam ich weder von ihm noch seiner Familie Unterstützung. Ich war sehr allein in diesen Monaten. Meine Mutter rief mich jeden Tag mehrmals an und berichtete mir, oft unter Tränen, was mein Vater ihr wieder angetan hat. Ich kam mit der Angst und Panik nach diesen Telefonaten kaum klar und schluckte immer öfter Faustan. Als ich nach einem besonders schlimmen Telefonat die Panik nicht mehr loswurde, schluckte ich eine Tablette nach der anderen, irgendwie halfen sie gar nicht mehr. Da ich bei weitem zu viele genommen hatte, rief ich einen medizinischen Notdienst in einem psychologischen Krankenhaus an. Der Hinweis, dass ich mich an die Sprechzeiten des nächsten Tages halten soll, bewirkte in mir rechtzeitig einen Brechreiz. Von dem Tag an habe ich das Zeug nie wieder genommen.

Später habe ich es geschafft, mich von meinem Mann zu trennen. Wir wurden, angesichts seines offensichtlichen Rückzuges aus unserer Ehe, ganz unkompliziert geschieden. Danach bin ich dann immer wieder in Beziehungen zu Männern gelandet, die mich eigentlich mit dem, was mir wichtig war, ignorierten. Ich habe mich ausnutzen, beschimpfen und kontrollieren lassen und es nicht geschafft, mich zur Wehr zu setzen oder aus diesen Bindungen zu lösen. Erst nachdem ich zweimal in Borderline-Beziehungen gelandet bin, die ich nur aus reinem Selbsterhaltungstrieb aufgeben konnte, habe ich angefangen, mich selbst zu hinterfragen und die Gründe dafür zu suchen, warum ICH nicht in der Lage war, mich auf liebe- und respektvolle Beziehungen einzulassen. Heute kann ich von wirklichem Glück reden, einen Partner an meiner Seite zu wissen, der mich und mein Kind liebevoll akzeptiert und mir ein stabiler und zugewandter Partner ist.

Vor ein paar Jahren unternahm mein Vater einen Selbstmordversuch. Nach zahlreichen Androhungen, hatte er sich in seinem Auto mit Abgasen vergiften wollen. Er wurde noch rechtzeitig gefunden, reanimiert und in eine Klinik eingewiesen. Ich wurde von der Polizei benachrichtigt, wobei mir auch mitgeteilt wurde, dass es einen Abschiedsbrief an mich gibt. Das hat mir alles sehr, sehr wehgetan. Später erzählte meine Mutter mir, dass er, kurz bevor er das Bewusstsein verloren hat, sie anrief und aufforderte zuzuhören, wie er stirbt. Es zerreißt mir heute noch das Herz, wenn ich diese Szenen vor meinem inneren Auge sehe. Ich habe es damals auch nie in Frage gestellt, wie eine Mutter es fertig bringen kann, ihr Kind so zu involvieren.

Von den behandelnden Ärzten der Klinik wurden meine Mutter und ich dann ausführlich befragt. Obwohl ich meine Zusage für dieses Gespräch nur unter der Bedingung gegeben hatte, nicht mit meinem Vater konfrontiert zu werden, wurde genau das provoziert und unser Verhalten dabei genau beobachtet. Ich empfand das von Seiten der Ärzte als sehr übergriffig. In dem nachfolgenden Gespräch wurden von uns viele der typischen Symptome der Borderline-Störung geschildert, eine Diagnose in diese Richtung wurde trotzdem nicht gestellt. Mein Vater wurde ohne therapeutische Empfehlung entlassen.

Vor einigen Jahren wurden bei mir dann mehrere Bandscheibenvorfälle in der Halswirbelsäule diagnostiziert, einer davon wurde operiert. Mein Gleichgewichtssinn fiel aus, so dass ich kaum noch laufen konnte, ich hatte einen Tinnitus, der mir ebenso erhalten blieb, wie das Wehklagen meiner Mutter. Nach der Operation der Bandscheibe hatte ich eine ganz kurze Begegnung mit einem der Pfleger, der meinte, dass ich in meinem Leben aufräumen muss, sonst würde ich bald in einem Rollstuhl sitzen. Das hat in mir ein Umdenken ausgelöst. Ich habe meine Eltern mit dem verängstigten, schmerzerfüllten Kind in mir konfrontiert, bin aber nur auf Unverständnis und Entrüstung gestoßen. Ich wollte nur, dass sie es sehen und mich endlich verstehen.

Ich wollte nicht mehr funktionieren müssen, klaglos, alles hinnehmend. Es gab ein halbes Jahr Kontaktabbruch, danach Auseinandersetzungen, in denen ich wie das undankbare, nicht funktionierende Kind auf der Anklagebank saß. Schließlich aber gab mein Vater unter Tränen zu, unendlich viel Schuld auf sich geladen zu haben. Ich wollte nicht, dass er sich schuldig fühlte, ich wollte nur einmal Anerkennung finden, das war mir so wichtig. Auch meine Mutter entschuldigte sich, wenn auch zögerlich, was mir aber Hoffnung gab, dass sich die Situation nun verbessern würde.

Leider war das ein Irrglaube. Mittlerweile bin ich 45 und leide noch immer unter meiner permanenten Anspannung. Ich kann fast nie locker lassen oder entspannen. Laute Stimmen, vor allem in gedämpfter Form aus angrenzenden Räumen, lösen eine unverhältnismäßige Panik in mir aus. Mich überfällt noch immer, ohne jeden äußeren Auslöser, Angst oder Hilflosigkeit. Ich leide unter den Symptomen einer posttraumatischen Belastungsstörung und „funktionierte", im Kontakt mit meinen Eltern, entsprechend unzureichend, was für sie auch immer wieder Anlass zur Kritik war. Besonders erschreckt mich, dass ich in meinem eigenen Lebensumfeld noch sehr oft ganz perfekt funktionieren möchte, vor allem wenn es darum geht, für andere da zu sein. Mit dem anhaltenden, präsentierten Leid anderer, kann ich auf Dauer nur schwer umgehen. Oft gebe ich zunächst zuviel Aufmerksamkeit und Fürsorge und grenze mich nicht oder ungenügend ab. Irgendwann gerate ich dann aber an meine Grenzen, die ich erst gar nicht spüre oder ignoriere, bis ich mich dann irgendwann, völlig ausgelaugt und genervt, zurückziehe. Das ist dann mit viel Angst verbunden, dafür zurückgewiesen zu werden, weil ich ja nicht mehr funktioniere. Zumeist stoße ich dann auch tatsächlich auf Widerstand und Vorwürfe, die mich noch mehr verunsichern, weil ich mich dadurch auch immer wieder als ungenügend oder falsch empfinde. Hier eine Balance zu finden fällt mir unglaublich schwer.

Erst vor wenigen Monaten war ich soweit, mit meinem Vater innerlich meinen Frieden zu machen. Verzeihen kann und werde ich nicht, aber da er mich in Ruhe ließ und in unseren wenigen Kontakten mir gegenüber sehr zugewandt war und mir auch den Respekt schenkte, den ich mir immer gewünscht hatte, konnte vieles in mir Ruhe finden. Er tat nichts, was die Narben alter Verletzungen wieder aufriss und so konnte ich von den alten Schmerzen loslassen und neu auf ihn zugehen. Es hat mich sehr erschreckt, als ich sah, welche Bedrohung sich daraus für meine Mutter ergab, die alles tat, um das zu sabotieren. Das geschah unglaublich subtil und war von außen gar nicht sichtbar. Aus meiner Forderung ihr gegenüber, endlich zu akzeptieren, dass ich nicht mehr bereit bin Stellung gegen meinen Vater zu beziehen, erzeugte sie ihm gegenüber ein Bild von mir als zurückweisende und nachtragende Tochter. Eine, die immer wieder alte Geschichten aufwärmt, nur um damit ihren Eltern zu schaden, woraufhin auch er sich dann wieder wortlos von mir distanzierte. Ich hatte nicht die geringste Chance, die intriganten Manipulationen meiner Mutter zu unterbinden. Er glaubt ihr alles blind, und beide sahen sich dann als Opfer ihrer lieblosen, nachtragenden und bösartigen Tochter. Dass ich von meinem Vater also nur akzeptiert werde, wenn ich mich gegen ihn positioniere, empfinde ich als verrückt. Nur wenn du mich hasst, liebe ich dich.

Es war mir nicht möglich, mit meiner Mutter ebenfalls meinen Frieden zu machen, denn sie hatte nie aufgehört, mich zu bedrängen. Wann immer ich versuchte, mich abzugrenzen oder Gefühle zeigte, die ihren Erwartungen nicht entsprachen, bestrafte sie mich dafür. Kontaktabbruch, für den ich dann verantwortlich gemacht wurde, Schuldzuweisungen, Klagen und Vorwürfe, dass ich die alten Zeiten nicht ruhen lasse. Dabei hörte sie nie auf, mich mit den gleichen Verantwortungszuweisungen zu manipulieren, die mich schon als Kind so überfordert hatten. Nie sagte sie konkret was sie brauchte, erwartete aber, dass ich es ihr gebe. Tat ich das nicht, litt sie und ich war schuld daran, was dann wieder mit schweigen und Distanz bestraft wurde. Als beide einmal eine schwere Grippe hatten und eigentlich Hilfe brauchten, riefen sie mich nicht an und baten auch nicht um Unterstützung. Erst als ich sie anrief, erzählte sie, dass sie beide schwer krank waren, kaum laufen konnten, nichts zu essen hatten und Hilfe gebraucht hätten. Ich hatte sie so oft gebeten, mich doch anzurufen, wenn sie etwas braucht, aber das ignoriert sie beharrlich und nutzt die Konsequenzen ihrer Unfähigkeit sich mitzuteilen, um mich zu beschämen. Ein ewig gleiches Spiel. Sie forcierte immer wieder erstaunliche Dramen, in denen ich die Wahl hatte, sie durch Fügsamkeit zu retten oder schuld an ihrem „Untergang" zu sein. Sie fordert bedingungslose Zuwendung und ständige Verfügbarkeit und sabotierte mein berufliches und privates Leben unter dem Deckmantel der „Fürsorge". Ich soll doch nicht vergessen, dass sie meine Mutti sei, die mich doch liebt, alles für mich getan hat und nur für mich gelebt hat. Dass ich nicht mehr bereit war, an der Tragödie ihrer Ehe Anteil zu nehmen, konnte sie mir nicht verzeihen. Töchter anderer Mütter würden mehr Verständnis aufbringen. Sie konfrontierte mich unermüdlich mit ihrem Alter, dass sie nicht mehr lange zu leben habe und ich ihr die letzten Jahre ihres Lebens doch lassen soll. Es würde mir einmal leidtun und ich sei egoistisch. Außerdem, war das doch gar nicht so schlimm damals. Die meisten meiner Erinnerungen leugnet sie komplett. Ich sei schon immer zu labil gewesen und habe viel zu viel Fantasie. Sie bezeichnete mich als verrückt, gestört und verlogen und vermittelte mir dabei den Eindruck, dass ich ihr etwas antue und sie mein Opfer ist, das leiden muss, weil ich nicht richtig funktioniere.

Um richtig zu funktionieren, müsste ich aber, wie auch schon als Kind, jeder ihrer Erwartungen entsprechen und mich letztendlich auch wieder einbinden und positionieren lassen, was in mir totale Angst und Wut auslöste. So sehr ich auch versuchte, die Ängste und Schmerzen meiner Kindheit nicht mehr aufkommen zu lassen, jede Abgrenzung meinerseits und sei sie noch so klein, hatte augenblicklich Vorwürfe und Schuldzuweisungen zur Folge. Ich geriet so immer wieder in eine Konfrontation mit der Vergangenheit und bekam postwendend den Vorwurf, dass ich diejenige war, die sie nicht ruhen ließ. Das hinterließ so viel Hilflosigkeit in mir. Manchmal fühlte ich mich wie in einer Zwangsjacke, in der ich Schläge ertragen sollte und dabei noch dankbar zu lächeln hatte.

Ich hatte einen so unendlich großen Bedarf daran, gesehen zu werden, was aber anscheinend gänzlich inakzeptabel war. Wann immer ich mich darum bemühte, akzeptiert zu werden, gab es Vorwürfe und Versuche mir Schuld einzureden. Dann wurde ich mit Aussagen wie „bei so einer Tochter haben wir ja beide Angst alt zu werden" und „eigentlich hätten wir schon vor 10 Jahren den Kontakt zu dir abbrechen müssen" konfrontiert. Das hat mir sehr weh getan. Mit meinem ganz natürlichen Wunsch nach Eigenständigkeit, wurde ich zu einer unzumutbaren Belastung für sie und Schuld an dem, was sie durch mich erleiden mussten. Sie waren einfach nicht bereit, ihren Anteil für diese Entwicklung anzunehmen. Mit den Konsequenzen ihrer elterlichen "Zuwendung" wollten sie nicht konfrontiert werden.

Innerlich fühle ich mich noch immer sehr zerrissen. Das liebevolle Bild meines Vaters aus meinen ersten Lebensjahren und das meiner hilflosen, ängstlichen Mama, die ich immer retten wollte, vermischt sich immer wieder mit meinen ängstigenden Erinnerungen, die ich aus meinem Leben mit ihnen ja nicht trennen kann. So lange ich denken kann habe ich um meine Eltern gekämpft und immer wieder versucht, sie dazu zu bewegen, MICH zu sehen und eine Beziehung zu mir herzustellen. Es ist mir letztendlich nicht gelungen, was ich zunächst als ein persönliches Scheitern und eine Unfähigkeit meinerseits empfunden habe.

Dass meine Mutter mich als Konkurrenz erlebte und einen friedlichen Kontakt zwischen mir und meinem Vater, so weit er überhaupt realisierbar war, gar nicht ertragen konnte, habe ich so ganz bewusst erst vor kurzem erkannt. Erst jetzt verstehe ich, warum sie mich rügte, wenn ich ihn mal zuerst begrüßte oder ihn ihrer Ansicht nach zu lange umarmte. So lange ich denken kann, benutzte sie mich, um meinen Vater zu kontrollieren oder ihn, um mich fügsam zu machen. Einer von uns musste immer der Täter sein, damit sie als Opfer von dem anderen getröstet wurde. An einem Weihnachtstag vor einigen Jahren habe ich mit Schrecken erlebt, dass sie einen ausagierenden Anfall seinerseits gegen mich provozierte, weil ich ihr nicht gefügig war. Die von ihr inszenierten Dramen nutzte sie auch noch, um dann als „Friedensstifterin" zu vermitteln. Irgendwie schaffte sie es dabei tatsächlich auch noch, als aufopferungsvolle Retterin dazustehen, ohne die es keinen Frieden geben konnte und erwartete Dankbarkeit und Respekt. Ich fühle so viel Ekel und Enttäuschung angesichts dieser infamen und scheinheiligen Anmaßungen. Zu erkennen, dass meine Mutter nie ein Opfer war und mich auf ihre Art ebenfalls missbraucht hat, war ein schwerer Schock für mich. Das hat so vieles, was ich ihr als Kind und einen Großteil meines Lebens, in dem Glauben sie zu retten geopfert hatte, so sinnlos gemacht. Trotzdem bin ich auch in meinen Gefühlen für sie oft sehr ambivalent. Wenn es ihr mal gut ging, war sie mir eine liebe Mutti und die Erinnerungen an diese Momente verunsichern mich immer noch.

Letztendlich sah ich für mich nur noch zwei Alternativen. Entweder, ich kämpfe weiter darum von ihnen gesehen und geliebt zu werden und gebe mich dabei auf, oder ich löse mich aus dem Kontakt.

Mit vollem Bewusstsein darüber, dass ich diesen andauernden Kampf in meinem Leben nicht mehr ertragen kann, habe ich mich schweren Herzens gelöst. Es tut mir sehr weh, aber ich habe auch erkennen müssen, dass es ein aussichtsloser, verheizender Kampf war, in dem ich nie auch nur die geringste Chance hatte. Ich kann nur verlieren, vor allem mich selbst und das, was MIR im Leben wichtig ist.

Die letzte selbstinszenierte Krise, in der meine Mutter eines ihrer üblichen Dramen inszenierte und meinen Vater damit gegen mich aufbrachte, habe ich ungeklärt im Raum stehen lassen. Ich will diese verworrenen Knoten nicht mehr lösen und mich rechtfertigen und erklären müssen. Ich bin traurig, dass mein Vater nicht in der Lage war und ist, ihre Manipulationen zu erkennen, aber er ist alt genug und muss seine Entscheidungen selbst verantworten. Inzwischen versuchte meine Mutter, auch meine Kinder gegen mich aufzubringen, indem sie nun bei ihnen klagt, was ich ihr antue und wie sehr sie meinetwegen leiden muss. Dass sie ihre Enkelkinder dabei in Konflikte stürzt, wenn sie versucht sie gegen ihre Mutter aufzubringen, interessiert sie nicht. Ein ewig gleiches Spiel, nur mit anderen Darstellern. Es hat sich nichts geändert ...

Es ist für mich, als ob ich ein Leben lang Dominosteine aufstelle und ständig verhindern muss, dass meine Mutter in einer Ecke des Raumes Steine anstößt, die dann in einer Kettenreaktion alles mit umfallen lassen, was ich bisher aufgebaut habe. Ich hetze von einem Drama in das nächste und verpulvere mich, um letztendlich doch immer die unzureichende, böse Tochter zu sein. Ich kann nicht mehr und ich will auch nicht mehr.

Meine größte Angst war immer, meine Eltern zu verlieren. So, wie ich als Kind immer wieder in meinen Träumen erlebte, dass es meine Familie gar nicht gibt, gab es sie tatsächlich nicht. Es hat lange gedauert, aber ich beginne, es zu akzeptieren ...

Karina, 44 Jahre, Mutter mit Borderline-Syndrom, Vater co-abhängig

Ich wurde im Juli 1963 in Mannheim als drittes Kind geboren. Von meiner Mutter weiß ich, dass sie mich eigentlich nicht wollte und ich nur ein „Unfall" war. Sie fühlte sich in der Schwangerschaft nur schlecht und als ich geboren wurde, weigerte ich mich an ihrer Brust zu trinken, was sie mir bis heute noch übel nimmt. Meine acht Jahre ältere Schwester lebte bis zu ihrem vierzehnten Lebensjahr unter der Woche bei meinen Großeltern in Brühl. An den Wochenenden war sie dann bei uns, was sie aber hasste, da Sie sich wie das Aschenputtel fühlte. Ständig musste sie putzen oder auf uns aufpassen. Uns, das war noch mein 1960 geborener Bruder und ich. Mein Vater hatte an den Wochenenden oft 24 Stunden Dienst. Er war bei der Berufsfeuerwehr und so nur selten zu Hause. Ich selbst habe nur wenige Erinnerungen an meine frühe Kindheit, aber meine Schwester erinnert sich noch gut daran, dass meine Mutter völlig überlastet schien. Wenn meine Schwester an den Wochenenden auf mich aufpassen musste, sollte sie mit mir möglichst oft das Haus verlassen und raus gehen, was ihr aber gar nicht gefiel. Sie hat mich dann oft gezwickt oder geohrfeigt. Wenn ich dann anfing zu schreien, sagte sie zu meiner Mutter, dass ich nicht draußen bleiben wolle.

Bei uns zu Hause wurde immer viel gestritten und geschlagen. Meine Mutter schlug meinen Vater und uns auch. Wenn ich an meine Kindheit denke, merke ich, dass ich mich nur an meine Schulzeit erinnern kann. Davor liegt vieles im Dunkeln und ich spüre, dass ich auch Angst davor habe, mich auf viele Erinnerungen einzulassen.

Aber ich erinnere mich noch an meinen ersten Schultag. Als ich aufwachte und meine Mutter nicht da war, zog ich mein schönstes Kleid an. Ich hatte ziemlich große Angst, weil ich nicht wusste, wo meine Mutter war und ob ich schon in die Schule gehen oder warten sollte bis sie wieder kommt. Ob meiner Mama etwas passiert war? Was, wenn ich jetzt etwas falsch machen würde, das würde sicher Ärger geben und ich hatte furchtbare Angst vor ihrem Schimpfen und Schreien und vor allem vor den Schlägen, die sie oft wahllos verteilte. Ich war eigentlich ständig unsicher, denn es war egal, was ich tat oder nicht, eigentlich war alles falsch und ich hatte nicht die geringste Chance einzuschätzen, welche Konsequenzen mein Verhalten zur Folge haben würde.

Ich musste immer sehr, sehr aufmerksam auf meine Mutter achten, um rechtzeitig zu bemerken, wie sie gelaunt war. Ging es ihr gut, war sie sehr einfühlsam und man konnte richtig gut mit ihr reden. Dann habe ich immer gedacht, jetzt wird alles besser und habe mich doll gefreut. Wenn es ihr dann wieder schlechter ging, ist sie dann bei jeder Kleinigkeit (wenn nur was runter fiel) ausgeflippt und hat zugeschlagen. Zu mir sagte sie oft ich solle meine Brille abnehmen, damit sie mir eine Ohrfeige geben kann. Einmal habe ich das nicht getan, da hat sie mir auf die Lippen geschlagen bis sie aufplatzten. Mein Vater hat versucht, mir zu helfen, aber er war ja durch seinen Beruf auch nur selten da. Wenn meine Schwester zu spät nach Hause kam, wurde sie schlimm verprügelt, was wir durch die Tür hörten. Ich hatte immer Angst um sie und sie tat mir so sehr leid, aber ich wusste einfach nicht, wie ich ihr helfen sollte, das war ganz schlimm für mich. Ich habe mich auch oft geschämt, weil ich ja im Grunde wusste, dass ich, wenn ich versuchen würde ihr zu helfen, auch verhauen werde und mich nur deswegen versteckte. Mein Bruder hatte da mehr Glück als wir, da er ja der Liebling meiner Mutter war. Ich war der Liebling meines Vaters, aber meine Schwester hatte niemanden, dessen Liebling sie war ...

Meine Mutter war auch ständig sehr krank. Ich hatte immer Angst, dass sie stirbt. Einmal, da war ich 12 Jahre alt, war sie sehr betrunken und hatte Schlaftabletten genommen. Sie fiel immer hin und schlug sich blutig. Ich war völlig in Panik und habe meinen Bruder geweckt, aber er meinte nur, ich solle mich beruhigen, sie wird schon nicht sterben, sie sei eben nur wieder mal besoffen. Ich blieb trotzdem die ganze Nacht am Bett meiner Mutter sitzen und passte auf, dass sie nicht aufsteht. Überhaupt habe ich sehr viel auf meine Mutter aufgepasst und in meiner Therapie später herausgefunden, dass ich den erwachsenen Teil dadurch oft übernommen habe. Mein Bruder hat mir, wenn ich Angst hatte und nicht mehr wusste was ich tun sollte, oft geholfen. Er wirkte so stark auf mich und ich konnte mich gut bei ihm anlehnen. Für ihn war es aber trotzdem, auch wenn er Mamas Liebling war, genauso schlimm wie für uns.

Auch für ihn ging es nur ums Überleben und auch er wurde ständig in eine Erwachsenenrolle gedrängt. Er hat viel getan, was eigentlich die Aufgabe meines Vaters gewesen wäre.

Meine Mutter ging dann auch wieder arbeiten als ich in der Schule war. So waren wir Schlüsselkinder, was für uns auch in Ordnung war. Wenn mein Vater eine andere Schicht hatte, war er auch zuhause wenn wir von der Schule kamen und kochte für uns. Er hat immer viel gearbeitet, selbst wenn er zuhause war, hatte er immer etwas zu tun. Er hatte eine Schusterlehre gemacht und so bei uns im Keller Schusterwerkzeug und war oft dort unten, um für uns oder andere Menschen Schuhe zu machen. Er hat unsere Hosen geändert, gekocht oder sich sonst irgendwie nützlich gemacht. Mein Vater ist ein sehr hilfsbereiter Mensch und lacht auch gerne, aber über Gefühle und Probleme sprach er noch nie gern. Er war derjenige, der mit uns auch mal spielte, Drachen steigen ließ oder Fahrradtouren machte. Er sagte immer, meine Mutter sei zu faul, um raus zu gehen. Dass meine Mutter an der Borderline-Persönlichkeitsstörung litt, wussten wir damals noch nicht. Ich habe es erst 2001 erfahren, als ich selbst eine Therapie machte und mein Psychotherapeut anhand der Schilderungen meiner Kindheit mir sagte, dass meine Mutter wohl Borderlinerin sei.

Ich glaube, meine Eltern haben sich nie richtig geliebt. Vielleicht mal ganz zu Beginn ihrer Beziehung. Bis heute habe ich sie noch nie Zärtlichkeiten austauschen sehen. Kein Kuss, keine Umarmung, einfach nichts. Wenigstens schlagen sie sich nicht mehr. Das war für uns Kinder immer besonders schlimm, diese Gewalt zwischen den beiden. Wir schwebten ständig in Alarmbereitschaft und es war nie einzuschätzen, wann es wieder so weit war. Wenn sie dann aufeinander losgingen, war es der reinste Horror für mich, ich dachte immer, dass ich irgendetwas falsch gemacht habe und nun streiten sie deswegen. Dieses Schuldgefühl hat mich eigentlich nie richtig losgelassen, noch heute überfällt es mich immer wieder, obwohl es gar keinen Grund für mich gibt, mich schuldig zu fühlen.

Obwohl sie sich heute immer noch wie am laufenden Band streiten, hat mein Vater meine Mutter nie verlassen. Vor kurzem wurde ihr ein Bein amputiert und seitdem pflegt er sie sogar.

Meine Mutter lügt auch sehr viel und lebt in ihrer Traumwelt. Sie verschönt ihr ganzes Leben. Ihre Kindheit war lustig und schön, obwohl sie im Krieg aufgewachsen ist, ihr Vater in russischer Gefangenschaft war und es oft Bombenalarm gab. Das Schlimmste aber ist, dass meine Mutter ihren eigenen Lügen auch noch dann glaubt, wenn man ihr das Gegenteil beweisen kann. Sie wird dann sehr wütend und schreit, dass das alles nicht stimmt und es so sei, wie sie es sage. Wir waren früher auch oft bei unseren Verwandten im Odenwald (väterlicher Seite). Da war es sehr schön. Es waren immer viele Kinder dort und wir waren am Bach oder im Wald. Die Verwandten haben sich bei uns nie über unsere Eltern geäußert oder was gefragt und wir haben dort auch nie etwas erzählt. Meine Mutter war in Gesellschaft auch immer sehr lustig und zeigte sich von ihrer besten Seite. Später als Erwachsene habe ich sehr wohl erfahren, dass meine Verwandten unsere Mutter sehr wohl kannten und nicht besonders viel von ihr hielten. Bei den Verwandten mütterlicher Seite (die mochte ich nicht so) war alles auf Äußerlichkeiten ausgerichtet. Nach dem Motto: Nur der Schein ist wirklich rein.

In meiner Pubertät hatte ich sehr viele Schwierigkeiten mit meiner Mutter und rutschte dann durch meine Schwester in die Drogenszene. Meine Schwester ist seit ihrem siebzehnten Lebensjahr drogenabhängig und bis heute im Methadonprogramm. Damals war sie aber für mich so etwas wie ein Idol. Ich fand sie wunderschön und wollte immer so sein wie sie. Sie war zu Hause bereits ausgezogen als ich ca. 12 Jahre alt war und ich habe sie dann immer sehr gern besucht, denn es waren immer ganz tolle Leute bei ihr. Auf einmal hatte ich das Gefühl, wow da hört mir jemand zu, die nehmen mich ernst und die mögen mich wie ich bin. Nur das sie eben alle Drogen nahmen und weil ich so sein wollte wie sie, habe ich dann auch angefangen Drogen zu nehmen. So begann ich dann also auch zu kiffen, Aufputschmittel und später auch Kokain zu nehmen. Gespritzt habe ich aber nie, weil ich solche Angst vor Nadeln hatte. Die Drogen gaben mir, wie ich damals dachte, mehr Selbstwertgefühl und ich gehörte nun endlich dazu, ich war eine von diesen „tollen" Leuten.

Weil ich nun oft spät nach Hause kam, wurde ich, wie früher meine Schwester, jedes Mal von meiner Mutter mit Prügel empfangen. Weil ich mir aber dachte, dass es so oder so Ärger für mich geben würde, kann ich auch sagen und tun was ich will und kam dann erst recht noch später nach Hause, was es aber immer schlimmer machte.

Mit ca. 17 Jahren versuchte ich dann mich umzubringen, weil ich dachte, das würde meiner Mutter weh tun und ich könnte ihr endlich einmal zeigen, was sie mir angetan hat. Ich hoffte, dass sie sich dann ewig schuldig fühlen würde. Ich wollte bei Freunden, als diese aus waren, eine Überdosis Heroin nehmen, das ich gesammelt hatte. Mein Arm sah furchtbar aus, weil ich mehrmals versucht hatte die Vene zu treffen, aber gleichzeitig Angst vor der Nadel hatte. Zu meinem Glück kamen die Freunde aber früher als erwartet zurück, fanden mich und leisteten erste Hilfe. Damals war ich wütend darüber, heute bin ich aber dankbar dafür. Danach bin ich dann zu meiner Schwester gezogen, wo ich mich sicherer fühlte. Tage und Nächte zu erleben, ohne dieses ständige Schreien und Schlagen, war eine ganz ungewohnte Erfahrung für mich. Ruhe fand ich aber trotzdem nicht, denn weder die Angst noch die Drogen ließen mich wieder los.

In diesem Chaos habe ich noch meine Lehre als Bürokauffrau abgeschlossen. Leider musste ich danach noch einmal für eine kurze Zeit zu meinen Eltern ziehen, weil meine Schwester umzog. Es gab wie immer viel Streit. Dann eines Tages rastete meine Mutter wieder einmal völlig unerwartet aus, ich hatte keine Ahnung, um was es ging. Sie stürzte sich auf mich und prügelte wie von Sinnen auf mich ein. Ich habe gar nichts verstanden und konnte mich vor Schreck auch nicht wehren. Da kamen sogar mein Vater und mein Bruder, um mir zu helfen. Ich glaube, das war dann der Moment, an dem mir klar wurde, dass ich so nicht weitermachen wollte. Nur noch weg, egal wohin. Ich wusste damals nicht wo ich hin sollte und kam dann erst mal bei Freunden unter. Später fand ich dann eine Anstellung und konnte mir endlich eine eigene kleine Wohnung mieten.

In dieser Zeit hatte ich immer wieder mal kürzere Beziehungen. Sobald es mir aber zu ernst wurde flüchtete ich. Bei meiner Schwester traf ich dann einen Mann, auf den ich mich etwas mehr einließ. Er war allerdings seelisch auch sehr kaputt, was ich am Anfang nicht gleich merkte. Ich war begeistert, da ich mit ihm gut reden konnte, aber ich konnte oder wollte die Dinge nicht so sehen wie sie waren. Er log ständig und war auch sehr dominant. Sein Verhalten hat mir oft sehr weh getan, aber ich fand immer neue Entschuldigungen für ihn und suchte die Schuld bei mir. Vier Jahre blieb ich bei ihm, danach war ich HIV und Hepatitis C positiv und hatte 30.000 DM Schulden. Irgendwie hatte ich immer so eine Ahnung, dass er positiv ist, aber wann immer ich ihn auch fragte, hat er es verneint. Ich war es gewohnt, meinen Gefühlen nicht zu trauen und eher zu glauben was andere sagen. Trotzdem machte ich sechsmal alle halbe Jahre einen Test, bis sich meine Vermutung bestätigte. Er war die ganze Zeit über HIV-Positiv gewesen und ich war es jetzt auch. Das war eine ganz furchtbare Zeit für mich. Ich war mir sicher, dass mein Leben jetzt vorbei war. Da war so viel Wut und Enttäuschung in mir, nicht nur auf die Menschen, die mir so nahe gestanden haben und mir trotzdem immer wieder so weh getan haben. Ich war auch auf mich selbst wütend und habe mich auch geschämt, dass ich so wenig in der Lage war, für mich zu sorgen.

Trotzdem, oder gerade deshalb, versuchte ich mein Leben zu ändern. Ich bezahlte meine Schulden und begann im Angesicht des Todes (1988 gab es noch keine Tabletten gegen HIV), das Leben zu lieben. Mir wurde erst jetzt bewusst, dass ich mich selbst erst einmal kennen und lieben lernen musste. Hätte ich meinem Gefühl, was meinen letzten Partner betraf vertraut, wäre mir so viel Kummer erspart geblieben, deshalb war mir auch klar, wie wichtig es für mich war zu lernen, meinem eigenen Gefühl mehr zu vertrauen.

Dann lernte ich den Vater meines Sohnes kennen, der sich auch sehr um mich bemühte und ich dachte, diesmal wird alles anders. Er liebte mich, obwohl ich HIV-Positiv war und so fühlte ich mich in seiner Schuld. Dann wurde ich schwanger und er wollte dass ich unser Kind abtreibe. Das hat mich unglaublich erschreckt, denn es wäre mir nie in den Sinn gekommen, mein Kind wegmachen zu lassen. Schließlich unterstellte er mir, dass er gar nicht der Vater sein könnte. Meinen Beteuerungen, dass ich nur mit ihm zusammen war, glaubte er nicht. Das war so beschämend für mich und die kleine Welt die ich mir erträumt hatte, fiel in sich zusammen.

Wir trennten uns dann und er wollte, dass ich meinem Kind nie erzähle, wer sein Vater ist. Später habe ich dann aber trotzdem einen Vaterschaftstest machen lassen, der ihn, was ich ja ohnehin wusste, sicher als Vater identifizierte.

Mein Sohn wurde 1992 geboren und in den ersten 2 Jahren wusste ich nicht, ob er gesund ist oder nicht. Das war ganz furchtbar für mich, nicht zu wissen, ob er überhaupt eine Chance hat. Bei jeder kleinen Infektion bin ich in Panik ausgebrochen. Ich war ständig angespannt und konnte keine Ruhe finden. Dazu kam ja auch noch die Angst davor, selbst an den Konsequenzen der Infektion zu sterben und ihn dann zurücklassen zu müssen. Das war eine so schwere Zeit. Aber dann kam das erleichternde Ergebnis, dass er gesund war und ich war so unglaublich dankbar dafür.

Als mein Sohn dann 1 Jahr alt war, bin ich wieder mit seinem Vater zusammen gekommen. Ich dachte damals, das wäre gut für das Kind, da sein Vater ja auch gesund ist und so wäre jemand da für ihn, wenn ich es vielleicht nicht mehr sein kann. Aber er betrog mich ständig und kümmerte sich auch überhaupt nicht um unser Kind. Ich hatte so gehofft, dass wir eine richtige kleine Familie werden, aber es ging mir nicht gut bei diesem Mann und so trennten wir uns nach 2 Jahren wieder. Immer wenn die Beziehungen in meinem Leben beendet waren fühlte ich mich frei, aber ich verliebte mich auch schnell wieder neu.

1999 ging ich dann in Frührente und holte mir einen Hund aus dem Tierheim. Ich wollte mehr für mich tun und begann zu laufen, was mir auch sehr gut tat. In dieser Zeit fasste ich dann den Entschluss, eine Therapie zu machen, um herauszufinden, warum ich nicht fähig war, gesunde Beziehungen zu führen und auch den richtigen Partner zu finden. In der Therapie wurde mir dann klar, dass meine Probleme viel mit meiner Kindheit zu tun hatten. Mir fehlt das Urvertrauen, sagte mein Therapeut. Ich fand herauss, dass ich in meinen Beziehungen nie mein Leben lebte, sondern das meiner Partner. Zu Hause habe ich eben gelernt, dass man nur geliebt wird, wenn man so ist wie es die anderen wollen und dass man bestraft und zurückgewiesen wird, wenn man versucht, so zu sein, wie man wirklich ist. Heute erscheint mir meine Beziehung zu meinen Eltern, im Gegensatz zu damals, als sehr gut, was aber auch damit zusammenhängt, dass ich weit weg- gezogen bin und so den nötigen Abstand habe. Ich bin nicht mehr ständig mit ihnen konfrontiert und kann so auch die Vergangenheit ruhen und meine Eltern so lassen, wie sie sind. Ich habe mein Leben lang immer versucht, sie zu bewegen, ihr Leben zu ändern. Es ist mir nie gelungen. Wenn ich sie jetzt einmal besuche, bitte ich sie darum, mich aus ihren Angelegenheiten herauszuhalten und sich in meiner Gegenwart auch nicht zu streiten. Sie haben die Verantwortung für ihr Leben und die lasse ich auch bei ihnen. Ich liebe sie beide und mit dem nötigen Abstand kann ich sie so auch stehen lassen wie sie sind.

Mein Bruder lebt seit einem Jahr in einer neuen Beziehung. Da ist noch alles frisch und schön. Ich glaube, dass er diesmal eine Frau gefunden hat die zu ihm passt und ihn so nimmt, wie er ist. Zuvor war er 15 Jahre verheiratet und führte eine Ehe, die der meiner Eltern sehr ähnlich war. Er konnte seiner Frau nie etwas recht machen und zum Schluss sagte er immer ja und tat dann doch was er wollte. So hat er es in der Kindheit ja auch mit meiner Mutter gemacht. In seiner Ehe erinnerte er mich an meinen Vater, weil dieser sich ja auch viel gefallen ließ. Er hat, genau wie meine Schwester, das Problem, dass er nicht alleine leben kann. Deshalb trennte er sich auch erst dann von seiner Frau, als er schon in einer neuen Beziehung war. Meine Schwester lebt mit ihrem Ehemann in Berlin. Sie sind ca. 13 Jahre verheiratet, aber sie streiten häufig und meine Schwester klagt mir oft ihr Leid. Trennen kann sie sich aber anscheinend nicht von ihm, da sie Angst hat, niemanden mehr zu finden und allein zu sein. Anscheinend kann sie nicht mit und nicht ohne ihn leben.

Was wir alle drei wohl gemeinsam haben/hatten ist, dass wir in Beziehungen immer versuchen, es unseren Partnern recht zu machen und uns dabei vergessen.

Ich habe in meiner Therapie so drei Jahre gearbeitet und versucht, mein Leben und das meiner Familie zu verstehen. Danach dachte ich dann, jetzt bist du bereit für das Leben und für eine neue Beziehung und diesmal wirst du richtig aufpassen und alles richtig machen. Ich wollte endlich das Glück finden, das ich schon so lange gesucht hatte.

Mittlerweile bin ich wieder verheiratet, mein Mann ist Borderliner. Ich habe es am Anfang gar nicht gemerkt und fest daran geglaubt, dass es mir nicht noch mal passieren wird, dass ich in einer Beziehung lande, in der von mir verlangt wird, mich für den anderen aufzugeben. Aber das Unterbewusste hat wieder zugeschlagen. Mein Mann macht nun aber selbst eine Therapie und ich habe viel gelernt und lerne auch immer mehr. Ich arbeite sehr daran, die Verantwortung für die Gefühle meines Mannes auch bei ihm zu lassen. Dass ich lerne, mehr auf mich zu achten und mich nicht mehr so bedingungslos aufzugeben, tut unserer Beziehung auch sehr gut. Am Anfang als ich ihm sagte, dass ich nicht mehr die Verantwortung für sein Leben tragen werde und er nun selbst schauen muss, was ihm gut tut und was nicht, war er geschockt und bekam Angst. Inzwischen hat er es aber akzeptieren können und spürt selbst, wie wichtig diese Veränderung für uns war. Das motiviert ihn auch sehr, in seiner eigenen Therapie mehr an sich zu arbeiten.

Nicht mehr für alles die Verantwortung anzunehmen und auch nicht zu denken, ich muss nur so oder so sein damit alles besser wird, war ein großer Schritt für mich. Ich habe, wenn ich sage was ich brauche und was mir wichtig ist, keine Ängste mehr vor den Konsequenzen. Mir ist heute ganz klar, dass er selbst für sich verantwortlich ist, so wie ich es ja auch für mich bin. Er muss gesunden wollen und auch daran arbeiten, zur Zeit sieht es auch so aus als ob er es schaffen wird, denn er macht tolle Fortschritte, beginnt eigenverantwortlich zu handeln, wendet alle Skills an und kann auch schon für sich selbst sorgen, wenn es ihm mal nicht so gut geht.

Diese Fortschritte so zu sehen, gibt mir viel Kraft und so geht es mir im Moment sehr gut. Ich habe lange und schmerzhaft daran gearbeitet, meine

Mitte zu finden und weiß jetzt, dass ich, egal was kommt, so handeln werde, dass es mir und meinem Sohn damit gut geht. Ich weiß, dass ich das schaffen werde. Wo mein Weg hinführt weiß ich nicht. Ich liebe meinen Sohn, ich liebe meinen Mann und ich liebe auch mich selbst immer mehr.

Vor allem aber liebe ich das Leben mit all seinen Höhen und Tiefen, die ich nur allzu gut kennengelernt habe. Wer kennt schon seine Zukunft ...

Judith, 33 Jahre, Vaters Borderline-Syndrom, Mutter co-abhängig

Als jüngste von sechs Geschwistern bin ich auf dem Land aufgewachsen. Mein Vater war berufstätig und führte nebenher einen kleinen Bauernhof. Als meine Mutter meinen Vater kennenlernte, war er Witwer und Vater von vier kleinen Kindern. Nach der Heirat gab meine Mutter ihre Berufstätigkeit dann auf und bekam zwei Töchter, meine drei Jahre ältere Schwester und mich.

Meine Mutter war eine sanftmütige, geduldige und nachgiebige Person, ständig müde und überlastet und nach Kräften bemüht, die nicht enden wollende Arbeit auf dem Bauernhof, im Haushalt, der Kindererziehung und ihre Rolle als Ehefrau zu bewältigen. Sie wirkte auf mich oft traurig und bekümmert und in sich gekehrt, seufzte viel und war ununterbrochen gehetzt und in Eile.

Meinen Vater habe ich als hart arbeitenden, jähzornigen und keinen Widerspruch duldenden Mann in Erinnerung, der alles bestimmen und lenken, beurteilen und bewerten durfte, also auch Urteile über seine Kinder und alle anderen Menschen, was mich mit einer vernichtenden Deutlichkeit traf. Zwischen meinen Eltern gab es eine strikte Rollenteilung: Mein Vater war für das Einkommen, alle wichtigen Entscheidungen und die „Männer-Arbeit" zuständig. Haushalt, Kochen und die Versorgung der Kinder waren Frauensache. Mein Vater konnte jederzeit bestimmen, was die anderen Familienmitglieder zu tun und zu lassen hatten, besonders seine Töchter waren dazu da, ihn zu bedienen und zu versorgen und alles stehen und liegen zu lassen, um zum Beispiel seine Schuhe zu putzen, Essen zuzubereiten oder Kaffee für ihn zu kochen. Wenn er gut gelaunt war, konnte er herrliche Späße machen, die aber auch in harschen Ermahnungen enden konnten, wenn es ihm „zuviel" wurde und der kindliche Übermut sich nicht gleich bremsen ließ, so dass Situationen, die entspannt und fröhlich begannen, dann traurig endeten. An körperliche Zuwendung oder Zärtlichkeiten von Seiten meines Vaters habe ich kaum Erinnerungen. Eine Szene ist mir jedoch noch sehr präsent: Ich saß auf dem Schoß meines Vaters, war froh über die Nähe und wollte seine Aufmerksamkeit. Vielleicht gab es zu der Zeit gerade einen Todesfall in der Familie oder in der näheren Umgebung, der mich zu folgendem Satz veranlasste: „Wenn du mal tot bist, dann bin ich ganz traurig!" Innerhalb von Sekunden wurde sein Gesichtsausdruck abweisend und er fuhr mich heftig an: „Sei still, über so etwas spricht man nicht!" Danach sprach er kein Wort mehr mit mir, offensichtlich hat ihm nicht gefallen, was ich da gesagt habe. Gerade hatte ich noch auf ein Streicheln oder Kuscheln gehofft und nun war ich gelähmt vor Schreck und Angst. Mein Impuls war, sofort von seinem Schoß zu klettern und wegzulaufen, aber ich hatte Angst, damit noch mehr Unmut zu erzeugen und blieb noch eine Weile mit größtem Unbehagen, sein Schweigen beobachtend, sitzen. Ich hatte anscheinend etwas ganz Schlimmes und Verbotenes gesagt und ihm damit weh getan. Mir war ganz schlecht vor Scham. Nicht nur dass ich den seltenen, schönen Moment verpatzt hatte, ich war wohl auch schuld daran, dass er nicht mehr freundlich zu mir sein konnte.

Eigentlich musste ich ständig gut aufpassen, nichts Falsches zu sagen, um seinen Zorn und sein Missfallen zu erregen. Es gab Momente, in denen ich mich ganz sicher fühlte, dann spürte ich manchmal auch eine regelrecht überschäumende Freude in mir aufwallen, das war so ein unbändiges, freies Gefühl. Meistens aber kippte das von einem Augenblick auf den nächsten, wenn ich durch irgendetwas, was ich auch gar nicht ausfindig machen konnte, seinen Unmut erregte.

Äußerlich schien ich in einer sicheren Umgebung zu leben. Es gab Rituale, geregelte Abläufe im Familienleben und ich konnte die Vorzüge des Landlebens genießen. Da ich mich zu Hause immer unsicher fühlte, war ich viel draußen und genoss das unbeobachtete Spiel mit anderen Kindern. Unsicherheit und Angst, vor allem in der Nähe meines Vaters, wurden mit den Jahren meine ständigen Begleiter. Ich fürchtete mich vor seiner lauten Stimme, die er ohne Vorwarnung erhob, vor seinem Gesichtsausdruck, wenn er ärgerlich war. Ich war in Habachtstellung, wenn seine Schritte sich näherten, manchmal überlegte ich, panisch und in Sekundenschnelle, ob ich eventuell etwas verbrochen haben könnte, wofür eine Bestrafung zu erwarten war. Für ein „schweres Vergehen" gab es dann Schläge, wobei er nach Gutdünken entschied, was „schwerwiegend" war. Sein Gebrüll, wahllos jeden treffend der gerade seinen Weg kreuzte, war oft zu hören. Tränen wurden generell nur kurze Zeit toleriert, dauerte mein Weinen zu lange, wurde ich streng ermahnt, sofort damit aufzuhören. Für mich war zusätzlich zu der Angst und der Scham, die ich empfand, verwirrend, wenn mir kurze Zeit später von meinem Vater „befohlen" wurde, dass jetzt doch alles wieder gut wäre und so sagte er es auch: „Jetzt sind wir uns aber wieder gut!" Ich war oftmals noch völlig aufgelöst und verletzt und in keiner Weise in der Lage, auf ihn zuzugehen. Ging ich nicht auf seine Worte ein und weigerte mich, eine Umarmung zuzulassen, so konnte er wieder wütend werden und mich dann mit Nichtachtung und Schweigen bestrafen. Ich musste also wählen zwischen erneutem Ärger oder dem kompletten Unterdrücken und Leugnen meiner verletzten kindlichen Gefühle, um weiterem Stress vorzubeugen. Oft war dabei die Flucht in mein Zimmer oder nach draußen, für mich die einzige Möglichkeit, dem Stress und der Angst zu entkommen, um dann nach geraumer Zeit die Lage vorsichtig zu erkunden.

Ich kann mich nicht erinnern, dass ich von meiner Mutter in oder nach diesen Situationen Trost oder eine Bestätigung meiner Gefühle bekommen habe. Ich fühlte mich oft so grenzenlos allein. Sie hat es wohl nicht gewagt, mich zu schützen, zu verteidigen oder zu trösten. Soweit ich mich erinnere, bin ich nicht einmal versuchsweise zu ihr gegangen. Vermutlich auch, um sie nicht in Schwierigkeiten zu bringen, denn der Versuch, mich zu trösten, hätte wahrscheinlich wieder Zorn bei meinem Vater hervorrufen können, denn, schlechte Kinder verdienen es nicht, getröstet zu werden! So lernte ich, dass Zuwendung sehr stark an mein Verhalten gekoppelt war. Ich musste mein Verhalten also anpassen, um Anerkennung und Wohlwollen zu erhalten. Da es niemanden gab, der mich beschützte oder verteidigte, da niemals über Auseinandersetzungen gesprochen oder ich nach meiner Meinung oder Gefühlen gefragt wurde, konnte mein Vater auch agieren wie er wollte. In seinem Umfeld galt er als ein beliebter und geschätzter, freundlicher und offener Mann und so gab es auch von niemandem eine Kritik, so dass mir nichts anderes übrig blieb, als davon auszugehen, dass ich diejenige war, die tatsächlich so schlecht war, dass sie die willkürlichen Strafen verdiente.

Wenn er zeitweilig schweigend und vor sich hin brütend in der Küche oder im Wohnzimmer saß und nicht ansprechbar war, fühlte ich mich besonders unsicher und ängstlich. Ich konnte dieses Verhalten nicht einordnen und machte lieber einen Bogen um ihn, wenn ich ihn so sah. Meine Mutter war dabei ständig bemüht, ihm alles recht zu machen und dafür zu sorgen, dass er sich nicht aufregte. Uns Kinder hat sie dann in dieses Verhalten mit einbezogen, das heißt, dass auch wir lernten, dass die Bedürfnisse des Vaters immer an erster Stelle standen, um den Familienfrieden zu wahren. Und es herrschte eine unausgesprochene Regel, über Probleme und Auseinandersetzungen wird nicht gesprochen! Ich habe nie erlebt, dass meine Eltern sich über ihre Probleme unterhielten, auch mit uns wurde nie darüber gesprochen. Ich hatte so nie eine Chance, meine Gefühle in irgendeiner Weise zu artikulieren oder zu lernen, eine eigene Meinung zu entwickeln, die dann auch gehört werden wollte. Also verinnerlichte ich mit der Zeit die Annahme, dass meine Gefühle wie Wut, Schmerz, Traurigkeit, Hilflosigkeit und das unendliche Gefühl, ungerecht behandelt zu werden, nicht wichtig waren und sogar verneint wurden. Ich verinnerlichte ebenso, dass es bedrohlich sein kann, die eigenen Gefühle zu zeigen, denn das hätte entweder Zorn erregt, oder wäre mit Verachtung und Abwertung quittiert worden: „Da wird nicht mehr drüber geredet" oder „Stell dich nicht so an" oder „Du hast hier gar nichts zu wollen" oder „Da bist du selbst dran schuld". Schließlich, um mich selbst zu trösten, war ich sogar der Annahme, dass das alles doch gar nicht so schlimm sei und das ewige „es wird über nichts gesprochen" führte auch dazu, dass manche Situationen mir nicht mehr real erschienen, so, als wären sie gar nicht passiert.

Während meiner Schulzeit begann ich dann, bewusst wahrzunehmen, dass ich versuchte, meinem Vater aus dem Weg zu gehen. Ich war froh, wenn er nicht zu Hause war. Die schönen, entspannten Situationen, die es auch gab, in denen gelacht und geredet wurde, in denen ich Anerkennung und Lob bekam und in denen ich meinen Vater als warmherzig empfand, waren zu selten, er war zu unberechenbar für mich. Wenn er sich mir tatsächlich einmal zuwandte, war ich jedes Mal voller Freude und Dankbarkeit und lebte innerlich auf. Umso schwieriger war es dann für mich, beim nächsten Wutausbruch oder abweisenden Verhalten, mit meinen widerstreitenden Gefühlen zurechtzukommen. Der zornige Mann, vor dem ich mich fürchtete, konnte ebenso großzügig und freundlich sein, er weigerte sich, über Probleme in der eigenen Familie zu sprechen, konnte aber mit Menschen außerhalb der Familie offen und zugewandt reden und ihnen zuhören. Manche Menschen waren in seinen Augen durch und durch anständig und hatten wunderbare Kinder, andere wurden aufgrund von Äußerlichkeiten, Ansichten oder familiären Bedingungen bewertet und für schlecht, verkommen oder inakzeptabel erklärt. Er war beispielsweise der festen Überzeugung, dass Frauen, die sich schminkten oder geschiedene Menschen ganz und gar verdammenswert und nutzlos waren. Mit Bewertung des Äußeren war er auch bei seinen Töchtern regelmäßig beschäftigt, vermutlich aufgrund seiner eigenen Unzufriedenheit mit seinem Körpergewicht, sah er meine Schwestern und mich regelmäßig dicker werden und kommentierte jedes vermeintlich zugenommene Kilo auf herablassende Weise. Schon als Jugendliche war ich immer der Auffassung, zu dick zu sein, obwohl ich völlig normalgewichtig war.

Manchmal war ich so verzweifelt, dass ich es kaum aushalten konnte. Eines Tages erfuhr ich, dass mein Vater unsere Katze, die jahrelang auf dem Hof lebte, kurzerhand getötet hatte, mit einer für mich völlig unglaublichen Begründung. Ich war fassungslos und völlig entsetzt. Als ich zu weinen begann, schrie mein Vater mich an, ich solle damit aufhören, schließlich wäre das notwendig gewesen. Je mehr ich weinte, desto wütender wurde er, und am Schluss hatte ich den Eindruck, selber schuld daran zu sein, dass mir so elend zumute war. Neben der Trauer um die Katze fühlte ich mich so unendlich ohnmächtig. Ich konnte nicht glauben, dass mein Vater das getan hatte, ich konnte nicht glauben, dass ich für meinen Kummer auch noch bestraft wurde, von dem, der ihn verursacht hatte.

Nach jahrelangem Nichtrauchen wurde mein Vater irgendwann rückfällig und begann im Haus in sämtlichen Räumen, die gemeinschaftlich genutzt wurden, zu rauchen. Für mich war der beißende Geruch unerträglich, ich wagte jedoch nicht, etwas zu sagen aus Angst vor seinem Brüllen, den Beschimpfungen und Beleidigungen. Tag für Tag quälte ich mich, manchmal schon frühmorgens, wenn ich mich vor der Schule an den Frühstückstisch setzte und traute mich nur mit meiner Mimik mitzuteilen, dass ich unter dem Qualm litt. Mein Vater registrierte das wohl, gab mir aber mit seinen Blicken zu verstehen, dass es nicht ratsam wäre, den Mund aufzumachen, oder er ignorierte mich einfach komplett. Meine Mutter, von der ich mir anfangs Unterstützung erhofft hatte, schwieg, wie immer. Glücklicherweise gab er das Rauchen bald wieder auf.

Als Jugendliche zog ich mich so gut es ging in mich selber zurück, in Gegenwart meines Vaters wurde ich oft mürrisch und schweigsam, ich begann regelrechte Hassgefühle gegen ihn zu entwickeln und fand seine Ansichten und seine herrschsüchtige Art unerträglich. An einem für mich besonders schwierigen Tag saß ich mit meinen Eltern am Tisch, mit einem riesigen Druck in der Brust, voller Wut und Ablehnung gegen meinen Vater, ich konnte seine Anwesenheit körperlich kaum ertragen. In meiner Not schaute ich ihn nicht nur nicht an, ich drehte während der ganzen Mahlzeit auch noch meinen Kopf zur anderen Seite, was ihm natürlich nicht verborgen blieb. Ich spürte, dass er bestürzt und hilflos war. Zu hören bekam ich aber seinen Ärger, er ermahnte mich heftig und „befahl" mir, mich ihm gegenüber nicht ablehnend zu verhalten, so dürften Kinder mit ihren Eltern nicht umgehen!

Ich sehnte mich so sehr danach, endlich ausziehen zu können, wie meine älteren Schwestern, die ich glühend beneidete, und wusste oft nicht, wie ich die letzten Jahre zuhause noch aushalten sollte. Gleichzeitig hatte ich große Angst vor dem, was kommen könnte, ich fühlte mich schlecht gerüstet für meine Zukunft, da ich mir wenig zutraute. Zu meinem Glück bekam ich die Unterstützung, die ich von meinen Eltern gebraucht hätte, von meinen Schwestern. Um irgendwie zu überleben habe ich alles geschluckt und so wenig wie möglich gesprochen. Meine Schweigsamkeit war aber für meine Eltern schwer auszuhalten, besonders meine Mutter hätte wohl gern mehr Zugang zu mir gehabt. Für mich war aber ganz klar, dass ich mit Problemen und Sorgen bei meinen Eltern keine Unterstützung finden würde. Ich hatte nicht die geringste Lust, etwas von mir preiszugeben, da ich sowieso kein Verständnis erwartete und gelernt hatte, dass meine Gefühle entweder als falsch oder unwichtig bewertet wurden.

Ein Jahr vor Ende meiner Schulzeit verstarb ganz plötzlich die Mutter einer meiner Mitschülerinnen und ich ging, wie viele andere aus meiner Schule, mit zur Beerdigung. Als ich nach Hause kam, war mir entsetzlich elend zumute, ich hatte ständig vor Augen, wie meine Mitschülerin am Grab der Mutter zusammenbrach. Ich sehnte mich nach Trost und Anteilnahme, konnte gleichzeitig überhaupt nicht sprechen und traf so auf meinen Vater, der nicht wissen wollte, wie es mir ging, sondern mich mit irgendwelchen Fragen überhäufte, die mir in diesem Moment völlig unpassend erschienen. Meine Kehle war wie zugeschnürt, ich konnte kaum antworten und wollte in Ruhe gelassen werden von ihm. Ich war jedoch nicht in der Lage, das auch zu äußern, und wurde immer einsilbiger, bis meinem Vater der Kragen platzte und er mich anschrie und beschimpfte und dann wütend aus dem Raum ging. Meine Wut und meine Hilflosigkeit waren grenzenlos und ich rannte aus dem Haus und brauchte Stunden, um mich zu beruhigen. Mehr denn je wollte ich fort von diesem Menschen, der mich nicht in Ruhe lassen konnte, der mir Angst machte, der mir das Wort im Munde herumdrehte, der mir Bitten oft nur gewährte, wenn ich eine Gegenleistung erbrachte, der auf meinen Gefühlen herumtrampelte und der mir immer vermittelte, fehlerhaft und schlecht zu sein.

Die letzten Jahre, die ich zuhause verbrachte, waren für mich eine Art absitzen. Als ich dann mit 19 Jahren auszog, waren mir nur zwei Dinge wirklich klar: Ich wusste, welchen Beruf ich erlernen wollte, und ich konnte mir vorstellen, irgendwann einmal Kinder zu haben. Ansonsten hatte ich keine Wünsche, keine Pläne, keine Träume, keine Ideale, keine Meinung und viel, viel Angst. Meine Strategie war, nicht aufzufallen, mich lieb und nett und freundlich zu verhalten, immer mit einem Lächeln auf dem Gesicht, in der Hoffnung, dass niemand mir etwas tue. Ich wusste nicht, wie ich mich bei An- und Übergriffen zur Wehr setzen konnte, fühlte mich schutzlos und ohnmächtig. Ich hatte große Schwierigkeiten mich im Alltag frei und unbeschwert zu bewegen, fühlte mich oft beobachtet und war leicht zu verunsichern. Manchmal hatte ich den Eindruck, dass ich meine Unsicherheit so sehr ausstrahlte, dass ich für andere ein gefundenes Fressen war, ein gutes Ziel für Pöbeleien, dumme Sprüche, Unfreundlichkeiten oder Ignoranz. Im Supermarkt an der Kasse zu stehen konnte eine Qual für mich sein. Was, wenn jemand mich unfreundlich ansprechen würde und ich nicht flüchten könnte? Was würden andere dann über mich denken? Mit solchen Gedankengängen war ich permanent beschäftigt, ein vernichtendes Urteil oder ein barsches Wort einer mir bekannten oder sogar fremden Person konnten mich völlig aus der Fassung bringen und mir tagelang zusetzen. Solche Gefühle gehörten dennoch für mich zur Normalität. Ich konnte meine Unfähigkeit, mich vor

Angriffen zu schützen, nicht als Defizit wahrnehmen, eher verfiel ich in eine „die Welt ist schlecht und alle sind so gemein zu mir"–Stimmung.

Neue Kontakte zu knüpfen ohne einen sicheren Rahmen, wie zum Beispiel den der Ausbildung, fiel mir extrem schwer, der Gedanke, dass ich zuerst auf einen Menschen zugehen sollte, verursachte mir Schweißausbrüche, viel zu groß war die Gefahr, dass ich abgelehnt, oder noch schlimmer, dass meine Fehlerhaftigkeit zutage treten und ich entlarvt werden könnte. Ich musste also möglichst gut verbergen, wie unsicher und schwach und unbegabt ich wirklich war, und meine Scham darüber versuchte ich so gut es ging, zu verdrängen. Überhaupt hatte ich beschlossen, dass mit dem Weggang von zuhause nun alles, was mich vorher gequält hatte, ein für allemal hinter mir lag und mich ab sofort nicht mehr beschäftigen musste. Trotz meiner Ängste und Unsicherheiten fühlte ich mich so frei wie nie zuvor in meinem Leben, ich hatte einen Ausbildungsplatz für meinen Traumberuf bekommen und wohnte weit weg von meinem Elternhaus in einem kleinen Wohnheimzimmer. Nach anfänglicher Vorsicht entwickelte ich Freundschaften und war so unbeschwert wie ich nur konnte. Meine Eltern besuchte ich unregelmäßig an den Wochenenden. Der Kontakt blieb weiterhin oberflächlich, aber zumindest stand ich nicht mehr unter der Fuchtel meines Vaters.

Ein Jahr nach Abschluss meiner Ausbildung verliebte ich mich kurz nach der Trennung von meinem Freund heftig und unerwartet in eine für mich sehr faszinierende Frau, die zu der Zeit noch in einer Beziehung steckte, sich aber kurze Zeit später trennte, um mit mir zusammen zu sein. Ich erlebte eine Phase unglaublichen Hochgefühls, beflügelt von den guten Gefühlen, die mich überströmten. Ich aß wenig, schlief kaum, und fühlte mich trotzdem so voller Energie wie nie zuvor. Innerhalb kürzester Zeit entwickelte sich eine Nähe, die ich nicht für möglich gehalten hatte, ich fühlte mich verstanden, begehrt und war hingerissen von meiner Partnerin, von ihrem Humor, ihrer Persönlichkeit und davon, dass sie ausgerechnet mich wollte. Ich sah eine Frau, die wusste, was sie wollte, die beliebt und klug war und konnte mein Glück kaum fassen. Ich wollte nur noch eines: möglichst oft und möglichst nah bei ihr sein. Zusammenziehen war nur noch eine Formsache, ich war sicher, dass ich mit dieser Frau bis an mein Lebensende zusammen sein wollte. Gelegentlich war ich etwas verunsichert, zum Beispiel, wenn ich eine Entscheidung treffen sollte, die etwa die Alltagsgestaltung betraf, weil ich Angst vor Fehlern hatte, und schaffte es, die Entscheidungen geschickt meiner Partnerin zu übergeben, damit ich bei eventuellen Misserfolgen nicht die Verantwortung tragen musste. Ich war schon mit der Frage, welche Wochenendunternehmungen geplant werden könnten, völlig überfordert, denn wenn ich etwas aussuchen würde, was meiner Partnerin und auch mir nicht gefallen würde, wäre das für mich eine Katastrophe gewesen. So gab ich bereitwillig die Verantwortung weiter an einen Menschen, der es besser drauf hatte als ich und mit dem Leben viel besser zurecht kam. Ich hatte jemanden gefunden, der mir helfen würde, mich im Dschungel des Lebens zurechtzufinden und der mich darin auch beschützen konnte.

Erste Warnzeichen, dass mit meinem Verhalten und dem meiner Partnerin etwas nicht stimmen konnte, verdrängte ich komplett. Nach der ersten heftigen Auseinandersetzung, bei der ich mit Vorwürfen, Ablehnung und Feindseligkeit konfrontiert wurde, fand ich mich zu meinem Entsetzen zusammengekauert auf dem Sofa wieder. Versteckt unter meiner Bettdecke, die ich mit mir gezerrt hatte, als ich in Panik fluchtartig das Schlafzimmer verlassen hatte, in dem der Streit begann. Dort saß ich wie ein kleines Kind, unfähig klar zu denken, voller Angst, dass jetzt alles vorbei sein könnte, verwirrt und ungläubig. Verzweifelt versuchte ich mich zu erinnern, was ich falsch gemacht hatte, denn das musste ja der Grund dafür sein, dass eben noch alles in Ordnung war und plötzlich Katastrophenstimmung herrschte. Meine Erleichterung war grenzenlos, als sich wenig später alles wieder beruhigt hatte. Angeschlagen, aber wild entschlossen, es in Zukunft besser zu machen, fasste ich neuen Mut. Ich musste einfach nur vorsichtig sein, dann konnte nichts passieren. Trotzdem spielten sich in unregelmäßigen Abständen immer wieder die gleichen Szenen ab, manchmal nach Wochen der Ruhe. All mein Bemühen, solche Situationen zu verhindern, half nichts. Für mich war das Entsetzlichste dabei meine Sprachlosigkeit. Ich brachte oft kein einziges Wort heraus, in meinem Inneren tobten die Gefühle, doch ich war unfähig, sie zu artikulieren, konnte auf die drängenden und wütenden Fragen meiner Partnerin keine Antwort geben. Mein Schweigen brachte meine Partnerin oft noch mehr in Rage, je wütender sie wurde, desto stiller war ich. Nach der Angst kam dann bei mir oft eine abgrundtiefe Hoffnungslosigkeit, manchmal gemischt mit Wut, weil ich mich nicht schon wieder verantwortlich fühlen wollte. Und jedes Mal wieder grenzenlose Erleichterung, wenn doch wieder alles gut wurde, auch wenn mit der Zeit immer mehr Narben blieben und die Angst vor neuen Auseinandersetzungen in meiner Brust festsaß. Ich passte mich immer mehr an, so wie ich es gelernt hatte. Im Lauf der Jahre verlor ich immer mehr den Zugang zu mir selbst, versuchte meine Rolle zu spielen und glücklich zu sein. Ich bekam zwei Kinder und verwendete all meine Energie darauf, es besser zu machen als meine Eltern. Der Schock nach der Geburt des ersten Kindes war groß. Ich war voller Vorfreude und guter Vorsätze gewesen und wollte all meine Liebe meinem Kind geben, doch das Unfassbare geschah: ich stand mit leeren Händen da, fühlte mich unsicher und hilflos. Ich wurde krank und bekam eine schwere Depression. Die Scham darüber war schier unerträglich für mich, ich wollte doch alles richtig machen. Ich erholte mich langsam und fand wieder halbwegs zu mir, bekam ein zweites Kind. Meine Partnerin und ich entfremdeten uns immer mehr, wir versuchten beide, zu funktionieren und unser Bestes zu geben und nach außen zu zeigen, dass alles gut lief. Zwischenzeitlich gab es immer wieder Phasen, in denen wir uns nahe waren, doch die Auseinandersetzungen bestimmten allmählich den Alltag. Es gab Streit vor und mit den Kindern, Geschrei, Vorwürfe, regelmäßige Ausnahmezustände. Ich litt unter Schlafstörungen, Angstattacken und Fressanfällen, um mich zu trösten. Ich war immer auf der Hut, hatte kaum noch Lebensfreude und hetzte durch mein Leben. Ich traute mir nichts mehr zu, machte meine Arbeit schlecht, um schnell wieder zuhause zu sein, damit ich keinen Stress bekam, weil ich solange fort war. Dauernd hinterfragte ich selbst, was ich tat, plagte mich ständig mit schlechtem Gewissen. Hatte ich mir genug Mühe gegeben, hatte ich alles richtig gemacht? War ich gut genug für meine Kinder, für meine Partnerin? Hatte ich eine Entscheidung getroffen, packten mich kurze Zeit später Zweifel darüber. Ich fühlte mich isoliert, pflegte aber kaum Kontakte. Ich traute mich nicht, meine Kinder vor den verbalen Attacken meiner Partnerin zu schützen, um nicht selbst Ziel eines Angriffs zu werden. Am Ende war ich innerlich wie abgestorben, fühlte mich selbst nicht mehr und konnte nicht erkennen, dass ich mir selbst den Weg verbaut hatte, indem ich nicht für mich sorgte, sondern nur damit beschäftigt war, zu erfühlen, was meine Partnerin und meine Kinder brauchten und meine eigenen Bedürfnisse komplett ignorierte. Meine Partnerin zog nach neun Jahren dann die Notbremse, verliebte sich, und es begann eine qualvolle Trennungszeit. Nach einem Jahr war ich soweit, endgültig einzusehen, dass ich die Beziehung niemals hätte retten können. Immer noch zutiefst verstört, in der sicheren Annahme, nie eine feste Beziehung ohne die erlebten Abläufe haben zu können, beschloss ich, allein zu bleiben und nie wieder einen Menschen so dicht an mich heranzulassen, um mich vor erneuten Schmerzen zu schützen. Glücklicherweise konnte ich gleichzeitig auch die Chance sehen, die sich mir durch die Trennung bot, indem ich meine Verhaltensmuster überprüfte und versuchte, neue Strategien zu entwickeln. Dies hätte ich ohne professionelle Unterstützung so nicht geschafft.

Heute lebe ich in einer erfüllten Partnerschaft mit einer Frau, die in der Lage ist, für ihre eigenen Bedürfnisse einzustehen, ohne dabei auf meine Kosten zu agieren. Ich selbst lerne gerade auf oft mühsame Weise, wie ich für mich und für meine Kinder sorgen, ihre und meine Gefühle respektieren kann, und spüre, dass der Kontakt zu ihnen immer lebendiger, inniger und bereichernder wird. Konnte ich früher kaum sinnvoll Grenzen setzen, die Kinder brauchen, so erfahre ich heute immer häufiger, wie wohltuend dies für alle Beteiligten sein kann. Angst ist dabei meine ständige Begleiterin auf diesem Weg, manchmal lähmt sie mich, manchmal treibt sie mich voran. Meine Eltern sehe ich seit vielen Jahren nur noch selten, nicht öfter als ein- bis zweimal im Jahr, und jedes Mal spüre ich wieder das alte Unbehagen in ihrer Nähe, alte Wut, die Enttäuschung darüber, keinen echten Zugang zu ihnen zu haben. Sie fragen, wie es mir geht, wollen aber nicht wirklich eine Antwort haben. Sie fragen niemals genauer nach. Sie zeigen kaum Reaktionen, wenn ich etwas Wichtiges erzähle und wirken regelrecht gleichgültig. Es ist für mich, als ob sie mich gar nicht sehen können. Es gibt keinen Streit, kein echtes Interesse, nur Oberflächlichkeit, Höflichkeit und immer noch dieses verdammte Schweigen, Schweigen, Schweigen, über die Dinge, die wirklich wichtig sind! Meine Mutter ist und bleibt dabei ein Schatten meines Vaters und ist als eigenständige Person für mich gar nicht greifbar.

Ich muss wohl akzeptieren, dass sie dieses Schattendasein selbst gewählt hat. Ich habe mich jedenfalls ganz bewusst dagegen entschieden. Ich will niemandes Schatten sein, farbloser Anhang, unsichtbar und immer hinter anderen stehend. Ich will in meinem Leben vorne stehen, gesehen werden und so sein dürfen, wie ich bin. Weil ich mir das wert bin!

3. Konsequenzen

Die Konsequenzen emotionaler Misshandlung

Diese drei authentischen Geschichten von Kindern, die in Borderline-Strukturen aufwachsen mussten, lassen leicht nachvollziehen, wie umfassend die Konsequenzen des kindlichen Erlebens für die späteren Erwachsenen sind.

Emotionale Verletzungen brennen sich tief ein. Bedrohliches, emotionalintensives Erleben wird dauerhaft abgespeichert, um ähnliche, lebensgefährdende Situationen schnell identifizieren zu können und entsprechend lebenserhaltend reagieren zu können. Herabsetzungen, Erniedrigungen, Ignoranz und vor allem die damit verbundenen Empfindungen wie Angst, Hilflosigkeit oder Ohnmacht, geraten nicht in Vergessenheit. Wenn das Vertreten eigener Bedürfnisse, das Äußern einer eigenen Meinung oder das Anbringen von Kritik oder Widerspruch im Zusammenhang mit schmerzhafter Zurückweisung erlebt wurde, wird jede ähnliche Verhaltensweise unbewusst als Gefahr registriert und aus Selbstschutz vermieden.

Kinder, die in Borderline-Beziehungen einem ständigen verwirrenden Gefühlschaos ausgeliefert waren, erleben sich später oft von sich selbst abgetrennt. In den zahlreichen, schmerzerfüllten Konfrontationen mit der Borderline-Störung ihres Elternteils, mussten sie, um die Misshandlungen psychisch zu überleben, ihr eigenes Empfinden ausschalten. Dies findet nicht nur in der Dissoziation (Abtrennung vom bewussten Erleben) seinen Ausdruck, sondern später auch in der Unfähigkeit, sich selbst, in Augenblicken der emotionalen Verletzung, zu spüren. Angst, Ärger, Wut oder Enttäuschung sind für diese Kinder dann oft nicht fühlbar. Mitunter brauchen sie Stunden oder Tage, bis sie ihren Schmerz überhaupt empfinden können und sind so auch nicht in der Lage, in der entsprechenden Situation adäquat zu reagieren. Für ihre Interaktionen erweist sich dieses Defizit als äußerst einschränkend, weil sich daraus übergriffige Beziehungsmuster ergeben können, die dem ehemaligen Borderline-Kind erneut bestätigen, dass seine Belange unwichtig sind und nicht anerkannt werden. Ein Teufelskreis, denn zunächst einmal muss ein Borderline-Kind sich selbst sehen können, bevor es sich anderen offenbaren kann. Hier kann nur intensive therapeutische Begleitung dabei unterstützen, Achtsamkeit für sich selbst zu entwickeln und zu lernen, Gefühle im Augenblick des Entstehens zuzulassen und auch zu zeigen.

Kinder aus Borderline-Beziehungen sind im Umgang mit Menschen oft äußerst unsicher und nehmen neue Kontakte häufig als potentielle Gefahr wahr. Wenn sie im Umgang mit den Eltern, ihren wichtigsten Bezugspersonen, keine Sicherheit entwickeln konnten, sondern, im Gegenteil, von diesen immer wieder zutiefst verunsichert wurden, übertragen sie diese Verunsicherung später auch auf andere Kontakte. Grundsätzlich fehlt ihnen die Orientierung im zwischenmenschlichen Umgang. Was ist falsch, was ist richtig? Ihre ausgeprägte Unsicherheit erschwert ihr Leben. Auf Grund der vielfältigen, irritierenden, herabsetzenden und paradoxen Botschaften, denen sie ausgesetzt waren, können sie nach außen nur das wiedergeben, was sie auch in sich spüren – Unsicherheit. In der Konsequenz begeben sie sich in das vertraute Verhalten ihrer Kindheit. In „Als-ob-Rollenspielen" übernehmen sie jene Rollen, von denen sie annehmen, dass diese sie vor angst- und schmerzgeprägten Konfrontationen bewahren werden. Da sie dabei ihr wahres Selbst nicht zeigen, kann auch niemand sie so sehen, wie sie sind, und so setzen sie das vertraute „unsichtbar sein" selbst fort. In der Konsequenz ist es ihnen dann unmöglich, wirkliche Nähe und Zuwendung zu erfahren, die ja nie wirklich ihnen gelten kann, sondern allenfalls der Rolle, die sie spielen.

Kinder, die in Borderline-Beziehungen aufgewachsen sind, neigen mitunter dazu, sich schnell und Hals über Kopf in Menschen zu verlieben, die Interesse an ihnen zeigen. Sie sind oft zu Beginn einer Beziehung völlig kritiklos und von Dankbarkeit erfüllt, dass sich ihnen überhaupt jemand zuwendet. Aus diesem Grund geraten sie auch öfter als andere Menschen an Partner, die in Bezug auf eine Beziehung unter ihren Erwartungen und Hoffnungen bleiben. Sie neigen dazu anzunehmen, dass sie niemanden oder nur sehr schwer jemanden finden würden der bereit ist, sich auf sie einzulassen und halten aus diesem Grund auch länger an unerfüllten oder sogar unglücklichen Beziehungen fest.

In ihrem Bindungsstil sind sie häufig entweder ängstlich-ambivalent oder distanziert. Ängstlich-ambivalente Personen haben in ihrer frühen Kindheit die Erfahrung gemacht, dass enge Bezugspersonen inkonsistente (instabile) Verhaltensweisen gezeigt haben (wie z. B. der Wechsel zwischen liebevoller Zuwendung und abwertender Distanz). Das Verhalten der Bezugsperson konnte nicht als stabil wahrgenommen werden, so dass eine Orientierung kaum möglich war und eigene Verhaltensweisen ständig anders reflektiert wurden, was letztendlich tief verunsichert. In einer späteren Beziehung wird dann die Reaktionsbereitschaft des Partners ständig beobachtet und dieser, auf Grund der eigenen Unsicherheit, als unzuverlässig, unwillig oder unfähig wahrgenommen. Die ängstlich-ambivalente Person selbst fühlt sich schnell unverstanden, zu wenig geachtet und geliebt. Sie beschäftigen sich ständig mit der Partnerschaft, suchen extreme Nähe und verlieben sich oft auf den ersten Blick. Manchmal erleben sie ein Durcheinander an Gefühlen, sind besonders eifersüchtig und klammernd, haben sehr wenig Vertrauen, idealisieren den Partner und sind abhängig von ihm. Sie neigen zu Fixierungen auf ihre Partner und können sich von diesem, selbst im ungünstigen Beziehungsverlauf, nur schwer lösen.

Personen mit einem ängstlich-vermeidenden Bindungsstil haben die Erfahrung machen müssen, dass sich enge Bezugspersonen wenig einfühlsam und sogar zurückweisend, verletzend und misshandelnd verhalten haben. In der Konsequenz ergibt sich daraus die Annahme, dass andere nicht vertrauenswürdig, wohlwollend und verlässlich sind. Entsprechend verhalten sie sich auch in ihren Partnerschaften zunächst wenig liebenswert und misstrauisch. Sie sind zurückhaltend und skeptisch, neigen schnell zu Frustrationen und vermeiden bindungsintensive Verhaltensweisen wie Offenheit und Hingabe. Sie verhalten sich außerordentlich distanziert und sind bemüht, den emotionalen Kontakt zu ihrem Partner möglichst einzuschränken. Die Angst, dass sie dadurch verletzlich sind, prägt ihre Haltung und vermeidet wirkliche Nähe und Intimität. Menschen mit dem ängstlich-vermeidenden Bindungsstil ersparen sich Frustration, indem sie erst gar keine Hilfe erwarten.

Kinder aus Borderline-Beziehungen unterliegen in ihren späteren Beziehungen oft dem sogenannten Bindungszwang. Dieser resultiert aus dem für Borderline-Beziehungen typischen Ablösungsdilemma, das sich für den späteren Erwachsenen durch ein verzweifeltes Bedürfnis ausdrückt, bei einer Bezugsperson nun endlich ganz sicher und geborgen zu sein. Sie versuchen nun selbst mit dieser zu verschmelzen und übertragen ihr die

Verantwortung für das eigene Wohlergehen. Ihre Abhängigkeit, Fixierung und vor allem ihr verschmelzendes Verhalten, wirken auf ihre Beziehungen zerstörerisch, so dass sich die Bezugspartner dann oft distanzieren oder lösen. Womit sich das alte traumatische Muster des Zurückgewiesenwerdens wiederholt. Der daraus resultierende Schmerz hat seinen Ursprung dann zumeist in der Bindungserfahrung der Kindheit, die, wenn sie nicht hinterfragt und verarbeitet wird, in Beziehungen reinszeniert.

Reinszenieren bedeutet, sich einem Partner zuzuwenden, der ähnliche vertraute Verhaltensmuster zeigt, wie das misshandelnde Elternteil, von dem wir einen Großteil unseres Lebens abhängig waren. Zum einen erscheinen diese Muster, auch wenn sie misshandelnd und demzufolge schmerzvoll waren, vertraut, zum anderen hoffen reinszenierende Partner unbewusst darauf, nun endlich das kindliche Dilemma, stellvertretend mit ihrem jetzigen Partner, lösen zu können. Ein sinnvoller Bewältigungsmechanismus, der allerdings nur dann Sinn macht, wenn er erkannt und bearbeitet wird.

Auch im beruflichen Bereich ihres Lebens bleiben Kinder aus Borderline-Beziehungen oft weit unter ihren Möglichkeiten, da sie sich nicht zutrauen, sich mit ihren Wünschen, Träumen und Hoffnungen zielstrebig auseinanderzusetzen und wenig Vertrauen in ihre Leistungen haben. Der implizierte Glauben unzureichend zu sein und die Angst davor zu versagen, lässt sie meist auf einer Entwicklungsstufe verharren, auf der sie sich zwar sicher fühlen, die sie aber im Grunde genommen weder befriedigt, noch fordert und erfüllt. Aushalten und Hinnehmen erschwerter Lebensumstände werden als verdient akzeptiert und Erfolge allenfalls als zufällige Ereignisse.

Emotionale Misshandlung wirkt sich auf alle Bereiche des Urvertrauens zerstörerisch aus. Sie untergräbt dauerhaft das Vertrauen in die eigene Person und in andere. Die in diesem Zusammenhang erlernten Glaubenssätze behindern nicht nur die Fähigkeit für sich zu sorgen, sondern unterbindet diese sogar. Die Erfahrung unsichtbar zu sein, tendiert sie dazu, sich, wie oben beschrieben, auf Beziehungen oder soziale Kontakte einzulassen, die ihre alten Erfahrungen und Annahmen auch immer wieder bestätigen. Kinder aus Borderline-Beziehungen sind zudem oft außergewöhnlich befähigt, Stimmungen oder Bedürfnisse anderer Menschen wahrzunehmen und neigen demzufolge dazu, ein Helfersyndrom zu entwickeln, um durch die

Dankbarkeit der „Hilflosen" ihrer Angst zu entgehen, wieder abgelehnt zu werden. Dass was sie gelernt haben, ihre Aufmerksamkeit ausschließlich nach außen zu richten, nutzen sie häufig für ihre eigenen sozialen Kontakte. Oft finden sie sich in helfenden Berufen wieder und lassen sich privat oder beruflich leicht ausnutzen. Mit dem Ignorieren eigener Gefühle vertraut, übersehen sie eigene emotionale Signale, die sie erhalten, wenn ihre Grenzen überschritten werden oder sie diese sogar selbst überschreiten. Sie agieren oft blind und bedingungslos im Sinne der Aufgaben, die sie sich selbst stellen, um nicht zurückgewiesen oder verlassen zu werden. Sie können nur schwer oder gar nicht nein sagen und enden nicht selten im Burn-out oder in Depressionen. Psychosomatische Erkrankungen, oft erst nach Jahren, als Folge einer Dauerbeanspruchung, begleiten mit schweren einschränkenden, körperlichen Symptomen ihr Leben. Halswirbelerkrankungen, Rückenprobleme, anhaltende Verspannungen, Magen- und Darmbeschwerden, Hauterkrankungen, Allergien, Migräne, Depressionen, Hörstürze u. v. m. sprechen ihre eigene Sprache: Ich kann es nicht tragen, nicht verdauen, nicht aushalten, nicht hören ...

Emotionale Misshandlung macht krank. Offene Wunden der Seele, auch wenn sie nicht sichtbar sind, lassen sich nicht ignorieren. Medikamente und Operationen beseitigen vielleicht die verlagerten Symptome. Doch wenn der Zusammenhang nicht erkannt und vom Betreffenden auch nicht als Konsequenz der verdrängten kindlichen Schmerzen und der daraus resultierenden Verhaltensweisen gesehen wird, kann nichts heilen.

Die Vielzahl an bedrohlichen, emotionalen und verstörenden Ereignissen bombardierten das Kind einst mit belastenden und ängstigenden Informationen über sich und seine Welt. Das undurchdringliche Knäuel an Traumatisierungen muss für eine hilfreiche Verarbeitung zunächst einmal entwirrt werden. Ganze Zeiträume verschwammen zu einem einzigen Grauen, weil eben dieses Empfinden jedes einzelne Erlebnis begleitete und diese miteinander verknüpft hat. Die Angst davor, sich damit auseinanderzusetzen ist groß, die Konfrontation aber oft unumgänglich. Dabei geht es nicht darum, alte Schmerzen wiederzubeleben. Es geht darum, Struktur in das gefühlte Chaos zu bringen, Verständnis für eigene Verhaltensweisen zu entwickeln und Verantwortlichkeiten zu klären. Und es geht darum, Vertrauen in das eigene Erleben zu gewinnen. Reflektionen zu erfahren, die dem Borderline-

Kind bestätigen, dass es so wie es ist in Ordnung ist, mit dem was es fühlt und braucht. Es braucht die Chance, Kontrolle über das eigene Leben zu gewinnen und sich aus zugewiesenen Verantwortungen zu lösen. Es muss lernen, für sich selbst die Verantwortung zu tragen.

Emotionale Misshandlung anzuerkennen, ist auch gleichbedeutend mit dem Wahrnehmen und Akzeptieren, dass das betreffende Elternteil in seiner Aufgabe als Mutter oder Vater unfähig war. Für Kinder, die es zu ihrer Lebensaufgabe gemacht haben, sich die Liebe ihrer Eltern durch Fügsamkeit zu verdienen, kann dies geradezu bedrohlich sein. Es stellt ihr gesamtes Lebenskonstrukt in Frage und zwingt sie katapultartig, Verantwortung für sich zu übernehmen und erwachsen zu werden, ohne dass sie je gelernt hätten, wie es tatsächlich funktioniert, selbstfürsorglich und achtsam mit sich umzugehen.

Wenn emotionale Misshandlung nicht gesehen und erkannt wird, erfährt sie auch keine Heilung. Für die misshandelten Kinder bedeutet es schon einen großen Schritt, anzuerkennen, dass sie misshandelt wurden, denn die meisten von ihnen erlebten die Zustände in ihren Familien und das Verhalten ihnen gegenüber als „normal" und angemessen. Auch das ist eine der vielen bedrückenden Konsequenzen emotionaler Misshandlung, die „Normalität", die ihr von ihren Opfern zugeschrieben wird.

Erst als ich schon lange erwachsen war und eine eigene Familie hatte, fiel mir im Umgang mit meinen Kindern und auch durch die Beobachtungen, die ich in gesunden Familien machen konnte, auf, wie kaputt und gestört das Verhältnis meiner Eltern zu mir war. Dass mein Vater mich als junges Mädchen nur noch mit Grausamkeiten, Ignoranz und Kälte attackierte. Dass meine Mutter, in ihren Forderungen sie zu umsorgen, mich geradezu erstickte und immer maßloser wurde je älter ich wurde, passte mit dem, was ich außerhalb dieser Familie und in meiner eigenen sah und erlebte, einfach nicht zusammen. Ich habe Jahre gebraucht, um anzuerkennen, dass meine Eltern mich als Kind und auch als spätere Erwachsene misshandelt haben und das hat mir sehr weh getan. Anfangs habe ich versucht, sie zu verstehen, mir vieles zu erklären und irgendwie zu entschuldigen. Heute frage ich mich, ob ich etwas von dem, was ich erlebt habe, meinen Kindern antun könnte und erstarre allein schon bei diesem Gedanken. (Christina, 45)

Nicht jedes Kind, das unter diesen lebensfeindlichen Umständen erwachsen werden musste, entwickelt Störungen oder massive lebenseinschränkende Verhaltensmuster, die sein späteres Leben behindern. Es ist Kindern durchaus möglich, sich auch unter schwierigsten Bedingungen psychische Stabilität zu erhalten und zu gedeihen. Diese Kinder entwickelten resiliente Fähigkeiten, die ihnen, trotz der zerstörerischen Erfahrungen, nicht nur ihr Überleben sicherten, sondern auch ein späteres, erfülltes Leben ermöglichten.

Resilienz – Überlebensstrategien betroffener Kinder

Kennen Sie den Film „Cast Away"? Hier agiert der Hauptdarsteller Tom Hanks als gestrandeter Überlebenskünstler Chuck Noland auf einer einsamen Insel. Nach einem Flugzeugabsturz akut traumatisiert, ist er gezwungen, mit Kreativität und Durchhaltevermögen, um sein Überleben zu kämpfen. Dabei steht ihm Wilson zur Seite, sein Partner in diesem Überlebenskampf. Wilson ist eigentlich „nur" ein Ball, der durch einen blutigen Handabdruck ein menschenähnliches Gesicht erhielt und infolgedessen die bedrohliche Isolation als imaginärer Reflektionspartner erleichtert. Mit Wilson wurde gestritten, diskutiert und getrauert und als der Ball, kurz vor der Rettung auf dem offenen Meer, verloren ging, war der Verlust für Noland emotional gleichzusetzen mit dem Verlust eines nahestehenden, geliebten und vertrauten Menschen. Wilson der Ball hatte ihm geholfen zu überleben, er war eine manifestierte Resilenz.

Was genau verstehen wir nun unter Resilienz? Der Begriff stammt eigentlich aus der Baukunde und beschreibt dort die Biegsamkeit von Material. Die Redewendung „biegen statt brechen" umschreibt am ehesten den psychologischen Hintergrund der Resilienz, die sich insbesondere dadurch auszeichnet, unter bedrohlichen Umständen Fähigkeiten zu entwickeln, die trotz aller schädigender Einflüsse Wachstum ermöglichen. Dabei ist Resilienz weitaus mehr als ein biegsames Anpassen an destruktive Verhältnisse, um ein Überleben abzusichern. Resiliente Verhaltensweisen zeigt der Mensch nicht trotz seiner lebensfeindlicher Umstände, sondern durch sie. Gerade extreme und stressbehaftete Situationen setzen Kräfte in Menschen frei, die sie in alltäglichen Momenten nie entwickelt hätten.

Niemals hätte der coole, routinierte und rationale Versandmanager Noland im Alltag eine tiefe, soziale Verbundenheit zu einem Ball entwickelt. Gerade die ungeahnte, verborgene Kraft seiner Fantasie, die dem Ball genau jene menschlichen Züge übertrug, die Hanks brauchte, um sich in seiner Isolation nicht zu verlieren, gab ihm Kraft und Hoffnung.

Nicht alle Menschen, die in ihrer Kindheit traumatisierenden Umständen ausgesetzt waren, entwickeln Störungen oder sind als Erwachsene in ihrer Lebensqualität beeinträchtigt. Mitunter entwickeln sich Geschwisterkinder, die unter den gleichen lebensfeindlichen Bedingungen aufwuchsen, völlig unterschiedlich. Die Forschung, die sich speziell mit der Resilienz auseinandersetzt, hat entdeckt, dass jene vernachlässigten und misshandelten Kinder, die ganz bestimmte Ressourcen nutzten, in der Lage waren, ihre Defizite erfolgreicher zu bewältigen.

Kinder, die in Borderline-Familien aufwachsen, leiden insbesondere darunter, in ihren Eltern keine stabilen Bezugspersonen zu finden, die ihre Ängste, ihren Schmerz, aber auch ihre Wut hilfreich reflektieren. Ihnen fehlt Sicherheit, Geborgenheit und Schutz, jemand, der ihnen erlaubt, so zu sein, wie sie sind, ohne dass sie sich verstellen müssen. Jemand, der ihnen vermittelt, dass SIE wichtig sind und wertvoll. Jemand, an dem sie sich orientieren können, der nicht ständig neue, geheime Spielregeln aufstellt, deren Nichtbefolgung aber bestraft wird.

Mit Interesse habe ich mit meinen Klienten erkundet, welche resilienten Strategien sie nutzten, um eben jene Defizite so auszugleichen, dass sie sich Hoffnung, Kraft und Lebensfreude bewahren und stärken konnten.

Ich habe wahnsinnig gern gelesen, Bücher waren meine Welt, im wahrsten Sinne des Wortes. Wenn ich mit der kleinen Hexe von Otfried Preussler auf den Blocksberg geflogen oder in die Märchenwelt der Gebrüder Grimm eingetaucht bin, war ich ganz ohne Anspannung, Sorge und Angst. Die Bilder, die ich durch die Bücher sehen konnte, wurden in mir zu meiner ganz eigenen Fantasiewelt, in die ich eintauchte, wenn ich den Druck nicht mehr ertragen konnte. Ich stellte mir oft vor, dass ich durch den Schrank, in dem ich mich so oft versteckte, in eine andere Welt gehen konnte. Dahinter war es ganz friedlich und es gab ganz viel Wald mit einem großen, hohlen Baum darin, in dem ich wohnen konnte. Darin war ich ganz sicher, niemand konnte mich dort finden, das war mein Zufluchtsort. (Martina, damals 9 Jahre alt.)

Wir hatten einen Hund, mit dem ich so viel ich konnte unterwegs war. Ich habe mich oft so grenzenlos verlassen gefühlt, das war ein ganz tiefer Schmerz im Bauch, den ich gar nicht aushalten konnte. Manchmal hab ich Max, so hieß er, heimlich mit in mein Zimmer genommen und mit ihm geredet und gekuschelt. Er hat mich dann immer so angeguckt, als ob er mich verstehen würde und hat mir oft die Tränen weggeleckt. Das war so tröstlich, bei ihm habe ich mich immer gut gefühlt. (Kerstin, damals 10 Jahre alt.)

Wenn mein Vater wieder mal betrunken war, hat er jeden verprügelt der ihm über den Weg lief. Wenn man sich nicht schnell genug versteckte, gab es schon mal ein paar Tritte, aber er kam auch manchmal nachts einfach in unser Zimmer gestürmt, riss die Bettdecken weg und prügelte wie verrückt los. Ich wusste nie, wann er ausrastet. Freunde hatte ich keine, weil ich auch Angst davor hatte, jemanden nach Hause mitzubringen. Die anderen Kinder waren auch so ganz anders, ich hatte immer das Gefühl, nicht dazu zu gehören. Aber ich hatte jemanden, der immer für mich da war, einen imaginären Freund. Er war ein Prinz und hatte ein weißes Pferd, wie aus einem Märchen. Ich hab mir oft vorgestellt, wie er mich rettet, meinen Vater bestraft und mich dann mitnimmt. Dahin, wo mir niemand weh tut und ich keine Angst haben muss. Ich glaube, dieser imaginäre Prinz hat mich wirklich gerettet ... (Doris, damals 8 Jahre alt.)

Resiliente Strategien ermöglichen uns, genau jenen Bedürfnissen zu entsprechen, deren Erfüllung uns vorenthalten wird. Martina fand einen sicheren Ort, den sie zu Hause nicht hatte, in ihrer Märchenwelt. Für Kerstin wurde der Hund zum verständnisvollen, tröstenden Freund, er gab ihr die Wärme und Zuneigung, die sie bei ihren Eltern nicht fand.

Das Geheimnis um die Wirksamkeit dieser Strategien liegt darin, dass unser Gehirn in seiner emotionalen Reaktion nicht auseinanderhalten kann, ob die selbstinszenierten Situationen real sind oder nicht. Aus unseren Gedanken und inneren Bildern ergeben sich Gefühle, ohne dass die erdachten Szenarien der Realität entsprechen müssen. Jene hilfreichen, geborgenen und sicheren Empfindungen können die real erlebte Angst und Unsicherheit soweit ausgleichen, dass das Kind sich eine ganz eigene Balance schaffen kann. Und so bewältigt es aus eigener Kraft schwierige Situationen, ohne dabei tiefgehenden Schaden zu nehmen.

Die Kraft der Kinder, die resiliente Mechanismen entwickeln und nutzen, beruht auf deren Fähigkeit, sich als Pendant zu den unerträglichen Empfindungen, angenehme Emotionen zu verschaffen. Damit sind sie in der Lage, die Wirkung der belastenden Gefühle zu dämpfen, auszugleichen und damit auch schneller zu überwinden. Die Fähigkeit zur Resilienz, hat auch weitreichende Auswirkungen auf die körperliche Entwicklung der Kinder, die in der Lage sind, Stressreaktionen zu mildern und sich psychische Ressourcen zu schaffen, die einem Schutzschild gleichen. Dazu kommt, dass die Kinder beim bewussten Erleben angenehmer, emotionaler Erfahrungen, sich selbst eine Chance geben, achtsam in ihrem augenblicklichen Erleben zu werden. So ist es ihnen möglich, ihr emotionales Erleben nicht nur als reine Bedrohung zu erleben, was ihre Fähigkeit selbstfürsorglich und selbstverantwortlich agieren zu können, unterstützt. Vor allem aber können resiliente Strategien von jedem und in jedem Alter genutzt werden, was sie unglaublich wertvoll macht.

Erwachsen – mit den Konsequenzen leben

Aber nicht alle Kinder haben Zugang zu ihren resilienten Fähigkeiten und so tragen die meisten von ihnen Defizite in ihr späteres Erwachsenenleben, die es ihnen erschweren, ihre Interessen oder Belange durchzusetzen. Um ihre Kindheit überleben zu können, mussten sie sich verleugnen und ihre gesamte Aufmerksamkeit nach außen verlagern. In der Konsequenz haben sie so nicht lernen können, sich und ihre Bedürfnisse anzu-erkennen, zu äußern und durchzusetzen. Die dazugehörigen Konflikte, die sich nun aus dem Zusammenspiel menschlicher Bedürfnisse in Interaktionen ergeben, empfinden sie als (lebens-)bedrohlich. Sie vermeiden es, eigene Interessen durchzusetzen und es möglichst jedem, um jeden Preis recht zu machen. Dabei versuchen sie den altvertrauten Risiken, bestraft, herabgesetzt und zurückgestoßen zu werden, zu entgehen. Mit der Zeit kann so ein massiver Leidensdruck in ihnen entstehen. Problematische Interaktionen (unglückliche Beziehungen, Mobbing …) weisen auf ihre Defizite hin, die es zu hinterfragen gilt. Da sie in einem System der Verschmelzung aufgewachsen sind, haben sie zumeist auch die Unfähigkeit der Eltern, Verantwortung für sich zu tragen, verinnerlicht. Und so neigen sie dazu, zuviel Verantwortung für andere und zu wenig für sich selbst zu übernehmen und diese an Partner, Kollegen oder die Welt an sich zurückzuverweisen. Die daraus resultierenden zwischenmenschlichen Konfrontationen bergen ein dramatisches Risiko in sich. Sie erleben eine reale, von den Eltern scheinbar unabhängige Bestätigung der „schlechten" Welt und der eigenen angenommenen „Unzulänglichkeit". Das verzerrte, gestörte Weltbild ihrer Eltern bestätigt sich. Aber diejenigen, die einen Zusammenhang zwischen ihren kindlichen Erfahrungen und ihren aktuellen zwischenmenschlichen Problemen erkennen, haben eine Chance, sich aus dem aufgezwungenen Gefängnis der inneren Verleugnung zu befreien. Den eigenen Anteil zu hinterfragen und einen Prozess der Aufarbeitung und der inneren Konfrontation zu beginnen, ist ein wichtiger Schritt auf diesem Weg, der aber zunächst einen schmerzhaften Prozess einleitet. Hinter jeder zugelassenen Erinnerung lauert die nächste und mit jeder Konfrontation werden eine Unzahl an Gefühlen freigesetzt, die nie wieder erlebt werden wollten, die aber da waren und noch sind. Und dies wird oft durch die Missbilligung der Herkunftsfamilie begleitet, denn der Prozess dieser Verarbeitung offenbart das familiäre Geheimnis und bringt Wahrheiten ans Licht, denen sich niemand stellen will. Entsprechend bedrohlich wird der Druck sein, den die Ursprungsfamilie ausüben wird und auch dies ist mit alten Ängsten verbunden.

Geschwister, die sich einem eigenen Verarbeitungsprozess nicht stellen wollen und an ihrem scheinbar hilfreichen Leugnen festhalten, sehen das Ausbrechen eines Mitgliedes oft als Bedrohung für sich selbst und reagieren entsprechend. Noch immer gilt es, das familiäre Geheimnis zu bewahren. Sollten Sie sich mit Ihren Geschwistern aber über Ihr Erleben austauschen, beachten Sie, dass jeder von Ihnen ganz eigene, individuelle Erinnerungen haben kann. Vielleicht sind die Geschehnisse, an die Sie sich erinnern, nicht deckungsgleich mit der Erinnerung des anderen oder sie sind dem anderen sogar entfallen, der sich dafür aber an Dinge erinnert, die Ihnen nicht mehr zugänglich sind. Menschen erinnern sich vorrangig gut an Situationen, die sie emotional besonders intensiv berührt haben und die dahinterstehende Emotionalität ist ganz individuell. Vielleicht empfinden Sie dieses unterschiedliche Erinnern im ersten Moment als bedrohlich. Das kommt daher, dass es Ihnen schwer fällt, sich auf Ihre eigenen Wahrnehmungen zu verlassen. Die altvertraute Irritation und Hilflosigkeit wird dann oft automatisch reaktiviert. Wenn Sie eine bedingungslose Übereinstimmung erwarten, ist die Wahrscheinlichkeit enttäuscht zu werden sehr hoch und die Chance auf eine gemeinsame Verarbeitung könnte in einem Konflikt münden. Lernen Sie, sich gegenseitig für das Erlebte, Empathie und Einfühlung zu geben. Zweifeln Sie die Erinnerungen und Gefühle Ihrer Geschwister nicht an und geben Sie ihnen das, was Sie auch von ihnen brauchen: Verstehen, Einfühlung und Beistand.

Rechnen Sie damit, dass Ihre Eltern sich ihrer Verantwortung nicht stellen. Die für die Borderline-Persönlichkeit typische Verzerrung der Realität, hat ja auch eine verzerrte Erinnerung zur Folge. Die Unfähigkeit, Verantwortung zu tragen, wird auch im Nachhinein dafür sorgen, dass sie an andere abgegeben wird. Der oder die Betroffene weist sie seinem/ihrem Partner zu und dieser wird sie zumeist der Borderline-Störung als Ursache zuschreiben. Letztendlich kann es sogar sein, dass Sie mit Ihrem Klärungsbedarf zum Täter gegen Ihre Eltern und Ihre Familie erklärt werden. Auch hier macht die Projektion nicht halt. Schuld und Scham über die Details der Konfrontation werden umgehend an Sie zurückverwiesen.

Die emotionale und/oder körperliche Gewalt der Sie ausgesetzt waren, sollte aber offenbart, anerkannt und von Ihnen betrauert werden. Die familiäre Regel, schweige und akzeptiere, muss außer Kraft gesetzt und auch die Gefühle, die sich daraus ergeben, brauchen es, gesehen und verarbeitet zu werden. Ergreifen Sie die Möglichkeiten, die Sie haben. Wenn ein direktes Gespräch nicht hilfreich ist, schreiben Sie einen Brief. Dieser Brief sollte sich in vier Abschnitte einteilen:

1. Was du mit mir gemacht hast
2. wie es mir damals damit ging
3. Was es für Konsequenzen für mein Leben hatte
4. Was ich jetzt von dir erwarte (aus „Vergiftete Kindheit" von Susan Forward).

Diese Struktur ist äußerst hilfreich, denn sie vermittelt ein klares Bild über Ihre Situation. Wenn Sie sich zunächst einmal nur für sich selbst damit auseinandersetzen und Ihre Gefühle und Gedanken nach diesem Konzept ordnen, werden Sie auch die Klarheit und Entschlossenheit gewinnen, die Sie dringlichst brauchen, wenn Sie sich aus der Verstrickung mit Ihren Eltern lösen wollen. Sollten Ihre Eltern nicht mehr leben, unerreichbar sein oder Sie eine direkte Konfrontation nicht wollen, können Sie diesen Brief auch schreiben, ohne ihn abzuschicken. Der Gewinn dieser Zeilen liegt vor allem darin, dass Sie, das was in ihnen vorgeht, strukturieren und anerkennen. Auch wenn Sie, sollten Sie Ihren Brief abschicken, keine oder eine unangemessene Antwort erhalten, wird Ihnen das Schreiben dabei helfen, sich durch Selbstklärung aus der Verstrickung zu lösen. Es ist eine der Möglichkeiten, sich dem einst hilflosen Ausgeliefertsein zu entziehen und Kontrolle über das eigene Erleben zu gewinnen.

Wenn Sie darauf hoffen, dass Ihr Brief dafür sorgen wird, dass nun alles gut wird, fragen Sie sich, ob dieser Wunsch nicht Ihrem inneren Kind gehört, das noch immer um die Liebe seiner Eltern kämpft.

Bedenken Sie auch, dass Ihr Lösen aus Verstrickung und Verschmelzung ein Prozess ist, der Zeit und Geduld braucht. Es kann sein, dass die bisher beständig übertragene Verantwortung für die Eltern noch immer aktiv ist. Deren von Kindheit an immerwährende, unausgesprochene Forderung „sorge und sei verantwortlich für mich/uns" lässt sich nur schwer abstreifen. Aber es geht in erster Linie darum, Verantwortung an den zu verweisen, dem sie gehört und dagegen werden sich die Verantwortlichen, wenn sie an ihren alten, misshandelnden Verhaltensweisen festhalten, vehement wehren.

Wenn Sie sich als erwachsen gewordenes Kind auf einen Verarbeitungsprozess einlassen, brauchen Sie viel Geduld mit sich selbst und unerschütterliche Klarheit darüber, dass es für IHR Leben notwendig ist, sich aus der Verstrickung mit den Eltern zu lösen. Dabei geht es zu Beginn dieses Prozesses nicht prioritär darum, sich mit den Ereignissen der Kindheit auseinanderzusetzen, sondern zu lernen, für sich sorgen zu können. Da Borderline-Kinder aus der Verschmelzung nie entlassen werden, sind sie oft nach wie vor Übergriffen, emotionalen Erpressungen, Nötigungen und Manipulationen ausgesetzt. Nicht nur von der Seite der einst misshandelnden Eltern, sondern auch durch die an diesen orientierten, selbstgewählten Bezugspersonen. Der erste wichtige Schritt ist demnach ein Bewusstwerden dieses Geschehens und die Anerkennung der eigenen Beteiligung daran.

Solange ich denken kann, ging es meiner Mutter immer schlecht, wenn mein Bruder und ich nicht bereit waren so funktionieren, wie sie es wollte.

Ihr demonstriertes Leiden, ihre Vorwürfe und Klagen, gaben uns immer das Gefühl, rücksichts- und lieblos zu sein. Andauernd beklagte sie sich über unseren Egoismus, dabei sind wir ständig gesprungen, wenn sie es wollte. Ich habe mich immer wieder wie ein Täter gefühlt, was ich einfach nicht aushalten konnte. Meine Mutter brauchte nur dieses Knöpfchen „Täter" drücken und ich funktionierte. Das musste mir erst mal klar werden. Ich habe zunächst einmal lernen müssen, welche Mechanismen hier greifen und, wie sich diese Schuld in mir anfühlt und ob ich sie tatsächlich tragen muss. Es war vor allem mein Verhalten, das ich ändern musste, wenn ich wollte, dass dieser Druck in mir aufhört. (Christina, 45)

Suchen Sie sich psychologische Hilfe, die Sie in diesem Prozess begleitet. Freunde sind sicher hilfreich, aber eine jahrelang andauernde emotionale Misshandlung braucht in ihrer Verarbeitung kompetente Begleitung. Scheuen Sie sich nicht, diese Hilfen zu nutzen.

Stärken Sie Ihre Resilienz (siehe S. 64). Spüren Sie bewusst Ihre Defizite (Nähe, Kontakt, Verständnis ...) und entwickeln Sie Kreativität, diese auszugleichen. Lernen Sie, Ihr Leben so zu akzeptieren, wie es ist, ohne beständig in die schmerzhafte Vergangenheit einzutauchen. Es gab vieles, was Sie erdulden und ertragen mussten. Es ist in Ordnung, diesen Umstand zu betrauern und auch Wut oder sogar Hass auf die Menschen zu spüren, die Ihnen das angetan haben. Sie hatten ein Recht auf eine unbeschwerte Kindheit und auf Eltern, die Sie bei Ihren Schritten ins Leben ermutigen und unterstützen. Sie waren ein wertvolles Geschenk an Ihre Eltern, die aber nicht in der Lage waren, es mit Dankbarkeit und Respekt anzunehmen. Sie müssen ihnen nicht verzeihen, wenn es Ihrem Empfinden widerspricht. Verzeihen heißt zumeist, alles ist vergessen und wieder gut. Sie werden nicht vergessen können und sollen das auch nicht, denn auch das würde bedeuten, einen Teil Ihres Lebens zu leugnen. Nichts kann ungeschehen und wieder gut gemacht werden, aber Sie können lernen, es als VERGANGEN zu akzeptieren und damit zu leben. Es ist geschehen! Es WAR und darin liegt auch Ihre Zukunft.

Lernen Sie, sich Ihrer Verantwortung zu stellen. Für Ihr Leben, Ihre Wünsche und Hoffnungen sind nur Sie allein verantwortlich. Richten Sie Ihre Aufmerksamkeit mehr auf das, was in Ihnen vorgeht und orientieren Sie sich nicht mehr vordergründig an den Erwartungshaltungen oder Bewertungen anderer Menschen. Es ist IHR Leben, mit allen Facetten!

4. Das Borderline-Syndrom in der Öffentlichkeit

Erschütternde Pressemitteilungen

Ein klarer Fall
Am 1. März 2008 meldete die Berliner Zeitung

Drama im Mutter-Kind-Heim in Reinickendorf ...
(von Lutz Schnedelbach und Katrin Bischoff)

Frau G. ist sichtlich erschüttert, als sie am Freitagvormittag vor die Tür der Mutter-und-Kind-Einrichtung in der Reinickendorfer Nimrodstraße tritt. Sie zittert und kämpft gegen die Tränen. „Niemand hat vorhersehen können, dass so etwas passieren könnte", sagt die Leiterin des Hauses, das vom Diakonischen Werk betrieben wird, immer wieder. Es ist aber geschehen: die kleine Amélie-Céline ist in dem Heim für betreutes Wohnen gestorben – das sieben Monate alte Baby wurde vom eigenen Vater getötet.

Der 41-jährige Philippe B. war am Morgen in das viergeschossige Haus im Reinickendorfer Ortsteil Waidmannslust gekommen, in dem seit Ende August des vergangenen Jahres seine ehemalige Freundin Melanie A. und die gemeinsame Tochter Zuflucht fanden. „Es hatte in der Familie Probleme gegeben", sagt Frau G. nur knapp zu den Gründen, warum Melanie A. im Heim aufgenommen wurde.

Der Besuch von Philippe B. war nicht ungewöhnlich. Seit einigen Wochen durfte der 41-jährige Franzose seine Tochter alle 14 Tage sehen und mit ihr den Tag verbringen. Er galt bei den Mitarbeitern des Mutter-Kind-Heims als liebevoller Vater. Doch in der kleinen Wohnung, die in der zweiten Etage liegt, kam es am Freitag zu einem heftigen Streit zwischen Philippe B. und der 31 Jahre alten Mutter des Kindes. Dabei prügelte der Mann auf seine einstige Lebensgefährtin ein und brüllte sie an. Plötzlich griff er sich nach Angaben der Ermittler die kleine Amélie-Céline und warf sie mit voller Wucht auf den Boden. Danach schlug er weiter auf seine Ex-Freundin ein.

... Doch als die Helfer um 9.50 Uhr in der Nimrodstraße eintrafen, gab es für das Kleinkind keine Hilfe mehr. Zwei Notärzte mühten sich eine halbe Stunde lang, Amélie-Céline zu reanimieren. Vergeblich. Das Mädchen starb an seinen schweren inneren Verletzungen. „Der Vater des Kindes konnte noch in der Ein-

richtung festgenommen werden", sagt Polizeisprecher Bernhard S. Eine Mordkommission ermittele nun gegen den Mann wegen Totschlags. Die Mutter habe einen Schock erlitten. Sie werde von einem Seelsorger betreut. Melanie A. soll noch einen zehnjährigen Sohn haben.

Philippe B. ..., ist der Polizei bereits wegen Gewaltdelikten bekannt. Nachbarn allerdings berichten, dass sie Philippe B. oft mit seiner Tochter gesehen hätten. Dabei habe er sich stets rührend um das Kind gekümmert.

Am 3. März 2008 ist u. a. ebenfalls in der Berliner Zeitung zu lesen:

Baby-Mord: Der Täter ist psychisch krank ...
(von Lutz Schnedelbach und Katrin Bischoff)

... Melanie A. und Philippe B. lernten sich vor zwei Jahren während einer Therapie kennen. Beide sollen am Borderline-Syndrom leiden. Die Störung sorgt für unkontrollierte Wutausbrüche, Depressionen sowie Angst. Etwa 60 000 Frauen und Männer leiden in Berlin an dieser psychischen Krankheit.

Im vorigen Juli kam Amélie-Céline zur Welt. Einen Monat später zog Melanie A. mit der Tochter in die Mutter-Kind-Einrichtung. Sie sei mehrfach geschlagen worden, hatte sie den Mitarbeitern des Mutter-Kind-Hauses erzählt. Philippe B. soll seine Freundin verprügelt und auch deren zehnjährigem Sohn, der einer früheren Beziehung entstammt, Gewalt angetan haben. Der Franzose gilt als cholerisch. ...

Unklar ist noch, weshalb er nicht von einem Mitarbeiter der Einrichtung begleitet wurde, als er seine Tochter besuchte ...

Die gleiche Zeitung meldet dann am 4. März 2008

Bezirksstadtrat verteidigt trotzdem Jugendamt.
(von Lutz Schnedelbach und Katrin Bischoff)

Drei Tage nach dem gewaltsamen Tod eines sieben Monate alten Babys in Reinickendorf hat der zuständige Stadtrat für Jugend und Familie, Peter S., gestern jede Verantwortung von sich gewiesen. „Es war nicht absehbar, dass der Vater seine Tochter töten würde", sagte er. Seine Behörde wusste aber, dass der 41-jährige Philippe B. unter der Borderline-Krankheit leidet, die zu unkontrollierten Wutausbrüchen führt. Sie wusste auch, dass Melanie A. schon einmal in ein Frauenhaus, dann im August 2007 in ein betreutes Mutter-Kind-Heim geflohen war, weil sie und ihr elfjähriger Sohn aus erster Ehe verprügelt worden waren.

Unklar ist daher, warum Philippe B. immer wieder allein mit seiner sieben Monate alten Tochter Amélie-Céline sein durfte und auch kein Sozialarbeiter dabei war, als der Mann das Baby im Mutter-Kind-Haus besuchte. „Wir können dem Vater doch nicht den Umgang mit seiner Tochter verwehren, nur weil er psychisch krank ist", so Stadtrat S. ... Philippe B. sei zwar aggressiv gewesen. „Nie aber hat er seiner Tochter etwas angetan. Mitarbeiter der Einrichtung sprachen sogar von einem liebevollen Umgang."

Der Kontakt sei auch von der Mutter gewünscht worden. Bereits einen Monat nachdem Melanie A. mit ihren Kindern in das Haus zog, wurde vereinbart, dass B. seine Tochter einmal pro Woche für drei Stunden sehen durfte. Laut Stadtrat S. war Philippe B. regelmäßig bei der Erziehungs- und Familienberatung. Dabei hätten auch anwesende Psychiater nichts Auffälliges entdeckt an dem Mann, dem sieben Stunden die Woche vom Sozialamt bei Behördengängen oder Einkäufen geholfen werden musste.

Der Berliner Kurier dazu u. a. am 3. März 2008

Der Tod der kleinen Céline – Das Protokoll des Schreckens
Die Behörden hätten den gewalttätigen Vater stoppen können
(Claudia Keikus, Mike Wilms)

... Trotz seiner schweren Borderline-Störung ist Philippe B. schuldfähig: Der Richter schickte ihn mit Totschlags-Haftbefehl in die Zelle. Aber wer von Schuld redet, muss auch über eine mögliche Mitverantwortung der Behörden sprechen. Für Bezirksamt, Polizei und Justiz war der Vater kein Unbekannter. Ist die Geschichte dieses Falls auch ein Protokoll schrecklichen Versagens?

Keiner hat den Mann gestoppt, als es noch früh genug war. Obwohl Ex-Soldat Philippe B. aus Reinickendorf wegen Körperverletzung vorbestraft ist. Obwohl er vor rund zwei Jahren in einer psychiatrischen Tagesklinik saß. Obwohl Nachbarn wussten, dass er Baby-Mutter Melanie verprügelt. Und obwohl die ihn offenbar wegen „häuslicher Gewalt" anzeigte, behielt Philippe sein Besuchsrecht im Mutter-Kind-Heim an der Nimrodstraße ...

In Ermittlerkreisen sieht man „Erklärungsbedarf": Philippe B., ein gelernter Koch mit französisch-nigerianischen Wurzeln, rastete erst vor zwei Wochen in dem Mutter-Kind-Heim aus. Er soll wie von Sinnen herumgebrüllt haben. Dennoch: Er durfte wiederkommen. Wusste das Jugendamt von dem Zwischenfall? Und von der Polizei-Akte des Kindsvaters? „Alle Fragen wurden sicher vor der Erteilung des Besuchsrechts erörtert", sagte Sozialstadtrat Andreas H. kurz nach der Horror-Tat ...

Ein Ermittler: „Es wäre unerträglich, wenn sich die Behörden nicht genug über den Mann ausgetauscht hätten." Oder wenn eine nachsichtige Schon-Behandlung des gewalttätigen Vaters mitverantwortlich am Tod von Céline wäre. Es gab viele Chancen, den psychisch kranken Philippe B. zu stoppen – genutzt wurde keine davon.

Die WELT ONLINE u. a. am 3. März 2008:

Totes Baby – Behörden weisen jede Schuld von sich
(Von S. Eberle und A. Lier)

„Möglicherweise", so ein Beamter, „hätte die Tragödie verhindert werden können, wenn die Besuche nicht gestattet worden wären ..." „Es gab doch zumindest Anzeichen dafür, dass das Umfeld des Verdächtigen kein normales war", so der Ermittler ...

... Nach Angaben von Bekannten des Mannes gab es durchaus Hinweise auf eine Gefährlichkeit des 41-Jährigen. Nachbarn von Philippe B. hatten berichtet, dass sie den mutmaßlichen Täter für eine „tickende Zeitbombe" hielten.

Amélie-Céline wurde nur 7 Monate alt. Es gibt keinen Trost für die Mutter, die den Verlust ihres Kindes ertragen muss. Ein Verlust, der eventuell vermeidbar gewesen wäre, wenn die unterstützenden Helfer in der Lage gewesen wären, die Umstände, die letztendlich eskalierten, zu erkennen, einzuordnen und sich darauf einzustellen. Im Fall der kleinen Amélie-Céline gab die Mutter ganz bewusst die Verantwortung ab, weil sie sich nicht in der Lage sah, sich und ihr Kind zu schützen. UND es gab eine eindeutige Diagnose. Insofern fällt es mir besonders schwer, die behördlichen Rechtfertigungen mit Fassung zu tragen. Auch der Besuch einer Familien- und Erziehungsberatungsstelle hat keinen heilenden Einfluss auf die Symptomatik der Borderline-Störung, und somit auch nicht auf die daraus resultierenden Mechanismen. Und ist es nicht das Hauptmerkmal der Borderline-Störung, unberechenbare, instabile und impulsive Reaktionen zu zeigen? Sollten Psychologen derartiger Einrichtungen nicht über entsprechendes Hintergrundwissen verfügen oder zumindest mit entsprechenden spezialisierten Fachkräften Rücksprache halten? Wäre die Anwesenheit eines schutzbefähigten Sozialarbeiters nicht unumgänglich gewesen, um der behördlichen Verantwortung im menschlich-fürsorglichen und auch im rechtlichen Sinne zu entsprechen?

Borderline-Persönlichkeiten definieren sich über ihre Rollen, d. h., sie versuchen möglichst den Anforderungen von außen so gerecht zu werden, dass sie in ihrem Verhalten nicht zurückgewiesen werden. Wenn sie sich mit den angenommenen Rollen identifizieren, sind sie sehr wohl in der Lage, diese auch adäquat auszufüllen. Die oftmals extrem unsicheren Borderline-Persönlichkeiten vermitteln so z. B. im Berufsleben einen nachhaltigen Eindruck von Stabilität und Souveränität. Wie kann eine solche Persönlichkeit also über ihr augenblicklich dargestelltes Rollenverhalten eingeschätzt werden? Hier wird dieser Rolle eine Stabilität zugesprochen, die schon rein symptomatisch nicht existiert!

Und es ist wahrscheinlich, dass sich das aggressive Verhalten des Vaters nicht gegen sein Töchterchen gerichtet hat, es ging ihm auch sicher nicht darum, ihm zu schaden, ihm weh zu tun oder es sogar zu töten. Der vorherige Streit der Eltern, bei dem die Mutter ihr Recht in Anspruch nahm, einen Kontakt zurückzuweisen, war anscheinend der Auslöser für eine Eskalation. Borderline-Persönlichkeiten neigen dazu, wenn sie mit Zurückweisung oder einem Verlassenwerden konfrontiert werden, massivste Angst und Panikanfälle zu entwickeln. Das drohende Ausbleiben der Reflektion einer Bezugsperson, über die sich Borderline-Persönlichkeiten auf Grund ihrer Identitätsstörung definieren, empfinden sie wie ein „Ausgelöschtwerden". Unerträgliche Angst, Schmerz und Hilflosigkeit überfluten sie. Betroffene neigen dazu, diese von ihnen nicht akzeptierten Gefühle auf ihren Partner zu projizieren. Wie also lässt sich das chaotische Erleben am besten auf die Partnerin übertragen? Wie kann er in deren Augen seinen eigenen Schmerz wiederfinden, um sich so, auf eine geradezu entmenschlichte Art, eines der menschlichsten aller Bedürfnisse zu befriedigen – Empathie. Fühle was ich fühle, meine Ohnmacht, meinen Schmerz, meine Angst und ertrage, was ich ertrage, damit ich damit nicht allein bin ... und so wurde Amélie-Céline Mittel zum Zweck.

Nachdem ich die Stellungnahme des zuständigen Stadtrates in den Medien lesen musste, habe ich umgehend versucht, einen direkten Kontakt zu ihm her-

zustellen. Die Fehleinschätzungen der Situation, die dramatische Folgen hatten, musste meiner Ansicht nach zumindest bewusst hinterfragt werden, um Wiederholungen auszuschließen. Leider war Herr S., obwohl ich den Grund meines Anrufes angab, für mich nicht zu sprechen. Ich habe anschließend, um auf die Thematik aufmerksam zu machen, ein entsprechendes Statement auf meiner Website veröffentlicht. Nach etwa 2 Wochen erhielt ich dann unerwartet doch noch eine Einladung des Stadtrates zu einem Gespräch, von dem ich mir erhoffte, dass es zumindest für die Zukunft konstruktiv wirksam sein könnte. Bei diesem Gespräch sah ich mich dann den für den Fall Amélie-Céline zuständigen verantwortlichen Mitarbeitern und Psychologen gegenüber, die mich u. a. mit folgenden Aussagen konfrontierten. Es stehe mir nicht zu, mich zu Medienangaben zu äußern, mein Verhalten wäre nicht kollegial, ich hätte vor meinem Statement die Sachlage mit dem Stadtrat direkt klären müssen, Auskünfte stehen mir aber aus Datenschutzgründen nicht zu.

Jede Fehleinschätzung wurde weit zurückgewiesen und meine abschließende Frage, ob bei einer ähnlichen Fallkonstellation, die gleichen (Fehl-)Entscheidungen greifen würden, wurde mit ja beantwortet.

Ich kann nur hoffen, dass dies nicht der Fall sein wird!

So klar wie im Fall Amélie-Céline sind die Voraussetzungen für hilfreiche Maßnahmen nicht immer. Im Gegenteil, eine klare Diagnose und die Bereitschaft, amtliche Unterstützung anzunehmen, sind die Ausnahme. In den folgenden Fällen ist keine Diagnose angegeben und auch sonst scheinen die Gegebenheiten unklar. Trotzdem existieren Parallelen zu dem Fall Amélie-Céline ...

Unklare Familiendramen

Am 20. Januar 2007 meldet das Hamburger Abendblatt

Vater erschoss seine Kinder – Bluttat per SMS angekündigt
(dpa)

Das Familiendrama in Ludwigsfelde in Brandenburg war offenbar geplant. Ein Familienvater (32) hatte am Donnerstag, wie berichtet, seine Kinder (zwei und vier Jahre) und sich selbst erschossen. „Er hat wohl die Trennung von seiner Frau (30) nicht verkraftet", sagte ein Polizeisprecher. Das Arztehepaar hatte sich getrennt. Er lebte bei seinem Bruder in Mecklenburg-Vorpommern, sie mit den

Kindern in Ludwigsfelde. Am zweiten Geburtstag der Tochter war die Wohnung festlich geschmückt. Um 5.30 Uhr traf der Mann dort ein. Seine Frau ging zur Arbeit. Kurz darauf bekam sein Bruder eine SMS: „Ein Mann muss tun, was er tun muss." Zudem wurde deutlich, klar, dass er bewaffnet war. Es begann ein Wettlauf mit der Zeit. Der Bruder stellte fest, dass aus dem Waffenschrank des verstorbenen Großvaters eine Pistole, eine 38er Spezial, fehlte. Er versuchte, seine Schwägerin zu erreichen. Doch sie las erst um 11.18 Uhr die SMS, verständigte die Polizei. Die Polizei versuchte erfolglos, Kontakt zum Vater aufzunehmen. Gegen 16 Uhr stürmte ein Einsatzkommando die Wohnung, fand aber nur noch die drei Leichen. Nach ersten Erkenntnissen geschah das Unfassbare gegen zehn Uhr. Die Mutter wird von einem Notfallseelsorger betreut. Ein Polizeisprecher: „Sie konnte nichts machen, wird sich aber lebenslang Vorwürfe machen."

Am 25.12. 2006 meldet SPIEGEL ONLINE

Familiendrama in Erfurt
Marvin – an Heiligabend von der Mutter mit einem Tuch erdrosselt
(plö/ddp/AP)

Eine Mutter in Erfurt hat gestanden, an Heiligabend ihren fünfjährigen Sohn erdrosselt zu haben. Die 29-Jährige soll den kleinen Marvin nach einem Streit mit dem Vater zu Tode stranguliert haben – mit einem Tuch. Gegen sie wurde Haftbefehl erlassen. Die Mutter hat der Staatsanwaltschaft zufolge die Tat umfassend gestanden. Die Polizei hatte Marvin in der Nacht tot in der Wohnung seiner Eltern gefunden. Die 29-Jährige, eine arbeitslose Verkäuferin, wurde wegen Verdachts auf Totschlag festgenommen. Eine Obduktion ergab dann Anzeichen für einen gewaltsamen Tod des Jungen, doch die Mutter war nicht vernehmungsfähig und kam in ein Krankenhaus. Erst nach ihrem Geständnis im Laufe des heutigen Tages konnte die Staatsanwaltschaft den Tathergang rekonstruieren. Die Eltern des Kindes sollen sich an Heiligabend gestritten haben – wie schon häufiger, sagen die Ermittler. In seiner Wut habe der 30-jährige Vater die Wohnung verlassen und sei zu seinen Eltern gegangen. Danach kehrte er in die Wohnung zurück – da soll Marvin schon tot gewesen sein. Der Vater rief seine Eltern hinzu. Diese informierten dann gegen Mitternacht die Polizei, dass ihr Enkel tot sei. Die Großeltern und der Vater wurden schon gestern vernommen, die Mutter gab dann heute im Laufe des Tages die Vorwürfe zu. Sie hat nach Erkenntnissen der Staatsanwaltschaft ihren Sohn mit einem Tuch zu Tode stranguliert. Das Motiv der Frau ist immer noch unklar. Am Abend wurde vor Gericht ein Haftbefehl gegen sie erlassen, sie sitzt jetzt im Untersuchungsgefängnis ...

Im Kölner Stadtanzeiger muss man am 17. Mai 2006 lesen:

Familiendrama um Mitternacht
(Bianka Wilkens, Udo Beissel)

Der kleine Tim und sein zehn Jahre alter Bruder Max waren zwei aufgeweckte Kerlchen. Oft spielten sie auf der Spielstraße am Lourdesweg in Dirmerzheim Ball oder fuhren mit dem Tretroller umher. Die Nachbarn und viele Erftstädter kannten die Familie. Denn der Vater war niedergelassener Hausarzt, praktizierte direkt neben seinem Wohnhaus. Gestern verbreitete sich die Schreckensnachricht wie ein Lauffeuer. In der Nacht muss es im Haus des Arztes zu grauenhaften Szenen gekommen sein. Der 47-Jährige Klaus S. hat nach Ermittlungen der Staatsanwaltschaft in der Nacht zum Dienstag zunächst seine Frau erschossen. Dann ging er in die Kinderzimmer. Dort lagen Tim und Max in ihren Betten. Mit einem Revolver, Kaliber 357 Magnum, schoss er auf die Oberkörper seiner Kinder. Anschließend rief der Arzt, der als Jäger legal mehrere Waffen besaß, bei der Rettungsleitstelle an und erklärte, er habe seine Familie erschossen.

Während die Retter mit mehreren Fahrzeugen nach Dirmerzheim ausrückten, fiel im Haus des Arztes wieder ein Schuss: Der 47-Jährige hat sich selbst getötet. Den Rettungssanitätern, Notärzten und Polizisten bot sich schon beim Blick durch das Fenster ein schreckliches Bild. Dort lagen die 43 Jahre alte Ehefrau und der Arzt. Beide waren tot. In den Kinderzimmern in der ersten Etage wurden die Kinder sofort medizinisch versorgt. Die Retter brachten Max und Tim mit lebensgefährlichen Verletzungen in die Rettungswagen. Der Fünfjährige wurde in einem Krankenhaus notoperiert. Er hat einen Bauchschuss und Beinverletzungen erlitten, schwebte gestern Mittag aber nicht mehr in Lebensgefahr. Der Zehnjährige starb im Krankenwagen. Die Nachbarn reagierten erschüttert. Eine Anwohnerin lief schreiend in ihr Haus zurück, als sie am Morgen von dem Familiendrama erfuhr. Viele wussten, dass die Ehe des Arztpaares – es war seit elf Jahren verheiratet – von vielen Höhen und Tiefen geprägt war. Eine Freundin der Familie berichtete, dass die 43-Jährige sich endgültig von ihrem Mann habe trennen wollen. „Vor wenigen Tagen saß Klaus bei mir zu Hause. Er war betrunken und sagte »Die bringe ich um«", sagte die Freundin. Solche Drohungen waren offenbar nicht selten. „Ich habe das nicht für bare Münze genommen." Anwohner Gottfried B. sah den Arzt häufig in der schmucken Reihenhaussiedlung. „Er ging meist mit dem Hund spazieren. Unglaublich, was hier passiert ist."

„Ein Selbstmord ist ja schon schlimm genug", sagte gestern Ortsvorsteher Wilfried E. „Aber dann noch fast die ganze Familie auszulöschen – und das als Arzt." Noch am Abend der Tatnacht hat Esser ein langes Gespräch mit Klaus S. geführt. Der Ortsvorsteher hatte den Hausarzt beim Dirmerzheimer Schützenfest am Montagabend getroffen, nur wenige Stunden vor dem Familiendrama. „Er verhielt sich völlig normal. Wie immer." Ebenso wie S. ist auch der Ortsvorsteher Jäger. Beide plauderten eine Stunde lang über die Jagd und das Pachten von Jagdrevieren. E.: „Wenn man so eine Tat vorhat, dann redet man doch nicht über so etwas." Geschockt sind auch die Lehrer und die Schulleiterin der Grundschule in Gymnich. Dort ist der zehnjährige Max zur Schule gegangen. Leiterin Kathrin H. kennt den Jungen aus dem Kunstunterricht und ist wie gelähmt. „Ein fröhliches Kind. Er hatte in der vierten Klasse so viele neue Ziele vor Augen." Ganz schwer sei der Abschied für sie, für die Kollegen und vor allem für die Kinder. Alle Klassenlehrer hätten mit den Kindern über das Geschehen gesprochen. „Die waren ganz unglücklich, wussten überhaupt nicht damit umzugehen", berichtete H. Viele hätten geweint, andere die Trauer ganz still verarbeitet. „Sie haben ihn gemocht."

Die WELT ONLINE meldet am 28. Juli 2007

Familiendrama: Mann tötet Kinder und setzt Haus in Brand
(dpa/memo)

Ein Brand mit vier Toten in Büren bei Paderborn hat sich als schreckliches Familiendrama erwiesen: Ein 38-jähriger Mann hat seine beiden Kinder getötet, das Wohnhaus angezündet und sich selbst umgebracht. Bei dem Feuer am Freitagabend kam auch die 76-jährige Schwiegermutter ums Leben. Das hätten die Ermittlungen und die Obduktion der Leichen ergeben, sagte Ralf V. von der Staatsanwaltschaft Paderborn. Nur die 37-jährige Mutter überlebte schwer verletzt. Das Motiv für die Tat war vermutlich, dass die Frau ihrem Ehemann verlassen wollte.

Bei der Obduktion der Leichen seien am Hals der elfjährigen Tochter zwei Messerschnitte entdeckt worden, sagte V. Die Verletzungen seien so schwer gewesen, dass das Mädchen verblutete. Ihre Leiche lag im Brandschutt im Spitzgiebel des anderthalbgeschossigen Hauses. In der Etage darunter fand die Polizei den Bruder des Mädchens tot in seinem Bett. Der Kopf des 16-Jährigen wies schwere Verletzungen auf, die vermutlich von einem Beil stammen, das dort gefunden wurde. Anschließend legte der 38-Jährige mit Benzin den Brand. „Danach hat er sich mit einem Drahtseil im Treppenhaus erhängt", sagte V. Die bettlägerige Schwiegermutter „hat er ihrem Schicksal überlassen". Die Aussiedlerfamilie lebte seit sechs Jahren in dem kleinen Ort. Zuletzt soll es nach Aussagen von Nachbarn, Verwandten und Bekannten immer mehr Probleme in der Beziehung gegeben haben. So sei der Ehemann, ein Kraftfahrer, seit drei Wochen nicht zur Arbeit gegangen. Nach den bisherigen Erkenntnissen der Ermittler „muss es am Freitag in der Familie zu Streitigkeiten gekommen sein", sagte Kriminalhauptkommissar Markus R. Offenbar habe sich die Frau von ihrem Mann trennen und am 1. August in eine eigene Wohnung ziehen wollen. Davon habe der Mann gewusst. Ob die Frau die beiden Kinder mitnehmen wollte, ist noch unklar. Was genau bis zum Eingang des Alarms geschehen ist, wird demnächst wohl nur die überlebende Frau sagen können. „Ihr ist es gelungen, in letzter Sekunde aus dem brennenden Haus zu rennen", sagte R. Sie liege mit Brandwunden im Krankenhaus. „Die Frau ist nicht lebensgefährlich verletzt, aber auf Grund ihrer Psyche können wir sie erst in einigen Tagen vernehmen", sagte Staatsanwalt V. „Sie weiß aber, dass die anderen Familienmitglieder tot sind." „Ob sie die Tötung ihrer Kinder mitansehen musste, wissen wir noch nicht", sagte eine Polizeisprecherin. Die Verletzte sei für Tage nicht vernehmungsfähig. Der Leiter der Mordkommission Bielefeld, Hartmut R., und Staatsanwalt V. halten Trennungsabsichten der Ehefrau für den Grund der Tat. Noch am Donnerstagabend sei das Paar bei Bekannten gewesen. „Für die war die Welt noch in Ordnung", berichtete Polizeisprecherin K. Der Notruf war am Freitag um 16.19 Uhr eingegangen. Neben der Feuerwehr waren zahlreiche Notärzte und insgesamt 80 Einsatzkräfte vor Ort, um das Feuer zu löschen. „Als wir ankamen, stand das Haus bereits voll in Flammen", sagte Standbrandmeister Andreas M. Die Feuerwehrleute konnten zunächst nur zwei Leichen finden, da der Dachboden einzustürzen drohte. Erst später während der Löscharbeiten bargen die Feuerwehrmänner dann die Leichen des Vaters und der Großmutter.

In all diesen Tragödien gibt es eine thematische Übereinstimmung. Verlassenwerden, einhergehend mit Frustrationsintoleranz, unkontrollierter Emotionalität und dem anscheinend unstillbaren Drang, die eigene Verletzung zurückzugeben.

Leider wird keine dieser Tragödien, ob klar oder unklar, weiter und tiefgehender hinterfragt. Es sind heute erschütternde Schlagzeilen, die morgen, für die, die es nicht betrifft, vergessen sind. Bis zur nächsten Schlagzeile ...

Das Borderline-Syndrom, seine Symptome und die typischen Verhaltensweisen der Betroffenen, scheint ein Tabu-Thema zu sein. Äußerst selten wird es in den Medien erwähnt und obwohl wesentlich mehr Menschen darunter leiden als diejenigen die durch Therapien registriert sind, gibt es kaum öffentliche Aufklärung, die Angehörigen eine Chance gewährt, ihre Lebenssituationen zu erkennen und zu hinterfragen. Ob Aaron und Amina, die beiden Ludwigsfelder Kinder, noch leben könnten, wenn der gesellschaftliche Umgang mit dem Thema Borderline offener, klarer und tabuloser wäre, ist rein spekulativ. Vielleicht hätte die Mutter aber eine Chance gehabt, die typischen Symptome zu erkennen und entsprechend hilfreiche Verhaltensweisen, zum Schutz der eigenen Person und der Kinder, zu nutzen. Vielleicht gab es im Vorfeld auch keine Symptome, ich möchte auf keinen Fall anmaßend über Gegebenheiten urteilen, zu denen mir schlicht die Informationen fehlen. Aber die Gleichnisse dieser Meldungen machen es mir unmöglich, sie nicht zu hinterfragen. Im Fall der kleinen Amélie-Céline aber, wurde meines Erachtens nach die Chance das Drama zu vermeiden, nicht genutzt. Obwohl die Sachlage auf Grund der Diagnose eindeutig war, wurden Borderline-typische Denk- und Verhaltensweisen nicht beachtet und entsprechende Risiken nicht erkannt.

Ich würde mir wünschen, dass die mediale Aufmerksamkeit sich nicht ausschließlich auf die gewinnbringenden Schlagzeilen, sondern auch klärend, informativ und hilfreich auf den Hintergrund richtet. Dass sich aus diesem, in Form von Aufklärungen und Hinweisen, Konsequenzen ergeben, die weitere Schlagzeilen dieser Art verhindern.

Nur ca. 10% meiner Klienten geben eine Diagnose für die Borderline-Störung ihres Partners an. Die restlichen 90% berichten von den gleichen, zerstörerischen Verhaltensweisen ihrer Partner und der heftigen Gegenwehr, therapeutische Hilfe in Anspruch zu nehmen. Es ist geradezu typisch für Borderline-Persönlichkeiten, sich eben nicht als Betroffene zu sehen. Es geht hier nicht darum, Diagnosen zu stellen, die keinen kompetenten Hintergrund aufweisen. Aber es muss ganz klar darum gehen, dass auch die Partner von nichtdiagnostizierten Betroffenen, Väter oder Mütter von involvierten Kindern, eine Chance bekommen, sich und ihre Kinder zu schützen!

Borderline wird ein tödlicher Nebel bleiben, wenn sich die Gesellschaft und die vertretenden Medien nicht endlich ihrer Verantwortung bewusst werden und aufklären, um Müttern oder Vätern wenigstens eine Chance zu geben, sich und ihre Kinder zu schützen.

Verhaltensempfehlungen für Partner

Es gibt keine Verhaltensweisen im Umgang mit Borderline-Betroffenen, die absolute Sicherheit geben. Es ist aber hilfreich, sich in das Erleben, Denken und Empfinden Betroffener einfühlen zu können, um sie besser verstehen und unterstützen zu können und Eskalationen so auch präventiv zu begegnen. Und es ist offensichtlich dringend nötig, mögliche Risiken für deren Partner, vor allem aber für den Schutz der involvierten Kinder, ausschließen zu können.

Im Fall der kleinen Amélie-Céline gab es zwischen den Eltern eine Trennungssituation. Im Gespräch mit dem zuständigen Stadtrat wurde mir mitgeteilt, dass diese Trennung bereits vor einem Jahr ausgesprochen wurde, die Familie an einer Zusammenführung gearbeitet hat und aus diesem Grund keine Gefahr bestand und somit auch nicht die Notwendigkeit der Anwesenheit eines Sozialarbeiters.

Leider wurde meines Erachtens die Situation verkannt und dem Betroffenen die Stabilität eines Erwachsenen zugetraut, der fähig ist, Entscheidungen zu vertrauen und kontinuierlich darauf aufzubauen. Es wurde nicht erkannt, dass jede kleine Meinungsverschiedenheit, jede fehlende Übereinstimmung, die der infantilen Persönlichkeitsstruktur einen Entzug aus der Verschmelzung androht, die Trennung reaktiviert und augenblicklich spürbar macht. Es gibt für Betroffene keine Zwischentöne, es gibt nur schwarz oder weiß, ein Ja oder Nein, ein Zusammen oder Getrennt und die daraus resultierenden Gefühle. Diese Hintergründe zu verstehen, ermöglicht es zumindest Vorsichtsmaßnahmen zu ergreifen, die Eskalationen, welche das Kind gefährden, mildern oder ausschließen.

Auch bei den „unklaren" Pressemitteilungen wurde angedeutet, dass es vor der Tat ein Verlassen oder einen eskalierenden Streit gab. Aber weder ein Verlassen durch den Partner, noch ein Streit kann und darf solche Konsequenzen haben. Nachvollziehbar werden derartige Taten erst dann, wenn der Erlebenshintergrund des Täters und seine Persönlichkeitsstruktur beleuchtet werden. Leider werden derartige Details anschließend kaum benannt und veröffentlicht, was zum Schutz und aus Rücksicht auf Hinterbliebene auch verständlich erscheint. Damit wird Außenstehenden, die sich in den Darstellungen hätten wiederfinden können, aber auch jede Möglichkeit verwehrt, die eigene Situation zu erkennen und zu hinterfragen.

Bei den folgenden Empfehlungen geht es ausschließlich darum, Risiken zu minimieren oder auszuschalten, um Kinder vor misshandelnden Übergriffen zu schützen. Sie gewähren keine Garantie, aber es sind Schritte, die dabei helfen können, Kinder vor Schaden zu bewahren.

Partner in der Beziehung zu einer Borderline-Persönlichkeit sollten:
- Sich selbst kompetente Unterstützung suchen! Arbeiten Sie an Ihrer Stabilität und trainieren Sie hilfreiche, abgrenzende und konsequente Verhaltensweisen.
- Anerkennen, dass symptomatische Borderline-Verhaltensweisen immer und ohne Ausnahme das gesunde Wachsen und Gedeihen eines Kindes schädigen.
- Eigene Überlebensstrategien (Konfliktvermeidung, Grenzen oder Konsequenzen vermeiden ...) hinterfragen. WEN schütze ich mit meinem Verhalten wirklich und wessen Interessen stehen hier tatsächlich im Mittelpunkt?
- Sich nicht vom Sorgerecht ausschließen lassen und möglichst das Recht haben, den Aufenthaltsort des Kindes bestimmen zu können.
- Nicht den Borderline-Betroffenen und die eigene Angst vor dessen Verhaltensweisen in den Mittelpunkt stellen, sondern dem Kind die erste Priorität zuzugestehen.

- Ihr Kind emotional coachen, d. h. dessen Gefühle wertschätzen und akzeptieren und ihm helfen, mit diesen richtig umzugehen und sie auszudrücken. (Gewaltfreie Kommunikation.)
- Das Kind dabei unterstützen, resiliente Fähigkeiten zu entwickeln (z. B. stabile, liebevolle Kontakte außerhalb der Familie ermöglichen; positive, emotionale Erlebnisse schaffen und die dazugehörigen Gefühle durch gemeinsame Nachbearbeitung dieser Erlebnisse, z. B. durch Fotos, malen, basteln, festigen und abrufbar machen; sichere Zufluchtsorte schaffen, die dem Kind jederzeit zugänglich sind ...).
- Sich selbst resiliente Fähigkeiten aneignen.
- Ihr Kind nicht als Vertrauens- und Verarbeitungspartner benutzen. (Emotionaler Missbrauch!)
- Benutzen Sie nie ihr Kind, um von Ihrem betroffenen Partner etwas einzufordern (z. B. Selbstbeherrschung des Betroffenen durch Anwesenheitszwang des Kindes).
- Beeinflussen Sie auf keinen Fall Ihr Kind gegen Ihren Partner.
- Dem Kind kompetente, therapeutische Unterstützung gewähren (Kinderpsychologe). Überwinden Sie Ihre Scham oder Besorgnis, von diesem hinterfragt zu werden. Ihr Kind lebt in einer schwierigen Familienkonstellation. Es hat ein Recht auf therapeutische Unterstützung.
- Führen Sie Tagebuch, um ein Bewusstsein für Übergriffe und die familiäre Struktur zu entwickeln.

Bei Trennungen von der Borderline-Persönlichkeit

Hier ist viel Fingerspitzengefühl gefragt. Nicht jeder Mensch mit einer psychologischen Störung ist ein potentieller Gewalttäter und ein betont kontrollierter Umgang mit dem Kind oder sogar die Kontaktvermeidung, sollte nur unter dem dringenden Verdacht einer Kindesschädigung erfolgen. Bitte gehen Sie verantwortungsbewusst mit der Problematik um. Allein eine Borderline-Störung ist kein Grund, dem Vater oder der Mutter sein/ihr Kind vorzuenthalten. Hinterfragen Sie Ihre eigenen Verletzungen und Schmerzen und benutzen Sie bitte AUF KEINEN FALL den Entzug des Kindes, um Ihren Partner zu strafen. In diesem Fall wird das Kind immer missbraucht und zwar als Mittel zum Zweck. Dieses Vorgehen ist leider bei vielen Eltern gebräuchlich und kennzeichnet allenfalls die Infantilität der

Partner, mit der sie ihren Wunsch nach Genugtuung vor das Bedürfnis ihres Kindes nach dem Kontakt mit BEIDEN Elternteilen stellen. Trotzdem ist gerade die Trennungsphase eines Paares, die von der Borderline-Problematik betroffen sind, für alle Beteiligten schwer zu verarbeiten und durchaus voller Risiken, vor allem für involvierte Kinder. Trennungen hinterlassen bei den Betroffenen oft ein Gefühl des Ausgelöschtwerdens (siehe Kommentar Amélie-Céline, S. 72). Ihr Empfinden, das eigene Leben zu verlieren, mit all der dazugehörigen Verzweiflung, versuchen sie dann mitunter an den in ihren Augen Verantwortlichen weiterzugeben. Fühle, was ich fühle ...

Als Partner sind Sie in Trennungssituationen stark gefordert, denn es gehört viel Verantwortungsbewusstsein und Feingefühl dazu, hier die richtigen Entscheidungen zu treffen. Spüren Sie auch nur die geringste Unsicherheit bei dem Gedanken, das Kind dem alleinigen Kontakt mit seinem anderen Elternteil zu ermöglichen, sollten Sie diese hinterfragen und lieber einmal zuviel, als zuwenig darauf reagieren. Ein kontrollierter Kontakt des/der Betroffenen zum Kind ist immer dann ratsam, wenn:

➢ Sie als Partner sich trennen.
➢ Bereits in der Beziehung ausagierende Verhaltensweisen immer wieder direkt auf das Kind gerichtet waren und dem Kind Schuld am Unglück des/der Betroffenen zugewiesen wurde.
➢ Der/die Betroffene dazu neigt, das Kind in selbstschädigende Verhaltensweisen einzubeziehen (riskantes Autofahren, Alkoholmissbrauch ...).
➢ Suizide bereits angedroht oder sogar versucht wurden.
➢ Die Trennung mit starken, übermäßigen Hassgefühlen des/der Betroffenen begleitet ist (z. B. beim Verlassen auf Grund eines neuen Partners).
➢ Das Kind den Kontakt aus eigenem Willen nicht möchte (dem sollte nach Möglichkeit immer entsprochen werden!).
➢ Wenn der/die Betroffene bereits gewalttätiges Verhalten (unabhängig gegen wen) gezeigt hat.
➢ Drogen- oder Alkoholmissbrauch vorliegt.

Seien Sie lieber einmal zu vorsichtig, als ein Risiko einzugehen. Für Partner, denen es schwer fällt, sich abzugrenzen oder konsequent zu sein, ist es oft sehr problematisch, hier ganz klar und schützendfordernd zu sein. Denken Sie daran, für wen und warum es nötig ist, sich durchzusetzen.

Wenden Sie sich zur Klärung der Sachlage auch an das zuständige Jugendamt (Wohnort der/des Sorgeberechtigten). Besonders problematisch ist hier die Situation für unverheiratete Männer ohne Sorgerecht, die ihr Kind bei einer nichtdiagnostizierten Frau zurücklassen müssen. Der umgekehrte Fall, dass eine Frau ihr Kind bei einem betroffenen Mann zurücklassen muss, ist eher selten. Erschwerend für Partner ist die Tatsache, dass Borderline-typisches Verhalten meist nur den engsten Bezugspersonen gegenüber gezeigt wird. Da nach außen hin aber oft ein fürsorglicher und beständig zugewandter Eindruck vermittelt wird, ist es für den Vater oft sehr schwer, hier mit seinen berechtigten Sorgen anerkannt zu werden. Maßen Sie sich keine Diagnose an, dies entzieht sich Ihrer Kompetenz. Sie haben aber das Recht, Ihre Beobachtungen, Ihre Sorge und Ihre Vermutungen zu schildern. Unterstützend kann dabei sein wenn Sie:

- Tagebuch führen. Notieren Sie sich detailliert emotionale und körperliche Übergriffe auf das Kind. Wie hat es darauf reagiert, wie erfolgte die Gegenreaktion. Welche Misshandlungsmuster haben Sie in der Beziehung beobachten müssen? Gibt es typische Verhaltensmuster, die das Kind daraufhin entwickelt hat? (Siehe S. 45)
- Zögern Sie nicht, bei konkreten Misshandlungen des Kindes SOFORT die Polizei zu rufen. Es ist Ihre PFLICHT, Ihr Kind vor Schaden zu bewahren! Die Polizei setzt sich anschließend automatisch mit dem Jugendamt in Verbindung.
- Suchen Sie entsprechende Beratungsstellen auf. Als besonders hilfreich habe ich den Kindernotdienst erlebt, der schnell und konkret Hilfe anbietet. Eine Auflistung entsprechender Beratungsstellen finden Sie im Anhang dieses Buches.
- Nehmen Sie anwaltliche Hilfe in Anspruch, um sich mit den rechtlichen Hintergründen vertraut zu machen. Klären Sie die Sorgerechtsfrage.

Als Eltern sind Sie verantwortlich für das Wohl Ihres Kindes! Sollte es einem der Elternteile auf Grund eigener Erkrankungen nicht möglich sein, dieser Verantwortung gerecht zu werden, muss das andere Elternteil diese Verantwortung mittragen. Es darf nicht in Frage gestellt werden, dass der

Schutz von Kindern oberste Priorität hat und noch VOR den Interessen des Partners steht.

Wer ist verantwortlich?

In erster Linie, wie bereits beschrieben, die Eltern. Auch und gerade das betroffene Elternteil, welches durch sein Kind die eigene Störung oft ganz ehrlich und unverstellt gespiegelt bekommt. Auch eine Borderline-Persönlichkeit ist verantwortlich für sich und ihre Handlungen und auch dafür, Hilfe anzunehmen, um sich und andere vor Schaden zu bewahren.

Ansonsten sehe ich jeden als verantwortlich, der von der Misshandlung eines Kindes erfährt oder diese zur Kenntnis nimmt. Sie zu ignorieren heißt, sich der passiven Kindesmisshandlung schuldig zu machen und den aktiv Misshandelnden zu schützen. Dazu zählen u. a. : Nachbarn, Freunde, Verwandte, Lehrer, Erzieher oder auch zufällige Augenzeugen. Jede dieser Personen hat die Möglichkeit einzugreifen. Auf höherer Ebene sind es die zuständigen Ämter, die von eventuellen Vorfällen in Kenntnis gesetzt werden und dazu befugt sind, entsprechende Maßnahmen zu ergreifen. Diese Ämter sind aber vom zivilcouragierten Engagement jedes Mitbürgers abhängig. Ohne entsprechende Informationen können auch sie nicht tätig werden. Doch, wie aus dem Artikel auf S. 84 entnommen werden muss, sind auch diesen Ämtern Grenzen gesetzt. Wenn die, für die schwächsten der Gesellschaft zuständige politische Führung, Sparmaßnahmen anordnet, die sich dann in mangelndem Personal und fehlenden Beratungsstellen niederschlägt, ist ein Teufelskreis nicht aufzuhalten. Wo soziale Missstände zunehmen, Hartz IV und ungesunde „Gesundheitsreformen" Menschen dritter Klasse schaffen, wo Armut Druck und Angst auslöst, die von den Betroffenen nicht mehr bewältigt werden kann, wird allenfalls Kindesmisshandlung wachsen und gedeihen, aber nicht die ihr ausgelieferten Kinder.

Kindesmisshandlung ist ein gesellschaftliches Problem, aber nicht nur im politischen Sinn. Es ist typisch für Konsumgesellschaften, die darin aufwachsenden Menschen möglichst kontaktarm zu sich selbst zu formen. Menschen, die nicht in der Lage sind, sich mit allen Facetten zu fühlen, sind auch nicht befähigt, ihre Bedürfnisse zu erkennen und diesen zu entsprechen. Sie schaffen sich Ersatzbefriedigungen durch Konsum und sichern so die Basis der sogenannten Konsumgesellschaft. Respekt wird durch ein neues Auto, Zärtlichkeit mit einer Louis-Vuitton-Tasche ersetzt. Das Land braucht rationale, leistungsorientierte Roboter, die sich dazu verleiten lassen, hart zu arbeiten, um sich dann mit Gegenständen zuzuschütten, die mit wahrem Lebenswert nur wenig zu tun haben. Selbst-Bewusste Menschen, die sowohl für ihre Emotionen, wie auch für ihre Bedürfnisse die Verantwortung übernehmen und für sich sorgen können, sind zu wenig manipulierbar. Unser rein leistungsorientiertes Schul- und Bildungssystem bestätigt diese Prägungsorientierung immer wieder aufs Neue. Nur wer etwas leistet, ist etwas wert. Nur der, der sich einspannen lässt, im Dauerlauf um Sieg und Gewinn, wird anerkannt. Wer da nicht mithalten kann, wird ausgegrenzt. Leider sind Menschen, die ihre Rationalität trainieren und ihre Emotionalität verkümmern lassen, aber auch verantwortungsabgebend. Menschen, die sich ständig ersatzbefriedigen und mit vollem Einsatz der Wirtschaft den profitablen Rücken stärken, bleiben trotzdem nur allzu oft unzufrieden und unbefriedigt. Die wichtigsten Bedürfnisse des Menschen, lassen sich nicht durch Materialien und Konsum befriedigen. Nähe, Respekt, Wertschätzung und Kontakt, Aufmerksamkeit und Liebe sind unkäuflich. Wo also kommt trotz Wohlstand die Unzufriedenheit her? Wen kann man verantwortlich machen? Die Regierung, den Chef, die Kollegen, die Partner, die Kinder ... Wer Verantwortung abgeben möchte, findet immer jemanden, dem er sie übertragen kann.

Solange Menschen nicht lernen, sich verantwortlich zu fühlen, für sich und für andere, wird sich die Spirale immer weiter drehen. Es sind immer die Schwächsten, die sich am wenigsten wehren können, die das aushalten müssen, wofür andere nicht die Verantwortung tragen können und wollen.

Wenn Sie nicht dazu gehören wollen, dann fühlen Sie sich verantwortlich. Sehen Sie nicht weg! Halten Sie die Unbequemlichkeit aus, einzugreifen. Misshandlung anzusprechen. Zunächst mit den Misshandelnden selbst oder dann auch mit entsprechend kompetenten Ansprechpartnern in Beratungsstellen oder Jugendämtern. Geben Sie Ihren Beitrag dazu, die nachfolgende Zahlen zur Kindesmisshandlung, durch Aufmerksamkeit und Verantwortungsbewusstsein, so gering wie möglich zu halten.

5. Zahlen, Fakten und gesetzliche Regelungen

Zahlen und Fakten

Verlässliche Zahlen sind weder für die Verbreitung der Borderline-Persönlichkeitsstörung noch für die Misshandlung von Kindern zu finden. Bei beiden ist die Dunkelziffer um ein Vielfaches höher. Im DSM-IV wird die Verbreitung der Borderline-Persönlichkeitsstörung auf ca. 2% der Allgemeinbevölkerung geschätzt. Unter http://www.borderline-partner.de/leave.html, wird angegeben, dass ca. 10 - 14% der Allgemeinbevölkerung an der Borderline-Störung leiden. Letzteres erscheint mir wahrscheinlicher. Nur etwa 10% meiner Klienten haben einen diagnostizierten Partner, die anderen 90% sind stark verunsichert, da ihre Partner sich weigern, therapeutische Unterstützung in Anspruch zu nehmen, wobei hier die gleichen und nicht weniger zerstörerischen Borderline-typischen Probleme das Beziehungsbild beherrschen. Etwa 50% meiner Klienten haben Kinder, die auch involviert sind, und von diesen sind wiederum nur etwa 5 %bereit, wahrzunehmen und auch anzuerkennen, dass ihre Kinder misshandelnden Lebensumständen ausgesetzt sind. Fast alle Partner, die mit Borderline-Betroffenen liiert sind, glauben, ihre Kinder schützen zu können und negieren die tatsächliche Belastung, denen sie ausgesetzt sind.

Mütter, die mit Borderline-Männern in einer Beziehung stehen, sind wesentlich seltener dazu bereit, diese aufzugeben. Sie halten weitaus länger als Männer in der gleichen Situation am „retten wollen" des Partners fest. Sie sind häufig der Meinung, dass die verbale und körperliche Gewalt der sie selbst ausgesetzt sind, die Kinder nicht oder nur wenig beeinflusst. Viele meiner Klientinnen haben bereits erwachsene Kinder, die mittlerweile selbst eine therapeutische Begleitung benötigen. Die meisten Kinder versuchen so früh wie möglich ihr Elternhaus zu verlassen, wobei sie sich anschließend drastisch von ihren Eltern distanzieren oder auch von außen noch versuchen, ihre Mütter zu retten. Söhne von diesen Partner-Müttern entwickeln dem betroffenen Vater oder Stiefvater gegenüber häufig massive Aggressionen, die sich mitunter auch gegen die Mutter richten. Töchter sind eher dazu bereit, ihre Mütter immer wieder aufzufangen und die eigenen Interessen für die Lösung des Elternkonfliktes beständig zurückzustellen. Eine Beteiligung an der Misshandlung ihrer Kinder, die ja meist passiv ausgeübt wird, wird weit zurückgewiesen.

Männer dagegen neigen dazu, sich schneller von einer betroffenen Partnerin zu lösen, es sei denn, sie haben Kinder mit ihr. Überwiegend entscheiden sie sich dann dafür, in den Bindungen zu verbleiben, obwohl sie sich innerlich bereits aus ihr gelöst haben. Die Angst, ihre Kinder zu verlieren, die ja häufig der Mutter zugesprochen werden, setzt sie unter massiven Druck. Da nichtdiagnostizierte Borderline-Mütter, bei in Anspruchnahme von Partner- oder Elternberatungen, oft ein stabiles und fürsorgliches Selbstbild vermitteln, fühlen sich deren Partner oft völlig hilflos und ausgeliefert. Einem langen, erschwerten und komplizierten Kampf um das Sorgerecht, sehen sie sich kaum gewachsen. Mit dem Wissen darum, selbst wenn sie diesen Kampf bestehen, dann alleinerziehend zu sein und damit auch den beruflichen, finanziellen Hintergrund aufgeben zu müssen, ergibt sich ein Komplex an scheinbar unüberwindlichen Schwierigkeiten für sich selbst. Der Umfang an Hindernissen und Anforderungen, erscheint ihnen dann häufig als das kleinere Übel und so verharren sie resigniert und akzeptieren so auch die Missverhältnisse für ihre Kinder.

Nur etwa 3% meiner Klienten lösen sich aus ihren Beziehungen, wenn sie erkennen, welche Konsequenzen die familiäre Borderline-Struktur für die Kinder hat. Die Bundes-therapeutenkammer schätzt, dass ca. 1,5 Millionen Kinder in Deutschland mit einem psychisch erkrankten Elternteil leben müssen.

Bei den nachfolgenden Angaben habe ich mich an den Daten orientiert, die man unter www.fruehehilfen.de, dem Nationalen Zentrum Frühe Hilfen, einsehen kann.

Zur **Vernachlässigung** existieren keine repräsentativen Daten oder Untersuchungsergebnisse in der BRD. Den Schätzungen nach, werden etwa 5 - 10% aller Kinder bis 6 Jahren was ca. 250.000 - 500.000 Kinder entspricht, vernachlässigt. Bei der Befragung von Jugendämtern zu Fällen, in denen die Anrufung des Familiengerichts erforderlich war ergab sich in etwa 50% der Fälle eine Vernachlässigung als zentrales Gefährdungsmerkmal und in etwa 65% der Fälle eine Vernachlässigung als ein Gefährdungsmerkmal.

Bei der **Erziehungsgewalt bzw. körperlichen Misshandlung**, wendet die Mehrheit der Eltern zumindest minderschwere Formen physischer Erziehungsgewalt an, etwa leichte Ohrfeigen oder einen Klaps. Ca. 10 bis 15% der Eltern wenden schwerwiegendere und häufigere körperliche Bestrafungen an. In der polizeilichen Kriminalstatistik nach § 225 StGB sind die angezeigten Fälle von Misshandlung von Kindern unter 6 Jahren für 1990: 600 Kinder, für 2005 dagegen 1445 Kinder, was für eine drastische Steigerung spricht.

Der **Misshandlung und Vernachlässigung mit Todesfolge** fallen jährlich ca. 50 Kinder (UNICEF 2003) zum Opfer.

Bei diesen Zahlen handelt es sich um die statistisch erfassbaren Fälle. Um wie viel sich diese traurigen Angaben erweitern würden, wenn sich die Dunkelziffer benennen ließe, lässt sich nur erahnen.

Bei den vom Bundeskriminalamt verzeichneten Fällen von Kindesmisshandlungen im Alter von 0 - 14 Jahren, waren zu über 90% Verwandte oder Bekannte die Täter. Weiterhin registrierte das BKA im Jahr 1996, 1971 Fälle von Misshandlungen von Kindern bis 14 Jahren. Im Jahr 2004 waren es bereits 2916, was innerhalb dieser 8 Jahre einer Steigerung von 50% entspricht. Fälle von Verwahrlosung werden in der amtlichen Kriminalitätsstatistik nicht erfasst. Dabei machen gerade sie nach Ansicht der Bundespsychotherapeutenkammer den größten Anteil bei der Vernachlässigung der Fürsorge- oder Erziehungspflicht aus. (WELT ONLINE, 27.5.2008, Birgitta vom Lehn)

„Kinder mit einem psychisch kranken Elternteil entwickeln zwei- bis dreimal häufiger psychische Störungen als Kinder gesunder Eltern", erklärt der Ulmer Jugendpsychiater Michael K. im Rahmen einer Fachtagung. Forschungen belegen, dass keine spezifischen Erkrankungen auszumachen sind. Die Kinder psychisch kranker Eltern zeigen eine sehr breite Palette von verschiedensten Symptomen. Die Kinder verlieren sehr oft die Kontrolle über ihre Gefühle und Emotionen. Zudem gelten sie als Außenseiter, da sie nur eine geringe soziale Kompetenz aufweisen und sich von anderen bewusst abgrenzen. „Das Kind macht andere Bindungserfahrungen und besitzt andere Sozialisationsbedingungen durch eine psychisch kranke Mutter", so K. Als besonders belastend für die Kinder haben sich schizophrene Erkrankungen der Mütter erwiesen, aber auch depressive Störungen können ein starker Risikofaktor sein.

„Die stärksten Auffälligkeiten bei den Kindern zeigten sich, wenn die Eltern an Borderline-Störungen litten."

„In unserer Stichprobe hatten etwa 25 Prozent der Patienten, die sich stationär in Behandlung befanden, Kinder", so Michael K. Die Experten schätzen die Zahl eher noch höher ein. (WELT ONLINE, 15.05.2007, dpa/hem)

Gesetzliche Regelungen

Grundgesetz
Art. 6 Abs. 2 u. 3 GG: Elternverantwortung, staatliches Wächteramt

(2) Pflege und Erziehung der Kinder sind das natürliche Recht der Eltern und die zuvörderst ihnen obliegende Pflicht. Über ihre Betätigung wacht die staatliche Gemeinschaft.

(3) Gegen den Willen der Erziehungsberechtigten dürfen Kinder nur auf Grund eines Gesetzes von der Familie getrennt werden, wenn die Erziehungsberechtigten versagen oder wenn die Kinder aus anderen Gründen zu verwahrlosen drohen.

Bürgerliches Gesetzbuch
§ 1626 BGB: Elterliche Sorge, Grundsätze

(1) Die Eltern haben die Pflicht und das Recht, für das minderjährige Kind zu sorgen (elterliche Sorge). Die elterliche Sorge umfasst die Sorge für die Person des Kindes (Personensorge) und das Vermögen des Kindes (Vermögenssorge).

(2) Bei der Pflege und Erziehung berücksichtigen die Eltern die wachsende Fähigkeit und das wachsende Bedürfnis des Kindes zu selbständigem verantwortungsbewusstem Handeln. Sie besprechen mit dem Kind, soweit es nach dessen Entwicklungsstand angezeigt ist, Fragen der elterlichen Sorge und streben Einvernehmen an.

(3) Zum Wohl des Kindes gehört in der Regel der Umgang mit beiden Elternteilen. Gleiches gilt für den Umgang mit anderen Personen, zu denen

das Kind Bindungen besitzt, wenn ihre Aufrechterhaltung für seine Entwicklung förderlich ist.
§ 1631 Abs. 2 BGB: Recht der Kinder und Jugendlichen auf gewaltfreie Erziehung
(2) Körperliche Bestrafungen, seelische Verletzungen und andere entwürdigende Maßnahmen sind unzulässig.

Strafgesetzbuch
§ 225 StGB: Misshandlung von Schutzbefohlenen
(1) Wer eine Person unter achtzehn Jahren oder eine wegen Gebrechlichkeit oder Krankheit wehrlose Person, die
1. seiner Fürsorge oder Obhut untersteht,
2. seinem Hausstand angehört,
3. von dem Fürsorgepflichtigen seiner Gewalt überlassen worden oder
4. ihm im Rahmen eines Dienst- oder Arbeitsverhältnisses untergeordnet ist,
quält oder roh misshandelt, oder wer durch böswillige Vernachlässigung seiner Pflicht, für sie zu sorgen, sie an der Gesundheit schädigt, wird mit Freiheitsstrafe von sechs Monaten bis zu zehn Jahren bestraft.
(2) Der Versuch ist strafbar.
(3) Auf Freiheitsstrafe nicht unter einem Jahr ist zu erkennen, wenn der Täter die schutzbefohlene Person durch die Tat in die Gefahr
1. des Todes oder einer schweren Gesundheitsschädigung oder
2. einer erheblichen Schädigung der körperlichen oder seelischen Entwicklung bringt.
(4) In minder schweren Fällen des Absatzes 1 ist auf Freiheitsstrafe von drei Monaten bis zu fünf Jahren, in minder schweren Fällen des Absatzes 3 auf Freiheitsstrafe von sechs Monaten bis zu fünf Jahren zu erkennen.

§ 171 StGB: Verletzung der Fürsorge- oder Erziehungspflicht
Wer seine Fürsorge- oder Erziehungspflicht gegenüber einer Person unter sechzehn Jahren gröblich verletzt und dadurch den Schutzbefohlenen in die Gefahr bringt, in seiner körperlichen oder psychischen Entwicklung erheblich geschädigt zu werden, einen kriminellen Lebenswandel zu führen oder der Prostitution nachzugehen, wird mit Freiheitsstrafe bis zu drei Jahren

oder mit Geldstrafe bestraft. (Nationales Zentrum Frühe Hilfen, Daten einzusehen unter www.fruehehilfen.de)

Diese Gesetze können allerdings nur dann greifen, wenn eine Kindesmisshandlung auch erkannt wird. Jene kompetenten, amtlichen Ansprechpartner (Jugendamt), die Kenntnis von Misshandlungen erhalten, müssen auch in der Lage sein, hier wirksam einzugreifen. Selbst dann, wenn aufmerksame Mitmenschen auf Missverhältnisse aufmerksam machen, erfolgt nicht immer die amtliche Resonanz, die nötig wäre, um Schlimmeres zu vermeiden. Statt diesen Hintergrund mit weiteren Zahlen zu beleuchten, beschränke ich mich auf einen aussagekräftigen Artikel aus der ZEIT ONLINE v. 21. Mai 2008.

Die verhinderten Retter vom Jugendamt (Auszug)
(Anita und Marian Blasberg)

Die Not in den Familien nimmt zu, staatliche Hilfen werden gekürzt. Wie viel Rationalisierung ist erlaubt, wenn es um das Leben gefährdeter und vernachlässigter Kinder geht? Ein Frontbericht aus Berlin-Wedding, wo »Case-Manager« den Sozialarbeiter ersetzen sollen.

... Herr W. ist wieder mal der böse Mann vom Jugendamt. Er und seine Kollegen können es keinem recht machen. Entweder greifen sie zu früh ein oder zu spät. Nehmen sie die Kinder raus, heißt es, sie reagierten über; lassen sie sie drin, wirft man ihnen Fahrlässigkeit vor. ... Die Angst geht um unter den Sozialarbeitern, und sie wächst mit jedem Kind, das irgendwo in Deutschland stirbt. Immer hat das Jugendamt etwas gewusst, in Bremen, wo man die Überreste des kleinen Kevin in einem Kühlschrank fand, in Hamburg, wo ein Mädchen namens Jessica in einer Hochhauswohnung verhungerte, und in Schwerin, wo die Großeltern der fünfjährigen Lea-Sophie vor deren Tod das Jugendamt noch gewarnt hatten, dass etwas nicht stimme. Nach dem Grundgesetz soll der Staat die elterliche Erziehung überwachen, und wenn ein Kind in Gefahr ist, muss er es schützen. Doch warum versagt er immer öfter? Was läuft schief in den Jugendämtern?

Fast immer, wenn es irgendwo zur Katastrophe kam, wurde später einzelnen Sozialarbeitern der Prozess gemacht. Aber sind Kevin, Jessica und Lea-Sophie tatsächlich nur tragische Einzelfälle? Oder sind sie die Folge eines immer maroder werdenden Systems der Jugendhilfe, das unter dem öffentlichen Sparzwang zusammenzubrechen droht? In Bremen hatte man vor Kevins Tod ein Drittel des Personals in der Abteilung »Junge Menschen« gekürzt, nachdem eine Unternehmensberatung ein Sparziel von fünf Millionen Euro verordnet hatte; in Schwerin hatte man innerhalb von zehn Jahren ein Viertel der Sozialarbeiter abgeschafft.

Überall sind die Kassen der Kommunen klamm, deshalb werkelt man in den Ämtern an den Strukturen, streicht Stellen und kürzt Leistungen, und dabei scheint es, als sei der Bedarf an Schutz und Hilfe nie so groß gewesen. Nach einem Bericht der Regierung leben in Deutschland 2,5 Millionen Kinder unter der Armutsgrenze, in Berlin ist es fast jedes dritte. Seit Anfang der Neunziger hat sich die Zahl der Familien, die vom Jugendamt betreut werden, versechsfacht. In Talkshows fordern Politiker gern neues Personal und bessere Frühwarnsysteme, tatsächlich aber müssen in den Jugendämtern immer weniger Mitarbeiter immer mehr Fälle bearbeiten.

Wohl nirgendwo ist das Budget so eng wie in der Hauptstadt, vielleicht ist deshalb das Jugendamt in Mitte so etwas wie ein Fernglas, durch das man sehen kann, wohin die Jugendhilfe steuert.

Es sei nur eine Frage der Zeit, bis auch in ihrem Bezirk ein Kind sterbe, sagen die Sozialarbeiter im Berliner Wedding. Im Februar haben sie dem Stadtrat deshalb ihre Überlastung angezeigt. Sie wollen rechtlich abgesichert sein, falls jemand sie belangen will. Die Kinderschutzmeldungen, schreiben sie in dem Papier, hätten sich mehr als verdoppelt. Sie wissen nicht mehr, wie sie diese Flut bewältigen sollen. ...

... Immer häufiger müssen sich Herr W. und seine Kollegen jetzt auf die Einschätzung Dritter verlassen. Doch auch für die Familienhelfer ist es nicht leicht, sich ein Urteil zu bilden. Sie hetzen von Termin zu Termin, pro Klient bleiben ihnen manchmal nur wenige Minuten. Weil der Staat die Preise diktiert, müssen auch die freien Träger sparen. Wollen sie an Aufträge kommen, können sie sich meist nur unterbieten. Seitdem Herr W. nicht mehr selbst in die Wohnungen geht, kennt er die Lebensumstände seiner Klienten nur noch aus den Akten. Es sei der persönliche Kontakt, der auf der Strecke blieb, sagt er. »Aber Sozialarbeit ist Beziehungsarbeit, und Beziehungen brauchen Zeit.« Zeit, die man benötige, um einen Blick hinter die Fassade zu werfen, die Eltern präsentieren, wenn sie mit dem Amt zu tun haben. Weil die Familie von Lea-Sophie in Schwerin bei Terminen im Amt einen kompetenten Eindruck hinterließ, erschien es niemandem dringlich, den Hinweisen der Großeltern nachzugehen.

Der öffentliche Druck auf die Sozialarbeiter nimmt zu, aber das Risiko, etwas zu übersehen, steigt. Es ist paradox: Der Staat hat Einfluss und Verantwortlichkeiten an private Träger delegiert. Er beschränkt sich darauf, zu zahlen, doch seine Angestellten tragen weiterhin die Verantwortung für das Wohl der Kinder. Als 2001 die Berliner Bankgesellschaft kollabierte, senkte der Senat die Ausgaben für die Jugendhilfe von 450 auf 319 Millionen Euro, und den Jugendämtern wurden erstmals feste Budgets zugewiesen. Künftig hatten sie sich an den Kosten auszurichten und nicht mehr am Bedarf. Man verlegte Kinder aus teuren Heimen in günstigere Pflegefamilien, die Wochenstunden der Familienhilfen wurden reduziert, und in der Teamsitzung wurden jeden Monat die neuesten Zahlen präsentiert. »Aufs Jahr gerechnet, seid ihr bereits zwei Millionen in den Miesen«, hieß es da. »Ihr müsst sparen, sparen, sparen!«

Man hat die Hürden erhöht. Jede Hilfe, die Herr W. jetzt einsetzt, muss er sich in einem zeitaufwendigen Verfahren absegnen lassen. Der Kostendruck, sagt er, habe so sehr zugenommen, dass vieles, was früher ein Bedarf war, heute keiner mehr ist. In Reinickendorf wurden 16-Jährige, die bislang in Heimen lebten, von heute auf morgen aus der Jugendhilfe entlassen.

Sie sind müde vom Aktionismus der letzten Jahre, verunsichert, weil auf jede Reform immer gleich die nächste folgte. 2001 wurden im Zuge der Berliner Verwaltungsreform die Westbezirke Tiergarten und Wedding mit dem ehemaligen Ostbezirk Alt-Mitte fusioniert, was für beide Seiten ein Kulturschock war. Dann kamen die Etatkürzungen im Zuge der Bankenkrise, und im letzten Jahr wurde in Berlin das sogenannte Netzwerk Kinderschutz gegründet, das eine Reaktion auf den Fall Kevin war. Es wurde eine Krisenhotline eingerichtet, und es gibt jetzt eine vielseitige Checkliste, mit der verhindert werden soll, dass Meldungen nicht ernst genommen werden. Aus Zeitgründen hat Herr W. bislang noch keinen dieser Bögen ausgefüllt.

Neulich hat er mal ausgerechnet, dass ihm für jeden Klienten genau 24 Minuten in der Woche bleiben, und wenn er die Aktenbearbeitung abzieht, sind es sogar nur noch 12. Man ahnt, dass die Idee mit der Checkliste gut gemeint ist, doch im Jugendamtsalltag bewirkt sie das Gegenteil: Noch mehr Aktenarbeit bedeutet noch weniger Zeit für Gespräche, bedeutet noch weniger Chancen, Gefahren zu erkennen ...

Die Zahlen rund um das Thema Kindesmisshandlung, Vernachlässigung sowie Gewalt- und Tötungsdelikte werden steigen und ein Ende der bedrohlichen Spirale ist nicht in Sicht. Soziale Missverhältnisse, die sich aus rein gesellschaftlichen Hintergründen ergeben, in denen die Spanne zwischen arm und reich immer weiter auseinander klafft, hinterlassen gerade dort Spannungen, wo Menschen am wenigsten befähigt sind, diese auszuhalten. Dabei wird nicht zwangsläufig der Druck auf die Menschen größer, die ohnehin in Armut leben, sondern auch auf jene, die zur mittleren oder auch gehobenen Schicht gehören. Kindesmisshandlung begrenzt sich nicht, wie vielfach angenommen, auf Familien, die in Armut leben. Parallel zu den gesellschaftlich steigenden sozialen Risikofaktoren, die den Nährboden für Misshandlungen von Kindern bieten, werden unverantwortliche Einsparungen vorgenommen. Im schlimmsten Fall findet sich dann ein Mitarbeiter des Jugendamtes, der für die politischen Missstände verantwortlich gemacht wird und als Bauernopfer den wahren Verantwortlichen geopfert wird.

Schluss ...

Es ist mir nicht leicht gefallen, über das schwierige Thema Kindesmisshandlung, insbesondere der spezifischen in Borderline-Beziehungen, zu schreiben. Aber es ist ein Thema, das mir sehr am Herzen liegt. Die sich anhäufenden, grauenerregenden Meldungen über Kindstötungen, Kindesmisshandlungen oder Familiendramen werden zu wenig hinterfragt. Es gibt kaum Schlussfolgerungen, die außerhalb der ertragreichen Schlagzeilen präventiv helfen. Die Arbeit mit meinen Klienten, bei denen ich, wenn auch nur indirekt, viel Kindesleid im Hintergrund wahrnehmen muss und auch mein persönlicher Hintergrund, haben mich motiviert, dieses Thema aufzugreifen. Ich war selbst ein Kind, das in einer Borderline-Familie aufwachsen musste und bin daher mit seinem alltäglichen Erleben vertraut.

Wenn Sie sich in diesem Buch in einigen Passagen wiedergefunden haben, kann es durchaus sein, dass Sie in die bittere, traurige Realität der Kindesmisshandlung involviert sind oder waren. Vielleicht, weil Sie selbst in einer emotional misshandelnden Beziehung aufgewachsen sind, weil Sie sich als Partner eines/einer Betroffenen mit der Thematik auseinandersetzen möchten oder weil Sie sich aus einem beruflichen Hintergrund heraus mit der Thematik auseinandersetzen müssen.

Sollten Sie sich in einer Borderline-Beziehung befinden und Kinder haben, waren Ihnen die Risiken und Konsequenzen bisher vielleicht nicht bewusst, es kann aber auch sein, dass Sie diese nicht wahrhaben wollten und so auch ignorierten. Das können Sie jetzt eventuell nicht mehr. Wie geht es Ihnen damit? Sind Sie schockiert, ärgerlich, traurig oder erschrocken? Weil Sie bisher zu wenig von dem gesehen haben, was Ihnen jetzt klar wird? Oder weil es Ihnen unangenehm ist, etwas zu lesen, was Sie an Begebenheiten erinnert, mit denen Sie sich nicht mehr auseinandersetzen wollten und die Sie jetzt in die Verantwortung nehmen.

Nehmen Sie sie an und schauen Sie fürs erste darauf, was hinter dem steht, was Sie gerade fühlen. Und tun Sie etwas dafür, alles, aber ignorieren Sie Ihre Verantwortung nicht und verweisen Sie sie auch nicht an andere.

Wenn Ihnen das möglich ist, haben Sie schon einen entscheidenden Schritt geschafft. Und jetzt den nächsten. Stellen Sie sich vor, Sie wären

Ihr eigenes Kind. Versetzen Sie sich in seine Welt, sehen Sie mit seinen Augen und fühlen Sie mit ihm. Haben Sie den Mut dazu. Und nun handeln Sie so, wie Sie es sich von Ihrem Papa oder Ihrer Mama wünschen würden, wenn Sie Ihr eigenes Kind wären. Und vielleicht wird es dann einst so sein, dass es Ihnen danken wird, dass Sie da waren, als Sie gebraucht wurden.

Und vergessen Sie auch nicht, dass aus Ihren Kindern einmal Erwachsene werden. Die sicher nicht vergessen haben und Sie irgendwann auch konfrontieren werden. Die dann fragen: Wo warst Du? Warum warst Du nicht für mich da? Warum musste ich das erleben? Unterschätzen Sie nicht das Erinnerungsvermögen Ihres Kindes!

Sind sie einst erwachsen, schauen sie dich an,
stellen schwere Fragen, was antwortest du dann.

Sind doch deine Kinder, das, was von dir bleibt,
musst du doch bewahren, für ihre Lebenszeit.

Sind sie dir verbunden, hast du es gut gemacht
schau in ihre Augen, wie dort dein Leben lacht.

Sorgen Sie dafür!

Manuela Rösel
Berlin im Juli 2008

Bedürfnisse

(siehe „ Das Kind und seine Bedürfnisse, S. 6)
(ohne Anspruch auf Vollständigkeit)
Abwechslung, Aktivität, Akzeptanz, Aufmerksamkeit, Austausch, Ausgewogenheit, Authentizität, Autonomie, Bewegung, Beständigkeit, Bildung, Effektivität, Ehrlichkeit, Einfühlung, Entspannung, Entwicklung, Empathie, Freiheit, Freude/Spaß, Frieden, Fürsorge, Geborgenheit, Gesundheit, Gemeinsamkeit, Glück, Harmonie, Identität, Initiative, Integrität, Inspiration, Intensität, Kultur, Kongruenz, Kontakt, Kraft, Kreativität, Lebensfreude, Menschlichkeit, Mitgefühl, Nähe, Natur, Offenheit, Originalität, Ordnung, Respekt, Ruhe, Schutz, Selbstbestimmung, Selbstverantwortung, Selbstverwirklichung, Sexualität, Sicherheit, Sinn, Spiritualität, Spontaneität, Struktur, Unterstützung, Verantwortung, Verbundenheit, Vergnügen, Vertrauen, Verständigung, Wachstum, Wahrgenommenwerden, Wärme, Wertschätzung, Zärtlichkeit, Zentriertheit, Zugehörigkeit, Zuwendung ...

Hier wird geholfen ...

„Netz und Boden" – Initiative für Kinder psychisch kranker Eltern (Berlin)
Hier erhalten Sie einen Überblick über hilfreiche Angebote, finden Buchempfehlungen zum Thema und haben die Möglichkeit, ein Forum zu nutzen. Infos unter Tel.: 030/ 35121700 oder www.netz-und-boden.de

„Sunny Side Up" – Projekt der Einzelfallhilfe (Berlin)
Bietet Unterstützung für alle Familienmitglieder, z. B. durch altersgerechte Aufklärung über psychische Erkrankungen oder die Entwicklung von Krisenplänen. Infos unter Tel.: 030/78006631 oder www.sunnysideup-berlin.de

Kindernotdienst Berlin
Telefonische und persönliche Beratung rund um die Uhr an 365 Tagen im Jahr, schnelle und unbürokratische Krisenintervention vor Ort in den Familien, Inobhutnahme für alle Kinder unter 14 Jahren, kurzfristige Aufnahme von Kindern in Wohngruppen, anonyme Beratung, Beratung und kurzfristige Aufnahme bei häuslicher Gewalt. Für Kinder aus allen Berliner Bezirken, allen Bundesländern und aus dem Ausland. Infos unter Tel.: 030 - 61 00 61 oder www.kindernotdienst.de

Verein „SeelenNot" – zur Unterstützung von Familien mit seelisch kranken Eltern (Hamburg)
Bietet Gruppenarbeit für Kinder, die ihnen die Chance geben, sich auszutauschen. Infos unter Tel.: 040/428032215

Psychologische Beratungsstelle „SeelenNot" (Hamburg)
Bietet Familien- und Einzelgespräche, sowie eine Gruppe für Mütter mit seelischen Krisen und psychischen Erkrankungen. Infos unter Tel.: 040/39109050

„Wege" – Ein Verein Angehöriger und Freunde psychisch Kranker (Leipzig)
Bietet Beratungsangebote, welche die gesamte Familie integrieren. Infos unter Tel.: 0341/9128317 oder www.wege-ev.de

„Gute Zeiten – schlechte Zeiten" (Würzburg)
Begleitet Kinder psychisch belasteter Eltern. Infos unter Tel.: 0931/305010

Wildwasser-Verein gegen sexuellen Missbrauch (Groß-Gerau)
Kostenlose, auch anonyme Beratung per Telefon oder Mail für Frauen und Mädchen, die sexuellen Missbrauch erleben mussten. Infos unter Tel.: 06142/965760 oder unter www.wildwasser.de

Bundesarbeitsgemeinschaft der Kinderschutz-Zentren (Bundesweit)
Arbeit mit betroffenen Familien oder einzelnen Familienmitgliedern, Krisenintervention, telefonische Beratung und Beratung/Therapie für Kinder und Eltern, Vermittlung sozialer Beratung und Hilfen, sozialpädagogische Familienhilfe, stationäre Angebote in Kinderwohngruppen, Täterarbeit. Zentren in den Bundesländern finden sich unter www.kinderschutz-zentren.org

Quellenverzeichnis

Die dunkle Seite der Liebe
Susan Forward/Craig Buck, Goldmann Verlag, ISBN-13: 978-3442162192
Borderline – Mütter und ihre Kinder
Christine Ann-Lawson, Psychosozialverlag, ISBN-13: 978-3898062565
Vergiftete Kindheit – Vom Missbrauch elterlicher Macht und seinen Folgen
Susan Forward/Annette Charpentier, Goldmann Verlag, ISBN-13: 978-3442124428
Online-Archive der
Berliner Zeitung (http://www.berlinonline.de/berliner-zeitung/)
Berliner Kurier (http://www.berlinonline.de/berliner-kurier/)
Weltonline (http://www.welt.de/)
Zeitonline (http://www.zeit.de/index)
Spiegelonline (http://www.spiegel.de/)

Internetforen
Nationalen Zentrum Frühe Hilfen (http://www.fruehehilfen.de/)
Wikipedia Online-Lexikon (http://de.wikipedia.org/wiki/Hauptseite)
Borderline-Partner (http://www.borderline-partner.de/leave.html)

Literaturempfehlungen

Borderline – Mütter und ihre Kinder
Christine Ann-Lawson, Psychosozialverlag, ISBN-13: 978-3898062565
Sonnige Traurigtage
Schirin Homeier, Mabuse-Verlag, ISBN-13: 978-3938304167
Vergiftete Kindheit - Vom Missbrauch elterlicher Macht und seinen Folgen
Susan Forward/Annette Charpentier, Goldmann Verlag, ISBN-13: 978-3442124428
Sie nannten mich ‚Es'
Dave Pelzer, Goldmann Verlag, ISBN-13: 978-3442150557
Gewaltfreie Kommunikation – Eine Sprache des Lebens
Marshall B. Rosenberg, Junfermann Verlag, ISBN: 3-87387-454-7

Autorenangaben

Manuela Rösel
geb. 1961 in Berlin
verheiratet, 2 Kinder
Examen im Bereich Pädagogik und Psychologie
Zertifizierte Begleiterin von Menschen in Krisensituationen
Psychologische Beraterin – Diplom ILS Hamburg

Schwerpunktarbeit:
- Coaching und Lebensberatung
- Konfliktmanagement und Kommunikation in allen Lebensbereichen
- Beziehungsstörungen
- Begleitung in schwierigen Partnerschaftsbeziehungen (Partner von Borderline-Persönlichkeiten)
- Eltern-Kind-Kommunikation
- Kommunikationsstörungen in Beziehungen

Im Rahmen einer selbstständigen Tätigkeit biete ich in meiner Praxis in Berlin auch individuelle Beratungen an. Sollten Sie Interesse an einer persönlichen oder telefonischen Beratung haben, oder auch meinen speziellen Mail-Service nutzen wollen, dann erreichen Sie mich im Internet unter:

www.mr-coaching.de

info@mr-coaching.de

oder direkt in meiner Praxis:
Coaching und Beratung - Manuela Rösel
Mainzer Str. 25 – Gartenhaus
10247 Berlin – Friedrichshain
Tel.: 030/27 57 19 21

Weitere Titel zum Thema Borderline im Starks-Sture Verlag:

Wenn lieben weh tut
– Ein Kommunikations-Ratgeber für Partner in Borderline-Beziehungen –
manuela Rösel, 144 Seiten, broschiert
ISBN 978-3-9809496-7-5, 16,90 €

„Wenn lieben weh tut" richtet sich in erster Linie an Partnerinnen und Partner, die sich in einer Beziehung mit einem Menschen mit der Borderline-Persönlichkeitsstörung befinden. Diese Verbindungen stellen für die Betroffenen immer eine große emotionale Belastung dar, da sie in einen Strudel von Idealisierung und Abwertung geraten sind und oft nicht mehr weiter wissen. Die Autorin Manuela Rösel, psychologische Beraterin aus Berlin, beschreibt in ihrem Buch Lösungsmöglichkeiten, angemessen mit dem Partner, der an der Borderline-Persönlichkeitsstörung leidet, umzugehen. Dabei legt sie besonderen Wert auf die Entwicklung der Selbstwahrnehmung von Betroffenen, denn diese wird in der Borderline-Beziehung zunehmend untergraben. Die Autorin gibt wertvolle Informationen über das typische Verhalten beider Seiten. Sie geht insbesondere auf einfühlsame Kommunikation, Grenzsetzung und den Umgang mit charakteristischen Verhaltensweisen, wie doppelte Botschaften, emotionale Erpressung oder Selbstverletzung ein. Zuletzt gibt sie wertvolle Hinweise zur Trennung, sollte diese unumgänglich werden.

Ausbruch einer Borderlinerin
– Eine Frau gibt Hoffnung ... –
Tanja Rieder, 96 Seiten, broschiert
ISBN 978-3-939586-10-4, 13,80 €

Tanja Rieder, damals 26 Jahre alt, Ehefrau und zweifache Mutter, erhält die Diagnose Borderline-Persönlichkeitsstörung. Geprägt von inneren Spannungen, extremen Stimmungsschwankungen, schweren Depressionen bis hin zu Selbstverletzungen, wirken ihre Verhaltensmuster, wie die anderer Betroffener, oftmals paradox. Rückblickend schildert die Autorin ihre Erlebnisse und Erfahrungen mit dem Borderline-Syndrom, die sie selbst und ihre sozialen Beziehungen beinahe zerstörten. Sehr persönlich beschreibt Frau Rieder die Höhen und Tiefen der Krankheit, den langen Leidensweg, den sie und ihre Angehörigen seit ihrer frühen Jugend gehen mussten - und die ersten Schritte in ein normales Leben. Den schwierigen Ausbruch aus ihrer Krankheit dokumentieren Tagebucheinträge, Briefe Angehöriger und Gutachten ihres langjährigen Psychiaters. Ziel der Autorin ist es, andere Betroffene zu ermutigen, sich mit ihrer Krankheit auseinanderzusetzen und zu lernen, damit umzugehen. Das Buch soll Mut machen und Betroffenen dabei helfen, sich selbst besser zu verstehen. Tanja Rieders autobiographische Erzählung ist ein schonungsloser Selbsterfahrungsbericht über eine zerstörerische Krankheit. Doch nicht zuletzt gibt sie Hoffnung, der Borderline-Spirale zu entkommen. Dies ist die Geschichte einer Frau, die es geschafft hat!

Weitere Titel zum Thema Borderline im Starks-Sture Verlag:

„Wie der Falter in das Licht"
– Selbstakzeptanz in der Borderline-Beziehung –
Manuela Rösel, 160 Seiten, broschiert
ISBN 978-3-939586-02-9, 16,90 €

Partner, die eine Beziehung mit einer Borderline-Persönlichkeit führen, sind immer großem Druck, emotionalen Belastungen und einem Wechselbad der Gefühle ausgesetzt. Sie leiden fortwährend unter einem Symptom dieser Störung, in unangemessenem Maße idealisiert und dann wieder abgewertet zu werden. Manuela Rösel, die Autorin des Bestsellers „Wenn lieben weh tut", zeigt nun in diesem neuen Selbsthilfe-Buch auf, wie sich die Partner durch Selbstakzeptanz stärken können. Sie analysiert typische Fallbeispiele und belegt dabei, dass es immer wiederkehrende Muster gibt, die einen Menschen in der Borderline-Beziehung hilflos verharren lassen. Manuela Rösel beschreibt zudem effektive Lösungsmöglichkeiten, die betroffene Partner sofort und einfach umsetzen können. „Wie der Falter in das Licht" ist für alle Borderline-Angehörigen ein Muss und auch zur Aufarbeitung einer bereits beendeten Beziehung sehr geeignet.

„Lieben leicht gemacht"
– Ein Kartenset zu den Themen
Selbstwahrnehmung, Konflikten und Beziehungen –
Manuela Rösel, ISBN 978-3-839586-07-4,
140 Bedürfniskarten, 4 Gefühlsauflistungen,
Begleitbuch, 29,90 €

Missverständnisse und Probleme in Beziehungen entstehen, weil wir nicht angemessen miteinander kommunizieren. Wir erwarten vom Partner, dass er unsere Bedürfnisse, sogar unausgesprochene, erfüllt. Die Folgen sind Enttäuschung und Frustration im Umgang miteinander. Um eine erfüllte Beziehung zu führen, ist es wichtig, wieder zum eigenen Selbst und den persönlichen Werten zu finden sowie der Falle gegenseitiger Schuldzuweisungen zu entfliehen. Voraussetzung dafür sind das Erkennen und Achten unserer eigenen Bedürfnisse und Gefühle. Erst, wenn wir diese wahrnehmen und anerkennen, werden wir auch die unseres Partners annehmen können und in der Lage sein, eine befriedigende Beziehung zu leben. Manuela Rösel gibt, inspiriert von Marshall M. Rosenberg, Tipps und Einsichten aus ihrer praktischen Arbeit. Mit dem von ihr entwickelten und in der Praxis erfolgreich erprobten Kartenset erhalten Sie wertvolle Erkenntnisse darüber, was Ihnen und Ihrem Partner wirklich wichtig ist. Sie lernen einen behutsamen Umgang mit sich selbst und Ihrem Partner mit dem Ziel des gegenseitigen Verstehens und gemeinsamen Wachsens. Das Kartenset werden Sie immer wieder verwenden können! Egal, ob Sie sich oder Ihren Partner besser verstehen und kennenlernen wollen oder für Konflikte mit sich oder anderen Lösungen suchen. Hier finden Sie ein hilfreiches Werkzeug.

„Partnerbeziehung als Brutstätte von Borderline"
– Borderline-Persönlichkeiten und das Leid ihrer Helfershelfer –
Sonja Szomoru, 120 Seiten, broschiert
ISBN 3-9809496-0-5, 12,90 €

Die Borderline-Persönlichkeitsstörung tritt zunehmend in das Interesse der Öffentlichkeit. Trotz vermehrter Presseberichte bleibt das Thema für die meisten jedoch weiterhin in einem diffusen Licht von aggressivem oder autoaggressivem Verhalten Betroffener. Das große Leid von Menschen mit der Borderline-Persönlichkeitsstörung und vor allem von deren Angehörigen ist aber weitgehend unbeachtet. In diesem Buch wird äußerst feinfühlig auf die Problematik dieser psychischen Störung und die negativen Auswirkungen auf die Bezugspartner eingegangen. Besonderes Augenmerk wird auf die Verhaltensweisen der betroffenen Angehörigen gerichtet, denn diese tragen ebenso ihren Teil zum Ausbruch dieser Störung bei. Für jeden Leser eine aufschlussreiche Lektüre zum Thema und für manchen Partner von Menschen mit der Borderline-Persönlichkeitsstörung vielleicht eine Offenbarung!

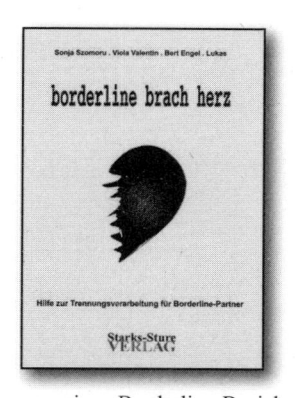

„borderline brach herz"
– Hilfe zur Trennungsverarbeitung für Borderline-Partner –
S. Szomoru u. a., 120 Seiten, broschiert
ISBN 3-9809496-5-6, 12,90 €

„borderline brach herz" richtet sich an Partnerinnen und Partner von Borderline-Persönlichkeiten, die den Wunsch haben, ihre Beziehung zu beenden oder sich bereits getrennt haben und unter dem Schmerz des Auseinandergehens leiden. Das Buch hat das Ziel, die Trennungsverarbeitung zu erleichtern. Im Vergleich zu den Problemen, die schon eine „normale" Trennung mit sich bringt, ist der Abschied von einer Borderline-Beziehung um ein Vielfaches schwieriger, da die Betroffenen nicht selten traumatisiert aus der Beziehung gehen. Dieser Ratgeber dient dazu, die vergangene Beziehung zu einer Borderline-Partnerin/zu einem Borderline-Partner leichter aufzuarbeiten und bietet einen allgemeinen Überblick zu der Persönlichkeitsstörung, Trost und nützliche Tipps. Besonders hilfreich sind mehrere Fallbeispiele aus der Sicht von Betroffenen, die viele interessante Gemeinsamkeiten aufweisen. Im Mittelpunkt steht das Ziel, den außergewöhnlichen Trennungsschmerz zu lindern, um wieder frei und unbelastet das eigene Leben in die Hand zu nehmen.

„Wer einmal schlägt, wird's wieder tun"
– Gewalt und Co-Abhängigkeit
in Beziehungen –
S. Szomoru, 120 Seiten, broschiert,
ISBN 3-9809496-8-0, 12,90 €

„Wer einmal schlägt, wird's wieder tun" richtet sich an Partnerinnen und Partner, die in einer Beziehung leben, die von häuslicher Gewalt geprägt ist. Trotz Aufklärung, Emanzipation und dem scheinbar freiheitlichen Denken unserer heutigen Gesellschaft, spielt sich hinter verschlossenen Türen eine erschreckend hohe Zahl an gewalttätigen Dramen ab. Alle gesellschaftlichen Schichten sind betroffen und es scheint, dass sich in Deutschland dieses Thema zu einem Tabu entwickelt hat, denn alle verschließen davor die Augen.
Besonders Betroffene sind von Scham- und Angstgefühlen überwältigt und geraten mit der Zeit in einen Teufelskreis, indem die Hilflosigkeit immer größer wird. Das Buch „Wer einmal schlägt, wird's wieder tun" richtet sich an Partnerinnen und Partner, die in einer Beziehung leben, die von häuslicher Gewalt geprägt ist und die einen Ausweg aus dieser destruktiven Situation suchen. Es bietet Aufklärung zum Thema häusliche Gewalt und fördert das Verständnis für sich selbst und gibt somit Hilfsangebote, sich aus der Gewalt zu lösen.

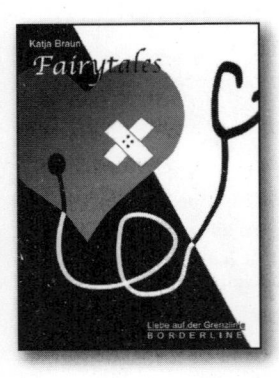

Fairytales
– Liebe auf der Grenzlinie Borderline –
Katja Braun, 140 Seiten, broschiert
ISBN 978-3-939586-05-0, 14,80 €

Als Carina Rian kennen lernte, sah alles so aus, als sei es Vorsehung gewesen. So, als hätten zwei Seelenverwandte sich endlich gefunden! Doch schon sehr bald kamen ein paar seltsame Verhaltensweisen zum Vorschein, die ihr zu denken gaben: Rian liebte zu viel! Für Carina begann eine Zeit von quälendem Hin-und Hergerissensein zwischen Unverständnis und der großen Frage nach dem WARUM!? Würde sie Rian fortan wieder normal entgegentreten können ohne Wut, Trauer, Enttäuschung und auch ohne Hoffnung? Die Antwort liegt nicht immer leicht auf der Hand. Wenn ihre Vermutung stimmte und sie sich doch in ihm geirrt hatte, dann beruhte ihre Liebesgeschichte vielleicht doch nur auf F a i r y t a l e s ...

Alle Titel lieferbar über den Buchhandel oder direkt vom Verlag
Portofrei und gegen Rechnung unter bestellung@starks-sture-verlag.de
Starks-Sture Verlag, Elsässer Straße 24, 81667 München
www.starks-sture-verlag.de